अपनी सलीबें

अपनी सलीबें

नमिता सिंह

वाणी प्रकाशन

वाणी प्रकाान का 'लोगो'
विख्यात चित्रकार मक़बूल फ़िदा हुसेन की
कूची से

ISBN : 978-81-8143-945-1

वाणी प्रकाशन

21-ए, दरियागंज, नयी दिल्ली-110002
द्वारा प्रकाशित
फोन : 0091#11#23273167, 23275710
फैक्स : 0091#11#23275710
ई-मेल : vaniprakashan@gmail.com
vani_prakashan@yahoo.com
संस्करण : 2008

आवरण : वाणी चित्रांकन
जय भारत प्रिंटिंग प्रेस, शाहदरा,
दिल्ली-110032
द्वारा मुद्रित

मूल्य : 60.00

APNEE SALIBEIN (Novel)
by Namita Singh

एक

समय अनजाने ही बहुत पीछे चला गया था। भूली-भटकी स्मृति अव-चेतन में साकार हो रही थी। बरसों पुरानी बात का स्मृति पटल पर जैसे पुनर्मंचन हो रहा था। मेडिकल कॉलेज के हॉस्पिटल का स्टूडेंट वार्ड। पलंग पर लेटी हुई नीलिमा। दवाओं के असर से हरदम सोते रहने की इच्छा।

तभी उसे लगा था कि दरवाजे पर किसी ने आहट की है। आँखें खोलकर देखने की कोशिश की थी। कमरे का पर्दा हिला था। मुँदी हुई आँखों को खोलने की चेष्टा के साथ ही सामने आकृति स्पष्ट हो चली थी। "कौन ! ईशू ?"

"आज आठ जुलाई है न !" होंठों पर मुस्कुराहट की रेखा लिए ईशू ने कहा था। होंठों से ज्यादा उसकी आँखें बहुत कुछ कह रही थीं। उसे लगा था कि ईशू की आँखें उसके बदन पर चिपक गई हैं। उसे जकड़ रही थीं···विनती कर रही थीं, वह आँखें। उसके शरीर के चारों ओर हलचल करती, रात के समुद्र की गरजती लहर की तरह उसके चारों ओर लिपट गई थीं। सिहरने लगी थी वह। उसका दिल चाहा था कि पैरों के पास से उठाकर वह चादर से गर्दन तक अपने को ढक ले। लेकिन हाथ-पैर मानो बाँध दिए हों किसी ने। ऐसे में मन का बाँध कोई तेज तूफान आकर तोड़ गया था।

ईशू का वही अंदाज़। करीने से सँवारे चमकीले बाल। चौड़ा माथा। अनुपात से रंचमात्र लम्बी नाक। आगे को निकली नुकीली ठोड़ी। पतली

गहरी मूछें। वह तब सोचा करती थी किसी की आँखें हँसती हैं— तो किसी के होंठ। किसी का पूरा चेहरा ही हँसता है। लेकिन ईशू की हँसी उसकी मूछों में छिपी थी। मुस्कुराने का काम उसकी मूछें करतीं और बोलने का काम आँखें बखूबी कर लेतीं। उन दिनों वह सोचा करती थी कि यह आदमी तो जनम ज़िंदगी अगर मौन रहे तो उसका काम चल जाए।

"आठ जुलाई? तो क्या हुआ?"

"मैंने सोचा अगर कोई परलय-उरलय होने वाला हो तो! तुम यहाँ पलंग पर यूँ ही पड़ी रह जाओगी। हम दोनों साथ-साथ ही कुछ इंतजाम करें उसका।"

उन दिनों भविष्य की सम्पूर्ण जानकारी को अपनी मुट्ठी में रखने का दावा करने वाले अनेक ज्योतिषियों ने घोषणा की थी कि आठ जुलाई को प्रलय होगा। उस दिन दुनिया का विनाश निश्चित है। बहुत बवेला मचा था इस घोषणा से। भविष्यवक्ता दलालों ने यजमानों की स्वर्ग में सीट रिजर्व कराने के लिए दान-दक्षिणा का सिलसिला शुरू कर दिया था। शहर के सेठों, व्यापारियों और धंधेबाजों ने पापों के शुद्धिकरण के लिए यज्ञ, हवन आदि शुरू करा दिए। यूँ तो भगवान् है भी या नहीं, इस पर बहस की गुंजाइश हो सकती थी लेकिन अब वक्त बहुत कम था। मान लो, ऐन वक्त पर भगवान् निकल ही आए तो? बेकार रिस्क लेने से कोई फायदा नहीं। आखिर व्यापारी हर पार्टी को चंदा देता है। यहाँ भी थोड़ा खर्चे की ही बात तो थी। प्रलय के आने पर कैसा-कैसा होगा? कौन क्या करेगा? आखिरी समय जानकर कौन क्या करना चाहेगा—इन सभी संभावित मुद्दों को लेकर दो दिन पहले उसके कई क्लास के साथी और ईशू वगैरह उसके कमरे में बैठकर हँसी-ठट्ठा करते रहे थे, जब वे सब उसे अस्पताल में देखने आए थे। ईशू उसी प्रलय की बात कर रहा था। अपने क्लास और यूनिवर्सिटी के अन्य साथियों के साथ वह भी खूब हँसी थी लेकिन उस समय ईशू का आना! उसे भीतर तक छू गया था। ईशू ने पहली बार उसको छुआ था। उसके मन को छुआ था।

वह गम्भीर थी। ईशू भी गम्भीर हो गया था। बल्कि सकुचा-सा

गया था। सिकुड़ गया था भीतर से। अकेले उस तक आने के लिए उसने जो हिम्मत की थी, वह अब चुक रही थी और यह पस्त हिम्मती चेहरे पर स्पष्ट हो रही थी।

फिर वह मुस्कुरा दी थी। उसकी मुस्कुराहट ईशू के लिए राहत थी। वह आकर कमरे के अंदर पड़ी बेंच में बैठ गया था। उसका चेहरा फिर कुछ बोलने लगा था…

× × ×

घन घनन न् न् न्--घन—घनन…घंटे की हृदयविदारक आवाज़। नीलिमा के सीने पर जैसे किसी ने हथौड़े चलाए हों। उसकी आँखें खुल गईं। समय लगा उसे तय करने में कि वह कहाँ है? कौन से समय में है? घंटे की घनघनाहट अभी भी उसके कानों में गूंज रही थी जो, उसका वर्तमान था। बहुत गहरी नींद सो रही थी वह!

फिर कोई मुर्दा श्मशान में आया था। कॉलेज बिल्डिग के ठीक पीछे इस शहर का श्मशान मैदान है। जब कोई मुर्दा आता है तो यह घंटा जरूर बजाया जाता है। न जाने कहाँ बंधा है यह घंटा कि कॉलेज कैम्पस के क्वार्टरों के भीतर एक ऐसी साफ और तीखी आवाज सुनाई पड़ती है। जरूर कोई मंदिर-उंदिर होगा सड़क के किनारे ही, सो श्मशान में घुसते ही सबसे पहले लोग घंटा ही बजाते हैं।

कॉलेज जॉइन करने के बाद की बात है। टीचर क्वार्टर्स में आए हुए दो तीन दिन ही हुए थे जब किसी ने यह बताया था कि पीछे ही श्मशान है। अक्सर जले मुर्दे की चिरौंध यहाँ क्वार्टरों तक आती है।

वह बहुत घबरा गई थी। कई दिन उसे नींद नहीं आई। नई जगह। अकेले का रहना। पूरे कमरे में अकेले सोना…उसे लगता कि रात में कहीं श्मशान से उठकर सारे भूत-प्रेत यहाँ कमरे में प्रेत-लीला न करें। न जाने कितनी अतृप्त आत्माएँ भटकती होंगी चारों ओर। कभी-कभी वह कल्पना करती थी कि अगर यहीं, इसी कमरे में किसी तरह उसकी मौत हो जाए तो? एक और आत्मा बढ़ जाएगी उस झुंड में। सोच-सोच कर कभी उसकी आँखों में आंसू आ जाते और कभी वह डर से काँपती मुँह ढांपे पड़ी रहती। किसी दिन बहुत दिल घबराता, तो पड़ोस के

क्वार्टर में चली जाती। वहाँ सो रहती। लेकिन ऐसा भी कब तक चलता! अभी तो उसकी ज्यादा किसी से दोस्ती भी नहीं थी। फिर आदत भी तो डालनी थी।

खैर, अब तो इतने साल बीत गए। इस घंटे की भी आदत हो चली है जैसे, सवेरे-शाम मंदिरों में लगे लाउडस्पीकरों से आरती की आवाज़ या मस्जिदों से अजान के स्वर! दिनचर्या में इस घंटे की घनघनाहट भी शामिल हो गई है। इस वक्त तो इस घंटे ने ही उसे पीछे छूटी गलियों से ढूंढ़-खींचकर वर्तमान में लाकर खड़ा किया था। कालातीत घेरों से निकाल उसे ठोस ज़मीन का स्पर्श दिया था।

बरसात के बाद धुले स्वच्छ स्फटिक से नीले आसमान की तरह अब सब कुछ साफ था। ऊपर-नीचे उठती, तैरती लहरें अंत में जिस अथाह शून्य में समा जाती हैं, उस अनंत शून्य की तरह वर्तमान था, बिल्कुल बाधाहीन-भाररहित।

वह कॉलेज में अपने क्वार्टर में थी। गर्मियों की दोपहर में अजीब नशीली नींद आती है। लगता है कि ये दुनिया ज़हान छोड़कर सशरीर हम दूसरे ही लोक में चले गए हैं। समय का बंधन टूट जाता है और भूत, भविष्य और वर्तमान— सब गड्ड-मड्ड हो जाते हैं। लमहों का अहसास ही खत्म हो जाता है।

नीलिमा ने भरपूर जम्हाई ली और आलस की चादर उतार फेंकने की कोशिश में पर्दा हटाकर खिड़की से बाहर झांका। चौंधियाती तेज धूप की जगह अब सुरमई बादलों ने ले ली थी। बिजली चली गई थी और पंखा बंद हो गया था। शायद इसी वजह से वह दिवा-स्वप्न देखती न जाने कहाँ-कहाँ पहुँच गई थी। बाहर हवा ठंडी हो चली थी। पसीने की चिपचिपाहट में ठंडी हवा का झोंका उसे बहुत अच्छा लगा। इधर-उधर जोर से हिलते पेड़ों और दौड़ते बादलों को देखते-देखते उसके सामने पानी की बूंदे नाचने-थिरकने लगीं।

वह खिड़की के पास से हटकर फिर पलंग पर लेट गई। छत में टीन की बरसाती पर पड़ती पानी की बूंदों की टप्-टपा-टप्-टपा-टप् आवाज उसे बहुत बुरी लगती है। तीखी-सी चुभती आवाज़ दिल में उतर जाती

है। शुक्र है, पानी तेज हो गया और साथ ही टीन पर होती टप्-टप् की आवाज़ अब तेज होकर एकरस हो गई थी। उसने निश्चित होकर आंखें बंद कर लीं।

आठ जुलाई! उसे फिर सपना याद आने लगा। उसने आँखें खोलकर कैलेंडर पर नज़र डाली। सचमुच! आज भी आठ जुलाई ही तो है! वह चिहुँक उठी। क्या उसके अचेतन में इसीलिए समयचक्र अचानक पीछे घूम गया था! खींच ले गया था उसके मन को इतनी दूर—पीछे! प्रकृति का अदृश्य संचालक। उससे भूल नहीं होती। आगे... आगे...और आगे बढ़ना ही संसार का नियम है। यही कालचक्र की गति है। समय का नियम अंधा है। ज्योतिपुंज सूरज के कदम अंधे हैं। यहां कोई नहीं रुकता...कोई रास्ते में नहीं थमता। यहां कोई पछतावा काम नहीं आता। पीछे जाने की इजाज़त नहीं मिलती।

लेकिन मन की अपनी स्वतंत्र सत्ता है। यह मन इंद्रजाल जैसे छलावे खड़े करता है। सूरज के अंधे बैलों की तरह चलते प्रकाशपुंज के सामने यह नन्हा-सा मन वामन की तरह सीना तानकर चुनौती देता है। छलावा या इंद्रजाल ही सही...कुछ समय के लिए इस अजेय कालचक्र को पीछे घुमा देता है। अनचाहे समय की लम्बाई को कपूर की तरह हवा में उड़ा मन को वहीं पहुँचा देता है जहां किसी मोड़ पर जिंदगी अटकी पड़ी है। जहाँ जिंदगी का एक पड़ाव अदृश्य तंतुओं से बँधा रेगिस्तानी हवाओं के जोर से रेत में डूबा पड़ा है।

यह कमज़ोर मन कब सुरसा जैसा विशालकाय रूप धारण कर ले! कब तीनों लोकों को पैरों से नाप ले! कुछ कहा नहीं जा सकता। मन की अतल गहराइयाँ आदमी के लिए हमेशा ही रहस्य बनकर रहेंगी। प्रकृति पर भले ही मनुष्य विजय प्राप्त कर ले...मन पर नहीं कर सकता। हर मन अपने आप में एक सृष्टि बसाए है। हर आदमी अपने आपमें एक दुनिया है।

गर्मी की छुट्टियों के बाद कॉलेज खुल गया था। आसमान सवेरे से ही

बादलों से घिरा था। बरसात में घर से बाहर निकलना एक मुसीबत। क्या पहनो और क्या न पहनो। अभी तेज धूप है और सूती साड़ी पहन ली। पता चला कि लौटते-लौटते इतनी तेज बारिश में घिर गए कि साड़ी वदन पर चिपककर फिल्मी सिचुएशन पैदा कर रही है। सिंथेटिक पहनकर निकलो तो पता चला कि थोड़ी देर बाद ही बादल साफ और तेज चटक धूप पसीने में सराबोर कर रही है जिसमें ये सिंथेटिक कपड़े चिपककर और दुःखदायी हो रहे हैं। अरे, अपना क्या है ? कुछ ही पहन लो। कॉलेज कैंपस में ही टीचर क्वार्ट्स होने की वजह से मन ही नहीं करता कि ढंग से तैयार होकर कॉलेज जाओ। वही कॉलेज और वही घर। वातावरण में सवेरे से शाम तक कोई तब्दीली नहीं।

इसके अलावा अच्छी तरह ढंग से तैयार होने पर एक अजीब अपराध-बोध घेरने लगता है, नीलिमा को। लोग क्या कहेंगे ? एक तो इस तरह उसका अकेले रहना···उस पर बनाव श्रृंगार। लोगों की जबान को कौन रोक सकता है। अपने साथ के लोग ही क्या बख्शते होंगे उसे। अपने दूसरे साथियों के लिए दुनिया भर की कहनी-अनकहनी कह सकते हैं तो उसमें कौन से सुर्खाब के पर लगे हैं ! ऊँह ! कहने दो। औरतों के बीच नौकरी करेंगे तो यह कानाफूसी, स्टाइल की बातें तो बरदाश्त करनी ही पड़ेंगी।

लड़कों के किसी कॉलेज में होती तो साथ के अध्यापकों के बीच ही कौन-सी सुरक्षा की गारंटी होती ? लपक-लपककर आपके हिस्से के काम कर देंगे। सारी काम की जिम्मेदारी उठा लेंगे। अगर साधारण शिष्टाचारवश और सहयोगी होने के नाते थोड़ा मेलजोल हो गया तो पीठ पीछे आपको दुनिया की सबसे चालू औरत साबित करने की कोशिश करेंगे। मजे की बात यह है कि जिससे आपकी ज्यादा निकटता होगी, वह आपको अधिक प्रामाणिक तौर पर चरित्रहीन बताएगा और प्रमाण के तौर पर स्वयं को पेश करेगा। मध्यवर्गीय समाज में गैर शादीशुदा या तलाकशुदा अलग रहने वाली औरतों के बारे में, खास तौर पर अगर वह जवान भी है, तो उसके लिए किसी भी तरह की बात कहना संभवतः हमारे लोकतांत्रिक अधिकारों में है। और इस अधिकार का इस्तेमाल करने से किसी को रोका

नहीं जा सकता है।

सोचते-सोचते नीलिमा को हँसी आ गई। जो बात होनी ही है, जिसे रोका ही न जा सके, उसके बारे में फिर क्यों दिमाग खराब करना। विज्ञान का नियम समाज पर भी लागू होना चाहिए। जो दूरी अनन्त हो, जो मात्रा असीमित हो—उसका परिमाण या मूल्य फिर शून्य हो जाता है। इसीलिए परनिंदा के अथाह सागर में सब कहा—सुना, टोका-टाकी शून्य। कहीं कुछ नहीं। सब सामान्य।

यह क्या कम है कि महिला कॉलेज में अपने साथ के लोग सामने कुछ नहीं कहते। मिलने पर अच्छी बातें करते हैं···स्नेह दिखाते हैं। यही बहुत है। पीछे की कौन परवाह करेगा और कब तक करेगा! मर जायेंगे वरना यही सब सोचते-सोचते। सो मैडम नीलिमा! जीना है जहान में तो मुस्कुराइए और···आज यह कोटा की नई साड़ी पहनकर जाइए। देखिए, बादल तो छँटते-से नजर आ रहे हैं। फिलहाल पानी नहीं बरसेगा। आप भूल गईं! खुद को बेफिक्र और खुश रखना आपकी दिनचर्या में शामिल है।

× × ×

"नमस्ते भैन जी!" क्वार्टर से निकलते ही लाइब्रेरी के पास कॉलेज की नौकरानी रामवती के दर्शन हो गए।

"नमस्ते! कहो रामवती! ठीक तो रहीं छुट्टियों में?"

"कहाँ भैन जी। हम तो बड़े परेशान रहे। लड़का हमारा छत पर से गिर गया। घर और अस्पताल दौड़ते रहे। बड़े बाबू ने एक दिन्न की छुट्टी ना दी···" अपनी ही धुन में किस्सा बखानती रामवती आगे चली गई।

पहला दिन। लड़कियाँ तो गिनी-चुनी ही दिख रही थीं। अभी तो परीक्षाफल ही नहीं आए थे।

"बेहनजी···छुट्टी की नमस्ते···"

नीलिमा ने घूमकर देखा। स्टाफ रूम की नौकरानी कंला देवी जल्दी-जल्दी कदम बढ़ाती उसकी ओर आ रही थी। हर शब्द को भरसक खींचना और जोर-जोर से बोलना उसकी पुरानी आदत थी।

"कैला—तुमसे कितनी बार कहा है कि इतनी दूर से मत चिल्लाया करो।" नीलिमा ने झुंझलाते हुए कहा।

"अरे, मैं समझी कि फिर आप चली जाएंगी स्टाप रूम में और हमारी सवेरे की नमस्ते रह जाएगी।" कैला की आवाज़ जरा भी धीमी नहीं हुई।

"देखा, हमारी ये बहन जी कभी गुस्सा न करतीं। हमेशा ऐसे हँस के नमस्ते लेती···" कैला किसी अदृश्य से उसका गुण बखान कर रही थी, जो बदस्तूर उसके कान में पड़ रहा था। बहुत चालाक है यह। हर साल छुट्टियों के बाद उसे एक साड़ी चाहिए। यह गुण बखान उसी की पूर्व भूमिका है।

मुस्कुराती हुई नीलिमा स्टाफ रूम की ओर चल दी।

स्टाफ रूम ! हमेशा की तरह गुंजायमान।

"हलो एवरी बॉडी !" नीलिमा की आवाज सुनकर एक क्षण को बात-चीत का ज्वार हलका पड़ा और फिर पूर्ववत्। वह रत्ना मुखर्जी के पास कुर्सी खींचकर बैठ गई। अन्दर वाली खिड़की के पास सोफे पर बैठी मिसेज माथुर दिख गईं। अकेले बैठी वह एक खुली किताब पर नज़र गड़ाए हुए थीं।

"नमस्ते मिसेज माथुर ! अरे वाह, चश्मे का फ्रेम बदलवा लिया है आपने ! बहुत सूटकर रहा है आप पर।"

"अजी नज़र बदले तब की बात है। लाख चश्मे बदलो, फ्रेम बदलो··" मिसेज अग्रवाल बुदबुदाईं।

पास बैठी मिसेज मित्तल मुस्कुरा दीं। फिलहाल, वे एक पत्रिका से नया डिज़ाइन स्वेटर में उतारने में व्यस्त थीं ! उनकी लड़की की डिले-वरी अक्तूबर में होने वाली थी इसलिए अभी से वह तैयारियों में जुटी थीं।

"मैंने अभी एक मैगजीन में एक लेख पढ़ा था। उसके मुताबिक इन्हें बेहद कंजूस होना चाहिए।" आशा चौहान ने बेहद गम्भीर स्वर में कहा। आवाज़ इतनी धीमी थी कि कोशिश करने पर ही कोई दूर बैठा सुन सकता था।

"वो कैसे ? कभी इनसे दावत खाने का तो मौका आया नहीं कि पता चलता कि ये कंजूस हैं।" रत्ना ने भोलेपन से पूछा।

"अब जिसके चेहरे पर एक मुस्कान का आना भी मुश्किल हो, जिसके मुंह से 'हलो' तक न निकल सके उसे आप क्या कहेंगे ? उदार ? दानवीर ? अरे भाई, मनोविज्ञान में···"

"अब रहने दो तुम अपना मनोविज्ञान···" मिसेज मित्तल ने आँखें तरेरीं। सब लोग हँस पड़े।

मिसेज माथुर के चेहरे पर शिकन नहीं थी। वे बदस्तूर किताब पर आँखें गड़ाए हुए थीं। प्रिंसिपल ऑफिस अभी खाली था। जब तक प्रिंसिपल नहीं आतीं, मिसेज माथुर की मजबूरी थी स्टाफ रूम में बैठना। उनकी राय में यह गँवार, घरेलू औरतें जो इत्तफाक से टीचिंग में आ गईं, इस लायक ही नहीं कि इनके साथ मिक्सअप हुआ जाए। किताब सामने खुली पड़ी थी लेकिन उनका दिमाग कहीं और था। फिर उन्होंने किताब बंद कर दी। आशा चौहान ने उचककर देखा। मिल्स ऐंड बून सीरीज का कोई किशोर वय का प्रेम उपन्यास था। अपने पर्स से जापानी पंखा निकालकर वह अपने चेहरे पर पंखा झलने लगीं। कोने में बैठने की वजह से शायद हवा उन तक नहीं पहुँच रही थी।

"उफ ! कितनी गर्मी है।"

शोभना श्रीवास्तव उसी समय चिक उठाकर अंदर घुसीं।

"हाय शोभना।"

"हाय रत्ना। नमस्ते··· सबको नमस्ते" बाकी लोगों पर एक नज़र दौड़ाते हुए शोभना ने सबका अभिवादन किया। "तो एक बार फिर··· हम सब मिल गए दो महीने की छुट्टियों के बाद···" और मेज पर पर्स रखती हुई नीलिमा और रत्ना के बीच कुर्सी खिसकाने लगी वह बैठने के लिए।

"मिस श्रीवास्तव, क्या आप अपना थोड़ा समय मुझे दे सकती हैं ?"

मिसेज माथुर ने खड़े होकर उसे हाथ से इशारा किया। शोभना अचकचा गई और बैठते-बैठते खड़ी हो गई।

"ऐईं" रत्ना ने हाथ पकड़कर उसे बिठा दिया।" कायस्थवाद नहीं

चलेगा। बैठ यहां पर।" फिर मिसेज माथुर की ओर मुखातिब होकर बोलीं—

"मिसेज माथुर माफ कीजिएगा। इस समय शोभना के साथ कुछ जरूरी बात डिसकस करनी है हमें। इसका इंतज़ार ही कर रहे थे हम।" फिर बुदबुदाई—"चमची कहीं की।"

"जब बड़ी बहन जी नहीं हों तो उसी वक्त इन्हें अपनी औकात का पता चलता है! जाकर आफिस में इंतज़ार करें उनका। यहां हमें क्यों बोर कर रही हैं।"

"चुप रह यार!" शोभना ने उसका हाथ दबाया। "सुन रही हैं सब।"

"सुनने दे।" सर झटका रत्ना ने।

"अच्छा बताओ, छुट्टियां कैसी कटीं। नीलिमा तुम कहां रहीं?"

"कहीं नहीं गए अबकी। सारी छुट्टियां अपने इस महिला कॉलेज के क्वार्टर में ही गुजार दीं। सोचा अबकी यह अनुभव भी सही।

"ताज्जुब! गांव क्यों नहीं गईं मां के पास?"

"हमारे एक रिश्ते के ताऊजी हैं, वे लिवा ले गए थे मां को अपने यहां। सुना था कि ताईजी बहुत बीमार हैं। अब वहां कहां जाती घिचिर-पिचिर में। इतना लम्बा-चौड़ा तो उनका परिवार है…।"

"और कोई जगह नहीं थी? रत्ना मुस्कुराई।

"और कोई जगह नहीं थी।" नीलिमा ने चेहरा कठोर बनाते हुए असंपृक्त भाव से उसी लहजे में बात दोहरा दी। फिर तुरंत विषयांतर कर दिया उसने।

"अरे हां, तुम्हारी वह जनजागरण समिति का क्या हुआ? तीन महीने से ज्यादा गैप हो गया उसकी मीटिंग हुए। तुम्हारे सारे मेम्बर्स तो भाग गए होंगे।" परिहास किया उसने।

"दैट रिमाइंड्स मी। मैडम, आज शाम मीटिंग रख ली है हमने शोभना के घर, पांच बजे। भूलना मत और सुनो—शोभना आइस-क्रीम खिलवाएगी मीटिंग के बाद।" रत्ना ने आंख मारी नीलिमा की ओर देखकर।

"जी हां," शोभना तुरंत बोली। रोज तो समिति के पीछे भागते फिरें। आए दिन इसके लिए चंदा दें। उसके बाद आइसक्रीम और खिलवाएँ। जी नहीं। सिर्फ एक प्याली चाय और नो बिस्किट।"

"अरे यार! बहुत कंजूस हो गई है। चल बिस्किट मैं लेती आऊँगी। हमारी तरफ पंजाब बेकरी वाला अच्छे बिस्किट रखता है।" रत्ना बोली।

इसी समय कैला देवी स्टाफ रूम में आईं और मिसेज माथुर के कान में कुछ फुसफुसाकर जाने लगीं। मिसेज माथुर के चेहरे का तनाव जैसे हल्का हुआ हो। अपना पंखा मोड़कर पर्स के अंदर रखा और उठकर चल दीं।

"कैला—बड़ी बहन जी आ गईं क्या?"

"आ गईं।"

"तो तुम कहीं जा रही हो? सबेरे से अब तो शकल दिखी है तुम्हारी। पानी तो पिलवाओ।"

पानी! अभी लो बहनजी।" कैला पानी का गिलास लेकर मिसेज अग्रवाल की ओर लपकी। "चाय ले आऊँ कैंटीन से?"

"रहने दे चाय। आज बड़ी बहन जी मीटिंग करेंगी। उन्हीं की चाय पिएँगे। क्यों मिसेज अग्रवाल?" मिसेज मित्तल ने तुरंत सुझाया।

"बड़ी बहन जी आ गई हैं। मिसेज अग्रवाल चल रही हैं! जरा मिल आएँ। नमस्ते तो कर आएँ।" मिसेज भटनागर उठंग हो कुर्सी से उठने का उपक्रम करने लगीं।

सादी नमस्ते करेंगी मिसेज भटनागर या—बहनजी, छुट्टी की नमस्ते—ऐसे कहेंगी जैसे कैला ने हम लोगों से नमस्ते की आज।"

"डोंट बी सिली। जाकर किसी से मिलना, नमस्ते करना—ये तो कॉमन कर्टसी है। इसमें क्या बुराई।"

"नहीं तो फिर जाइए। लाइन लगाकर एक-एक करके नमस्ते करिए। अरे भाई, मीटिंग होगी तब सभी जाएँगे और मिलेंगे उनसे।"

"लो, इसी नमस्ते पर एक किस्सा सुनो। एक दिन मैं आफिस गई थी किसी काम से। हमारी मिसेज प्रसाद आईं। बोलीं—बहनजी

नमस्ते। हमारी प्रिंसिपल मैडम बहुत मसरूफ थीं या दिख रही थीं, सो उन्होंने कोई जवाब नहीं दिया। उन्होंने फिर नमस्ते दुहराई। अगेन नो रिप्लाई। तुम सोच सकती हो। फिर वह उनकी मेज के सामने खड़ी हो गई और दोनों जोड़े हुए हाथ उनके ठीक आंखों के सामने लाकर बोली—नमस्ते बहनजी, आप जब तक जवाब नहीं देंगी, तब तक हम तो आपको ऐसे ही नमस्ते करते रहेंगे।"

सब हँसने लगे।

"प्लीज आशा, रहने दो। बस करो अब।" रत्ना हँसते-हँसते दोहरी हो रही थी। मिसेज अग्रवाल चश्मा उतारकर अपनी आँखें पोंछने लगीं।

"बस कर" शोभना ने रत्ना का कंधा पकड़कर सीधा किया। "इसे हँसी आती भी कुछ ज्यादा है।"

"क्या करूँ! दरअसल, मिसेज भटनागर आप लोगों को हुकुम बजाने और कुर्सी की आँख-भौं देखकर बात करने की आदत पड़ गई है। वर्ना मिसेज प्रसाद को इस तरह नाटकबाजी करने की क्या जरूरत है।"

"मिस रत्ना मुखर्जी! बात जरा सोचसमझकर किया करो। आप लोगों से क्या मतलब है तुम्हारा? मिसेज अग्रवाल की चश्मे से भेदती चमकीली आँखें रत्ना पर घूम गईं।"

"मेरा मतलब है, आप लोगों के मुकाबिले अभी हम जैसे लोगों को कुछ ज्यादा आजादी है इसलिए हमारे और आपके व्यवहार में सोचने-समझने में फर्क हो सकता है। बहरहाल इट डजण्ट मैटर। आप लोग बड़ी बहनजी के कमरे में जाकर उन्हें नमस्ते करके आइए। उनके हाल-चाल पूछिए। उनके पति और बच्चों का स्वास्थ्य पूछिए और हाँ, उनके कुत्तों का हाल पूछना मत भूलिएगा वरना नाराज हो जायेंगी वह। चल नीलिमा। हम लोग कैंटीन में चाय पीकर आते हैं। चल शोभना—उठ! हाँ, मिसेज अग्रवाल और मिसेज मित्तल—आप दोनों के लिए एक सूचना। आप लोग कह रहीं थीं न कि जनजागरण समिति का काम शुरू हो तो बताना। सो आज शोभना के घर पर मीटिंग है। पाँच बजे शाम को आ जाइएगा।"

"रिक्वेस्ट कर रही हो या हुकुम दे रही हो"—मिसेज मित्तल

बोलीं।

"न रिक्वेस्ट और न हुकुम ! जस्ट इनफरमेशन। यह हम सबका काम है इसलिए सूचना मात्र है। अच्छा, मिलते हैं अभी फिर थोड़ी देर में !"

"भगवान् ! गई महारानी। लड़की है कि पटाखा।" मिसेज भटनागर बोलीं, जब वे तीनों कमरे से निकलकर बाहर चली गईं।

"अरे, एक ही ऐज ग्रुप की हैं। फिर अकेली हैं तीनों। न कोई जिम्मेदारी न कोई बोझ। जहाँ चाहे जाएँ—घूमें। जितना दिल चाहे बोलें—हँसें।" मिसेज अग्रवाल बोलीं।

"कुछ भी कहिए मिसेज अग्रवाल ! जिंदगी एनजॉय करना हो तो बस, शादी से पहले। शादी के बाद तो ऐसी भागमभाग हो जाती है कि बस। एक पैर घर में और एक कॉलेज में। छुट्टी हुई तो रेस लगती है घर के लिए। सारी ज़िंदगी यूँ ही दौड़ते भागते निकल गई। ले लड़कियाँ कुछ काम कर रही हैं तो अच्छा है। इनके साथ मिलकर थोड़ा काम इनकी समिति में रहकर करेंगे, तो इस बहाने ही घर की झंझटों से निकलना होगा।"

"घर-गृहस्थी का अपना आनंद है। क्यों मिसेज भटनागर ! हाँ, मिसेज मित्तल, आप पहुँच रही हैं शाम को शोभना के घर ?"

"क्यों नहीं। हम दोनों से कहा है उन्होंने आने के लिए।"

"भई, मैं नहीं आ पाऊँगी आज। मेरी ननद के बच्चे आए हुए हैं कानपुर से !"

"अरे, तो मना क्यों नहीं कर दिया उसी वक्त। वैसे आपकी ननद के बच्चे तो बड़े हैं ! फिर एकाध घंटे की ही तो बात है।"

"फिर कभी ! इन लोगों का काम तो चलता रहेगा। अगली मीटिंग में सही।"

"यह तो आपने गड़बड़ किया। हमारा आपका साथ हो जाता। मुझे तो बहुत अच्छा लगता है, बाहर जाऊँ। लोगों के बीच कुछ काम करूँ। वर्ना रोज वही घर का रूटीन। वही कॉलेज का माहौल। मैं तो

बहुत मोनोटनी महसूस करने लगती हूं।" मिसेज मित्तल बहुत भाव विभोर होकर बोलीं।

"हमें तो मोनोटनी नहीं होती। यहां घर के धंधे पूरे नहीं होते। मोनोटनी के लिए किसे फुर्सत है।" किंचित मुंह चढ़ाकर जवाब दिया मिसेज भटनागर ने। मिसेज अग्रवाल हंस पड़ीं।

"मेरी यह समझ में नहीं आता कि शोभना और रत्ना का तो ठीक है, अकेली हैं अभी। शादी-ऊदी हुई नहीं लेकिन नीलिमा क्यों इनके पीछे लगी रहती है।" मिसेज भटनागर ने कुछ देर बाद सोचते हुए पूरी गम्भीरता से कहा।

"ये आपकी अगली रिसर्च का टॉपिक हो सकता है मिसेज भटनागर। इसका मनोवैज्ञानिक अध्ययन कर डालिए।" आशा चौहान, जो रत्ना वगैरह के साथ ही उठ गई थीं, अचानक नमूदार हुईं। मिसेज़ भटनागर की बात सुनकर उसका चुप रहना असम्भव था।

"आशा चौहान! आप कहां से कूद पड़ीं बीच में!" मिसेज मित्तल ने हंसी में बात को इधर-उधर करना चाहा।

"इनके बहुत पर निकल आए हैं। बहुत बोलने लगी हैं।" मिसेज अग्रवाल ने अपनी राय पेश की।

"असर किसका है! किनके साथ रह रही हैं आजकल, मालूम नहीं! क्यों? तुम नहीं गई चाय पीने।"

"मैंने आजकल चाय बंद कर रखी है। सामने देखो तो फिर मन नहीं मानता। इसलिए चाय देखती भी नहीं। पूर्ण ब्रह्मचर्य।"

"अजी ब्रह्मचर्य तो बेचारी नीलिमा कर रही है। सुना है इसके अकेलेपन पर ही तरस खाकर मैनेजमेंट ने इसे अपाइंटमेंट दिया था।"

"अच्छा! अकेलेपन पर तरस खाकर या उसके अकेलेपन के दूरगामी फायदों को ध्यान में रखकर!"

"मिसेज भटनागर! आपकी पिछली रिसर्चों में नीलिमा के अपाइंटमेंट के बारे में कोई सूचना नहीं है?"

"मेरे पास है।" मिसेज अग्रवाल मुस्कुराकर बोलीं। इसका अपाइंटमेंट हुआ मिनिस्टरी ऑफ इंडस्ट्रीज में किसी अफसर की सिफारिश पर,

जो नीलिमा के रिश्तेदार होते हैं। अब अपने प्रेसिडेंट साहब को फैक्ट्री के लिए कुछ ज्यादा सुविधाएँ मिल गई होंगी। वर्ना दस अड़ंगे और लगते। इसलिए अपाइंटमेंट तो होना ही था।"

"तभी तो मैं कहूँ। नहीं तो सौ-सौ स्टूडेंट्स और सिर्फ एक लेक्चरर। कहाँ इकॉनामिक्स जैसा छोटा डिपार्टमेंट। पकड़-पकड़कर लड़कियाँ जुटाओ और उस पर ये एक्सट्रा अपाइंटमेंट।"

"इसका अपने हसबैंड से तलाक हो गया है क्या ?"

"क्या पता ! हो सकता है सिर्फ सेपरेशन हो। अपनी मर्जी से ही अलग हो गए हों। आजकल तो ये भी बहुत चलता है।"

"हमें क्या करना है मिसेज अग्रवाल। यह उनका मामला है।"

उसी समय देवीदीन चपरासी हाथ में नोटिस रजिस्टर लिए हुए दाखिल हुआ।

"क्या ले आए देवीदीन !" मिसेज भटनागर हुमककर बोलीं।

"बहनजी, नोटिस है। पढ़ लीजिए और साइन कर दीजिए।" उसने मेज के बीचोंबीच खुला रजिस्टर रख दिया।

"मिसेज मित्तल जरा जोर से पढ़ दीजिए।"

"ये नोटिस है या कोर्ट का सम्मन। मेरी समझ में नहीं आता कि हमारी मैडम को आफिशियल भाषा लिखने का ढंग कब आएगा। सुनिए, सत्र आरम्भ में होनेवाली मीटिंग के लिए सभी प्रवक्ता ग्यारह बजे प्राचार्या कक्ष में उपस्थित हों···हुकुमनामा है। चलिए आप सभी लोग उठिए। पौने ग्यारह तो हो रहे हैं। होइए उपस्थित।"

दो

रिक्शे पर बैठी नीलिमा दोनों तरफ देखती जा रही थी। बीवी की सराय के पास पुलिस चौकी। पुलिस चौकी से थोड़ा आगे मीरी का कुआँ। वहीं मिलने को कहा था रत्ना ने। जनाजगरण समिति के लोग वहीं इकट्ठा होने वाले थे।

शाम को कॉलेज से बाहर निकलना नीलिमा की मजबूरी थी। कॉलेज कैंपस चार-साढ़े चार बजे तक हलचल से भरा रहता। शाम होने पर ज्यों-ज्यों अँधेरा गहराता, एक अजीब मनहूसियत पूरे वातावरण में छा जाती। यहाँ ज्यादातर क्वार्टर्स फैमिली वाले हैं। सब अपने-अपने परिवारों में व्यस्त और मस्त। कहीं बच्चे पढ़ रहे हैं तो कहीं मेहमान भरे हुए हैं। कहीं पति के मिलने-जुलने वाले तो कहीं रिश्ते-नातेदार। इन फैमिली क्वार्टरों में रहने वाली साथ की अध्यापिकाओं को कब इतनी फुर्सत होती यह देखने की कि क्वार्टरों के बाहर अंधेरा कितना कालापन लिए होता है। कॉलेज का लॉन जो जिंदगी से बलबलाता रहता है, शाम होते-होते कितना मुर्दा होकर सो जाता है। चारों ओर लगी फूलों की क्यारी अभिशप्त राजकुमारी की तरह सूरज की पहली किरण के साथ जिंदा होकर हँसने खिलखिलाने लगती और रात होते-होते राक्षस के काले जादू के असर से फिर बेजान होकर मौत जैसी नींद में डूब जाती है।

यह सब शायद नीलिमा ने ही देखा और महसूस किया। सूरज और अँधेरा'''एक ही चक्र के दो हिस्से, एक के पीछे एक चलने वाले लेकिन

बिलकुल एक-दूसरे से विपरीत। एक — जीवन स्पंदन— आशा की किरण। दूसरा नैराश्य की कालिमा, मौत का सन्नाटा। नीलिमा को इस सन्नाटे से भय लगता। अँधेरी रात उसे हमेशा ही डराती। वह सन्नाटे से और अकेलेपन से भागती और भागते-भागते उसे कहीं छुटपुटा उजाला दिखे तो उसके पैर थमने लगते। धुंधलकी रोशनी के मध्य उसे कौन मुस्कराता-सा चेहरा दीखता ?

ना ! अब उसकी ज़िंदगी में कोई चेहरा नहीं। वह चैप्टर खत्म ! जीवनप्रवाह हमेशा आगे बढ़ता है। समय के पैर हमेशा ही आगे बढ़ते हैं और बढ़ते-बढ़ते कभी दौड़ते और कभी उड़ते प्रतीत होने लगते हैं। जैसे कि यह रिक्शेवाला उड़ाए लिए जा रहा है उसे हवा की माफिक।

नीलिमा को इस शहर में आए और कॉलेज में नौकरी करते इतने साल हो गए लेकिन शायद ही कोई दिन ऐसा हुआ है जब वह शाम के वक्त घर पर रही हो। दरअसल इस अनजान शहर में एक दिन उसके एक चाचा मिल गए। दूरदराज़ रिश्ते के चाचा। उनका बड़ा परिवार। दो जवान बेटे। बड़े, विनय भाई साहब वकील। चाचा के साथ ही वकालत करते। छोटे, डाक्टर विजय। नीलिमा के हमउम्र। उस भरेपूरे परिवार में नीलिमा का खूब मन लगा रहता। अक्सर नीलिमा वहाँ चली जाती। कभी ताश तो कभी गपशप। रात का खाना खाकर आराम से लौटती। शाम का खाना बनाने का भी झंझट बचता। और कुछ नहीं तो पड़ोस के क्वार्टरों से किसी को पकड़कर फिल्म देखने चल देती। यहाँ आकर उसका फिल्म देखना इस कदर बढ़ गया था कि शायद ही कोई फिल्म छूटती हो। कोई साथ नहीं मिलता तो नीचे के क्वार्टर में विभा जी से कहती। फिल्म देखने के लिए विभाजी हमेशा तैयार रहतीं। उनके साथ तो अनकही शर्त सिर्फ यह रहती कि वे सिर्फ अपने टिकट के पैसे देंगी। बाकी आना-जाना या कोई अतिरिक्त खर्च, जैसे हॉल में चाय-पानी, वह नीलिमा के जिम्मे। इसमें नीलिमा को कोई एतराज नहीं होता।

"अरे बाप रे"—एकाएक झटका लगा नीलिमा को। यह रिक्शेवाला एक्सीडेंट कराएगा क्या ? सारे बाल उड़-उड़कर उसके माथे पर

आ गए। साड़ी अलग जा रही थी। रिक्शेवाला जवान है···अभी रिक्शा खींचते हुए उसकी ताकत चुकना शुरू नहीं हुई इसीलिए इतनी तेजी है। सारी दुनिया को पीछे छोड़ने का हौसला रखता है।

"धीरे चलो रिक्शेवाले। पुलिस चौकी के पास ही कुआं है।"

"भैन जी, जानता हूं। कोई नया थोड़े ही हूं···"

···और इसके बावजूद पुलिस चौकी पीछे छूट गई। रत्ना और शोभना खड़े हाथ हिला रहे थे।

"नीलिमा-नीलिमा···रुको···"

नीलिमा ने उन्हें देख लिया और जोर से रिक्शेवाले की पीठ थपथपाई और रुकने को कहा।

"कमाल है। हम जब से तुम्हें देख रही हैं—हाथ हिला रही हैं—आवाजें दे रही हैं और ये मैडम हैं कि बस! ऐसा खयालों में खोईं कि देख ही नहीं रही हैं।"

नीलिमा खिसिया गई।

"पता नहीं कैसे ध्यान नहीं रहा। वैसे पुलिस चौकी तो मैं देखती चली आ रही थी।"

"देखो जी, जरा होश में बैठा करो। जमाना खराब है, कहीं कोई ऐसे ही ले उड़ा तो बस।" रत्ना ने चुटकी ली।

"रहने दो। अब इस उम्र में कौन भगाकर ले जाएगा।"

"कमाल है।" शोभना बोली। "हम सबसे ज्यादा फैशन और यंग नजर आती हैं मैडम और फिर भी उम्र को रो रही हैं।"

"यार, तीस की हो जाऊँगी अगली सर्दियों में। बुढ़ापा ही तो है अब।"

"अपना-अपना नजरिया है। फिर तो हमारी मिस सुजाता कुमार को क्या कहोगी। चालीस से ऊपर हो गईं। अभी भी बिचारी अपने शुभ विवाह की प्रतीक्षा में कैसा सज सँवरकर आती हैं।"

"प्लीज रत्ना। इट्स टू क्रुएल। इतनी निर्मम क्यों हो! अगर किसी की शादी नहीं होती तो इसका क्या मजाक बनाना। सिर्फ भाई-भाभी तो हैं इनके। क्यों लाख रुपया दहेज देने लगे वे लोग।"

यूं अक्सर मिस कुमार को लेकर किए जाने वाले मजाकों में नीलिमा खुद भी शामिल रहती कि वे उम्र का भी लिहाज नहीं करतीं और इस कदर लिपीपुती शो केस में रखी गुड़िया की तरह सजधज कर आती हैं। लेकिन पता नहीं क्यों, इस वक्त उनके गैर शादीशुदा होने की मजबूरी का मजाक उड़ाया जाना उसे अच्छा नहीं लगा। अभी हाल ही में कुछ दिन पहले नीलिमा ने उनसे पूछा था—"मिस कुमार आप शादी क्यों नहीं कर लेतीं?"—जब वे अपनी बीमारी के दौरान अपने अकेलेपन का रोना रो रही थीं। तब उन्होंने बहुत भोलेपन से जवाब दिया था।

"क्या बताएं नीलिमा! शादी से इंकार तो कभी हमने किया नहीं। अब हुई नहीं तो हम क्या करें" उनका सीधापन नीलिमा को कहीं अंदर तक छू गया था। सबकी अपनी-अपनी मजबूरी होती है। अब कोई उससे ही ऐसा कुछ पूछने लगे तो…।

लेकिन रत्ना तो अपनी ही रौ में थी।

"नहीं देंगे न। मैं इसीलिए मजाक उड़ाती हूं कि ये औरतें अपने खोल से बाहर आने की हिम्मत क्यों नहीं करतीं। अरे पढ़ी-लिखी हो—नौकरी करती हो। अपनी मर्जी से शादी करो। क्या धरा है जात-पांत में। वर्ना रोज बाल रँगो। मुंह रँगो। इतरा-मतराकर बोलो…बनो सबके लिए मजाक की चीज़।"

"तुम क्या समझती हो। इंटरकास्ट में भी अब लोग एतराज नहीं करते, अगर लड़की मोटा दहेज ला रही हो। सारी प्रॉब्लम तो दहेज की है, जो बढ़ती जा रही है। बीमारी है यह भयंकर।"

"बाय द वे बीमारी के नाम पर मैं आपको बता दूं कि डॉक्टर शहनाज़ और श्रीमती कुसुम मित्तल प्राइमरी पाठशाला में हमारा इंतजार कर रही हैं। आप लोग कदम जल्दी-जल्दी बढ़ाएँ और फिलहाल दहेज पर यह बहस मुल्तवी कर दें।"

"बढ़ा ही रहे हैं कदम!" चिढ़-सी गई नीलिमा। "तुम्हारी ये आदत बहुत बुरी है रत्ना। अपनी बात सबको चिल्ला-चिल्लाकर सुना दोगी और दूसरे की बात अगर तुम्हारी राय से मेल नहीं खाती तो फौरन काट दोगी।"

"मैं बात काट रही हूँ या वे लोग हमारा देर से इंतज़ार कर रहे हैं—यह बता रही हूँ। और नीलिमा—तुम इतनी सेंसिटिव कब से हो गईं।"

"सेंसिटिव का क्या सवाल है। तुम यह सोचती होगी कि मैं अकेली-धकेली रहने वाली। मेरी मजबूरी है तुम्हारे साथ आना···मेरे भी दस काम पड़े रह सकते हैं। सब छोड़छाड़कर आती हूँ। तुम्हारी तरह मेरा घर तो है नहीं कि सब कुछ छोड़कर चले आएँ। अपना तो सब कुछ खुद ही करना और देखना है···" अजीब भावावेश में हो गई नीलिमा। न चाहते हुए भी उसकी आँखें गीली हो गईं हालांकि अचानक उमड़ पड़ी अपनी इस कमजोरी पर उसे शर्मिंदगी महसूस हो रही थी।

"अरे यार नीलिमा! तुम्हें हो क्या गया है! मजाक की बात ··कहाँ खींचकर ले गई तुम।" शोभना उसका चेहरा देखते हुए बोली।

"क्या बात है! मूड ऑफ है क्या! कोई बात नहीं। मूड ही जो ठहरा। कभी ऑन और कभी ऑफ। अब चल और रत्ना ने बहुत स्नेह से अपनी बाँह से उसकी पीठ घेर ली। वो देख, वहाँ हैं वे लोग। अरे बाबा! डॉक्टर शहनाज़ ने तो बड़ी भीड़ इकट्ठी कर ली है। चल जल्दी···।"

कुसुम मित्तल ने अपने घर में चौका-बासन करने वाली रामकली को सबसे पहले पकड़ा था। उसी ने जाकर दूसरे घरों में खबर की—"डाक्टरनी आई हैं···चलो रे, जिसे जो मरज दिखाना हो, चलो मुफ्त का इलाज़ है मुफ्त का···"

'मुफ्त' का इलाज़ की बात सुनकर मुहल्ले में रामकली की बात को किसी ने गम्भीरता से नहीं लिया। कुछेक बच्चे ज़रूर वहाँ इकट्ठे हो गए।

रामकली अपनी लड़की, बहू और बहू के लड़का-लड़की, सबको लेकर पहुँच गई।

"ये हमारी बहू है। रोज जूड़ी आवै इसे। घर का कछु काम ना कर पावै।"

"कितनी कमजोर हो गई है। पीली पड़ रही है ये तो।"

"हाँ बहनजी। मैंने कही नहीं थी आपसे कि इसे जूड़ी चढ़ै।"

"कब से आ रही है जूड़ी ?" डॉक्टर शहनाज अब मुआइना कर रही थीं उसका।

" है गए करीब दस बारह दिना ?"

"दवा नहीं दिलवाई तुमने इसे अब तक ?"

"दिलवाई डॉक्टर साहब ! परली सड़क वाले डॉक्टर से। रोज पांच रुपया ले लेकिन कछु फायदा नाँय।"

"उल्टे सीधे क्वैक्स को पैसा दे देंगे लेकिन ये नहीं कि हॉस्पीटल आ जाँए···" शहनाज बोली। "कुसुम इसे क्लोरोक्वीन की टेबलेट्स दे दो।

"और डॉक्टर साहब ! ये हमारी लड़की। इसे रोज बुखार आ जावै। दिन चढ़ रये इसे।"

"इसे तो लगता है टी० बी० है।" शोभना फुसफुसाई। "शकल देख रही हो इसकी ?"

"जोर-जोर से सांस लो—जब हम आला लगाएँ"—शहनाज ने निर्देश दिया। "कै बच्चे हैं इसके ?"

"चार, डाक्टरनी जी···भगवान् भला करे तुम्हारा ! इसे ठीक कर दो। ससुराल वाले इस बीमारी की हालत में यहाँ पटक गए। जब तक ठीक ना होगी इसे वापिस ना ले जागे। कब तक करूंगी मैं इसका···?"

"इसे अस्पताल लेकर आओ। पर्ची लिखकर देती हूँ। इसके खून और थूक की जाँच होगी तब फिर लम्बा इलाज़ चलेगा। घबराओ मत। वहीं से दवाएँ मिलेंगी। मैं कह दूंगी। और हाँ, तुम—क्या नाम है तुम्हारा ?"

"सिरी देवी !" तुरंत रामकली ने बताया।

"तो सिरीदेवी, इस जच्चगी के बाद फौरन आपरेशन करवाओ। कितने बच्चे पैदा करोगी···"

रामकली के मुहल्ले के बच्चों ने देखा कि ये तो सचमुच की डॉक्टरनी हैं और सचमुच ही मुफ्त में दवाइयां दे रही हैं···तो वह दौड़-दौड़कर अपने घरों में खबर कर आए। पच्चीस-तीस घरों का वह मुहल्ला। ज्यादातर औरतें और बच्चे घिर आए वहाँ। कुछ आदमी भी कौतुकवश

वहाँ थे। ज्यादातर आदमियों के लौटने का समय तो अब हो रहा था। बूढ़ी और अधेड़ औरतें। घूंघट से मुँह ढके जवान बहुएँ। दबी-दबी मुस्कुराती बेटियाँ। कमर में बच्चे लादे छोटी लड़कियाँ। साथ ही छोटे लड़के जो सबसे ज्यादा धक्कामुक्की कर रहे थे, जैसे कोई तमाशा देखने के लिए सबसे सामने खड़ा होना लाजिमी हो। उन लोगों को अब दिक्कत महसूस होने लगी उस भीड़ को सम्भालने में।

"रामकली ! सँभालो इन लोगों को। इस तरह शोर करेंगी या धक्का देंगी तो चली जाएगी डॉक्टर यहाँ से।"

"अभी ठीक कर रई बहनजी मैं इन लोगों को। अरे दूर खिसको—और पीछे हटो। काए कूं चली आ रई छोरी, लल्ला को लेकर। तमासा है री ए का ! हमारी बहनजी हैं ये बिचारी। डॉक्टरनी जी को लेकर आई हैं। परेशान मत करो—एक-एक करके आओ⋯"

"बस अब दवाइयाँ खत्म। कल फिर आयेंगी ये बहनजी और दवाइयाँ देंगी तुम्हें। मैंने लिख दिया है सबकी पर्ची पर"—शहनाज़ उन लोगों से कह रही थी। "जिन लोगों को अस्पताल के लिए कहा है, वो अस्पताल आकर दिखाओ। पर्ची भिजवा देना मेरे पास। जल्दी बुलवाकर दिखा देंगे। और हाँ, अस्पताल के लिए पर्चा ले लो इन बहनजी लोगों से।" शहनाज़ ने रत्ना की ओर इशारा किया।

रत्ना नीलिमा की ओर मुखातिब होकर बोली।

"चल नीलिमा, टी० बी० वाली इस औरत के लिए डॉक्टर अशरफ के नाम की पर्ची लिखकर देदे —सिविल हास्पीटल के लिए। ये तीन चार लोग और हैं। इनके लिए भी डॉक्टर अशरफ—सिविल हास्पिटल के नाम पर्ची लिख दे। और शोभना, इन औरतों के लिए कमला प्रसूतिका गृह की डॉक्टर शहनाज़ के नाम पर्ची लिख दो।" फिर उस झुंड में एक औरत को सम्बोधित करते हुए बोली रत्ना—

"क्यों अम्माँ ! कमला अस्पताल तो जानती हो न। कमला जच्चा-बच्चा अस्पताल। कटरा चौराहे पर है। बहू को लेकर वहीं चली जाना। डॉक्टर साहब वहीं मिलेंगी। ना, घबड़ाओ मत। फीस नहीं लगेगी।"

पूरे तीन घंटे लग गए उस बस्ती में।

"ज्यादातर लोगों को मलेरिया है। रत्ना, कल सबको आकर कॉमाक्वीन बाँट जाना। इन लोगों से कहो कि अपना ब्लड टेस्ट करा लें। इनके पड़ोस में ही तो मलेरिया सेंटर है।"

"ठीक है, कल आएँगे हम लोग। लेकिन हम लोगों को चंदा और इकट्ठा करना होगा। कहाँ से आएँगी इतनी दवाइयाँ।"

"डॉक्टर्स के पास चलो। उन लोगों से सैंपिल की दवाइयाँ इकट्ठा कर लें।" नीलिमा बहुत उत्साह में थी।

"चलेंगे। संडे का प्रोग्राम बनाओ। निकलते हैं सब लोग।"

"मेरे पड़ोस में एक साहब रहते हैं। हॉस्पिटल के स्टोर में हैं वह। उनसे कहूँगी कि कुछ दवाइयाँ निकलवा दें।" शोभना बोली।

"क्यों किसी को चोरी के लिए इशारा दे रही हो।" कुसुम की राय थी।

"अरे वह हमारे इशारे के बगैर ही ढेरों दवाइयाँ लाता है और डॉक्टर बना बेचता रहता है उन्हें।"

"ठीक है जी, कौन हमें अपने लिए चाहिए। ज़रूरतमन्द को तो वैसे भी बिना सिफारिश दवा नहीं मिलती हॉस्पिटल से। हमारी वजह से किसी को तो मिलेगी।" रत्ना ने किंचित लापरवाही से कहा। "देवता बनकर तो कुछ नहीं कर सकते आप इस सिस्टम में।"

"ओहो, रत्ना! तुम भी अब अशरफ की तरह सिस्टम के बगैर बात नहीं करतीं। लगता है असर आ गया है तुम पर।"

रत्ना एकबारगी बिलकुल चुप पड़ गई। जैसे कोई चोरी पकड़ी गई हो उसकी। कोई जवाब ही नहीं सूझा उसे। फिर अपने पूर्व परिचित लापरवाही के अंदाज़ में बोली।

"डॉक्टर साहिबा! डॉक्टर अशरफ आपके हसबैंड हैं। आप हमारी दोस्त हैं और जनजागरण समिति की मेंबर हैं। आपको मालूम है कि हमारी इस समिति को बनवाने में आपके पूज्य पतिदेव का भी खासा हाथ है।"

शहनाज़ हँस पड़ी।

"बस-बस ! डोंट एक्सप्लेन सो मच ! समझ गए हम ।"

"एक बात तो है रत्ना , तू बंगाली तो कहीं से भी नहीं लगती ! न तू आमरा-तोमरा में बात करती और न स्त्रीलिंग-पुलिंग की गड़बड़ी करती । बल्कि हिंदी वालों से ज्यादा अच्छी हिंदी बोलती है ।"

"तुम्हें मालूम होना चाहिए नीलिमा मैडम कि हमारे दादा, परदादा सब यू० पी० के थे । इसके अलावा मुझमें शॉवनिज़्म नहीं कि मैं हर वक्त "आमार सोनार बांगला देश" कहकर नारे लगाऊँ और वह मानकर चलूं कि हम बंगाली सबसे ऊँचे । हमारी भाषा सबसे अच्छी । हमारा साहित्य सबसे उत्तम···"

"अच्छा-अच्छा लेक्चर बंद ।" शहनाज़ ने टोका उसे । "तुम तो सच-मुच चढ़ गईं । अब अगर तुम्हें अपनी समिति की शान बरकरार रखनी है तो कल मलेरिया के मरीजों को आकर दवा बँटवा देना । इसके अलावा सफाई, भरे पानी को हटवाने के लिए और मच्छरों के खात्मे के लिए तो तुम लोग आकर लेक्चर अरेंज करवा सकते हो ।"

"ये काम हम लोग कर लेंगे । क्यों नीलिमा, तुम दे दो न एक भाषण इस पर ।"

"ना भई, मेरे बस की नहीं । मुझे लगता है, ये औरतें हमारी बातें कम सुनती हैं, मन-ही-मन हमारा मजाक ज्यादा उड़ाती हैं । आज एक औरत को मैंने कहते हुए सुना था कि—ये परकटी कहाँ से आ गईं ।"

"मैंने भी सुना था । लेकिन तूने इससे आगे की बात नहीं बताई नीलिमा !" शोभना मुस्कुराते हुए बोली । "दूसरी औरत कह रही थी, जे इंदिरा गांधी बनी चली आई हैं ।"

सब लोग ठहाका मारकर हँस पड़े ।

"इट्स अकम्पलीमेंट भई ? क्यों नीलिमा ।"

"टेक इट ईजी यार ! अच्छा तुम एक काम करना । अपने बालों को बांधकर आना कल । और ऐसी साड़ी शिफॉन मत पहनना । थोड़ा सिम्पल, हाँ ! थोड़ा इनवॉल्व करो अपने आपको, फिर देखना । यू विल रियली एंजाय । मजा आने लगेगा तुम्हें । क्यों शहनाज़ ।" रत्ना ने आँख मारी उसे ।

"बिल्कुल ! मैं समझ रही हूँ। मैं आज अशरफ से कहूँगी कि भई तुमने तो गज़ब का असर डाला है लोगों पर। तुम्हारी बातों के तो कोटेशन दुहराए जाने लगे हैं। ऐनी वे, आइ मस्ट गो नाऊ। हमारे यहाँ गेस्ट आने वाले हैं। डिनर है कुछ लोगों का। मैं रिक्शा ले लूँ !"

डॉक्टर शहनाज के जाने के बाद कुसुम और रत्ना भी चली गईं। शोभना और नीलिमा साथ-साथ हो लिए।

"ये डॉक्टर शहनाज़ कौन है ?" नीलिमा पूछे बिना न रह सकी।

"ये भी लखनऊ मेडिकल कॉलेज में पढ़ी हैं। इस नाते रत्ना के भाई से जान-पहचान थी। इनके हसबैंड डॉक्टर अशरफ यहाँ सिविल हॉस्पिटल में हैं। टी० बी० सेक्शन के इंचार्ज हैं। रत्ना के घर आना-जाना है इन लोगों का।"

"काफी दोस्ती है—लगता है इन लोगों में।"

"वह तो है। जन जागरण समिति बनाने का आइडिया भी दरअसल रत्ना के भाई डॉक्टर रंजन और डॉक्टर अशरफ ने ही दिया था कि खाली बैठे ठाले औरतों जैसी बातें करते रहते हो…कुछ काम क्यों नहीं करते तुम लोग—सोशल वर्क।"—औरतों जैसी बातें ! लोग औरतों की औरतों जैसी बातों को इतना बुरा क्यों समझते हैं—नीलिमा को खयाल आया।

"अरे हाँ। एक बात याद आई। सुनो नीलिमा। हम लोग यह सोच रहे थे कि इन औरतों को अक्सर हम लोगों से मिलने की ज़रूरत पड़ती है। कभी हॉस्पिटल तो कभी कहीं किसी और के लिए सिफारिशी चिट्ठी लिखवानी हो या कहीं किसी दरख्वास्त पर कोई अपना पता देना हो…तो तुम्हारा पता दे दिया जाए इस काम के लिए ? दरअसल महिला कॉलेज तो सब लोग जानते हैं। किसी एक के घर का पता…थोड़ा पर्सनल-सा लगता है। लोग तुम्हारे यहाँ आसानी से पहुँच सकते हैं। तुम्हें कोई एतराज तो नहीं। रत्ना भूल गई शायद तुमसे कहना।"

"एतराज क्या ?" नीलिमा कुछ सोचती हुई धीरे से बोली।

"लेकिन बात तो मीटिंग में सबके सामने तय होनी चाहिए। हो सकता है कोई और एतराज करे।"

"कौन एतराज करेगा ! पकड़-पकड़ कर सबको मीटिंग में लाना पड़ता

है कि ऐसा न लगे कि टुटरू टु हम ही तीन-चार लोग शकल दिखा रही हैं इसमें । फिर तुम कहती हो तो अगली बार तय कर लेंगे ।"

खासी देर हो गई थी । तकरीबन आठ बजे थे । कॉलेज का बड़ा गेट बंद हो चुका था । नीलिमा रिक्शे से कॉलेज के गेट पर ही उतर गई । गेट से क्वार्टर तक का रास्ता काटना उसे हमेशा दूभर लगता है । सारे शहर का चक्कर लगा लो । पूरा दिन घूमते रहो—सब ठीक लेकिन गेट पर से अपने क्वार्टर तक का रास्ता जैसे कि कभी खत्म ही नहीं होगा । मन-मन भर के पैर हो जाया करते हैं उसके ।

आज उसका दिमाग शाम की बातों में ही उलझा था । यह शाम नीलिमा के लिए नितांत एक नया अनुभव थी । कीचड़ भरी गली में घुसते हुए पहले तो उसे लगा था कि हे भगवान ! कहाँ आ गई ! बरसाती गंदे पानी से उसे एलर्जी है । एकदम पैरों में घाव हो जाते हैं । उसने सोच लिया कि आज तो मारे ही गए । फिर वहाँ की औरतों···बच्चों और बूढ़ों की कौतुक भरी नजरें । उनके फिकरे । लगता था जैसे सब मजाक उड़ा रहे हों । लेकिन रत्ना और शोभना किसी की परवाह किए बगैर सबसे बतिया रही थीं । पकड़-पकड़कर उन्हें डॉक्टर शहनाज़ के पास ला रही थीं । किसी को अम्माँ···तो किसी को लल्ली···तो किसी को बाबा ···कौन कहेगा कि डिग्री कॉलेज की लेक्चरर हैं । रत्ना तो लेडी इर्विन की एम० एस-सी० है । शोभना भी यूं कम मॉड नहीं है । कुसुम जी की तारीफ करनी पड़ेगी । इस उम्र में घर-गृहस्थी छोड़ इन कामों में खूब दिलचस्पी लेने लगी हैं । और डॉक्टर शहनाज़ ! बहुत दिलचस्प पर्सनालिटी हैं । कैसे आराम से बैठी थीं उस जगह पर । काले गंदे पानी वाली नाली के ऊपर पड़ी थी चारपाई जिस पर बैठकर वह मरीज़ देख रही थीं···

इन्हीं खयालों में खोई कब नीलिमा अपने क्वार्टर तक पहुँच गई इसका ध्यान ही नहीं रहा । ट्यूबवैल के बाहर अंधेरे में मुंडेर पर बैठकर बतियाते हुए ट्यूबवल आपरेटर लछमन और चौकीदार मातादीन की जवान बीवी के दबे स्वरों ने उसका ध्यान तोड़ा । मातादीन की बीवी का नकियाता हुआ स्वर तैरता हुआ ऊपर आ रहा था । उसने घूमकर देखा ।

संभवत: उन लोगों ने उसे देख लिया था। लछमन ने अपने हाथ की सुलगती बीड़ी बुझा दी और उनकी बातचीत बंद-सी हो गई।

शाम के कंधों से उतरकर फैलती रात की चादर ने कैंपस को ढक लिया था। लड़कियों के हॉस्टल की खिड़कियों के दरीचों से झांकती रोशनी लुका-छिपी कर रही थी। प्रभा जी के क्वार्टर के बाहर छोटे-से लॉन में उनकी बहन विभा जी के लगाए दूधिया सफेद रजनीगंधा के फूल चमक रहे थे। आगे कहीं रात की रानी की झाड़ी थी। घुली हुई हवा में उसकी चटख खुशबू एक दिलकश माहौल पैदा कर रही थी।

नीलिमा का दिल चाहा कि आज यहीं पर खड़े-खड़े रात बिता दे। ताला खोलकर अंदर जाने का मन बिल्कुल नहीं कर रहा था। लेकिन अंदर तो जाना ही था। कुछ नहीं तो अभी प्रभा जी बाहर आकर भौंहें चढ़ाती पूछ लेंगी,—"कौन, नीलिमा जी ? अब लौटकर आई हैं ? कहाँ घूमती रहती हैं ?"

वह मुस्कुरा दी और सोचने लगी कि दोनों बहनें अंदर बैठी हुई क्या कर रही होंगी। प्रभा वर्मा महिला कॉलेज के प्राइमरी विभाग में हेड-मिस्ट्रेस हैं। नौकरी करते हुए सारी ज़िंदगी यहीं बीत गई। रिटायरमेंट के मुश्किल से आठ दस साल बचे होंगे। एक छोटी बहन··· वह भी अधेड़ावस्था की दहलीज छू रही है। लाख आगे के बाल कटाकर माथे पर बिखेर लें या साड़ी छोड़कर शलवार-कमीज पहनना शुरू कर दें लेकिन उनके आंखों की उदासी और सूनापन दिन-पर-दिन आंखों के नीचे बन रहे काले घेरों को गहरा करता ही जाता है। विवशता भरी मुस्कुराहट चेहरे पर छा रही झुर्रियों की हमजोली बन रही है।

प्रभा जी तो चलो, पांच-छह घंटे अपने स्कूल में बिताती हैं। विभा जी सारा दिन क्या करती होंगी। खाना पकाना, कपड़े धोना, घर साफ करना—बहन की सेवा करना। शाम को दोनों बहनें हाथ में शॉपिंग बास्केट लेकर बाज़ार से सब्जी और रोजमर्रा का सामान खरीदने जरूर निकलती हैं। हर शनिवार को दोनों बहनें फिल्म देखने जरूर निकलती हैं। यह भी स्कूल के टाइमटेबिल की तरह नियत है। ऐसी ज़िंदगी जीते हुए अगर कोई सनकी हो जाए तो ताज्जुब क्या है ! यह मशहूर है कि

प्रभा जी और विभाजी किसी मिलने वाले पुरुषपात्र को घर के अंदर नहीं बिठातीं। पहल तो मिलने ही कौन आएगा। खुदा न खास्ता एडमीशन-रिजल्ट वगैरह के काम को लेकर कोई आ ही गया, तो वह बाहर ही खड़ा रखा जाएगा। अपने सतीत्वरक्षा की दोनों बहनों को बेहद चिंता है। इसलिए वह पुरुषपात्र की परछाईं भर से परहेज करती हैं। देर शाम तक बाहर रहना उनकी नजर में बदचलनी के संकेत हैं···सो नीलिमा जी, चलो ऊपर। क्या फायदा, अभी कोई बाहर निकल आए। आपको हिकारत भरी नजरों से देखे और पूछे—"इतनी रात में यहां खड़े-खड़े क्या कर रही हैं आप ?

अपने क्वार्टर में पहुंचकर सबसे पहला काम नीलिमा ने यह किया कि रगड़-रगड़कर डिटोल से अपने पैर धोए। कपड़े बदले। अब वह कुछ नहीं करेगी। दूध के साथ चार स्लाइस डबलरोटी के खाकर वह बिस्तर में पड़ गई और बहुत देर तक रामकली के मुहल्ले की औरतों-बच्चों के बीच अपने आपको घिरा महसूस करती रही।

तीन

रक्षा-बंधन की छुट्टी थी। नीलिमा बिस्तर में पड़ी छुट्टी के दिन का कार्यक्रम बना रही थी।

यूं त्योहार को लेकर उसके मन में कोई भावुकता नहीं। इकलौती लाड़ली बेटी। कहने भर को सही, पिता थे तो जमींदार ही। वह दूसरी बात कि ऐसे उजड़े कि अन्त में हैसियत एक मामूली किसान भर की रह गई। इसके बावजूद परिवार का माहौल पुराना सामंती बना रहा। कुनबे वालों के लाख विरोध के बावजूद हॉस्टल में ही रहकर वह पढ़ी। सीधी-सादी चुप-सी रहने वाली माँ का भरपूर प्यार और समर्थन मिला उसे। इसीलिए शायद उसने किस्से-कहानियों की तरह आंसू नहीं बहाए कि काश! मेरे भी कोई भाई होता! सचमुच उसके दिल में कभी ऐसा सोच नहीं आया कि हाय, मैं भी किसी के राखी बांधती!

यहाँ, इस शहर में इतने सालों बाद अचानक उसके ठाकुर चच्चा मिल गए तो इस जरिये बचपन के कई सोए विस्मृत सूत्र उसके हाथों में आ गए। बहुत बचपन की धुंधली याद है उसे जब पिताजी जिंदा थे। तब दो एक बार इंद्रपाल चच्चा हवेली में आए थे। ठाकुर चच्चा कहती थी वह उन्हें। अब समय और हालात में बदलाव को देखते हुए उसने सिर्फ इंद्रपाल चच्चा कहना ठीक समझा।

उसने सोचा कि शाम को वह चच्चा के घर चली जाएगी। दिन भर तो बहुत सारे काम करने होते हैं। नहाना-धोना, बालों की सेटिंग, ब्लाऊजों में प्रेस, कमरा ठीक करना और न जाने क्या-क्या!

दोपहर हो गई यह सब करते-करते। फुर्सत के साथ ढंग से खाना बनाया और इत्मीनान से खाया। फिर सो गई तानकर। शाम होने पर ही वह उठी। ठीक से तैयार हुई। उसने सोचा कि चच्चा के घर जा रही है। विनय भैया और विजय को राखी भी बाँधेगी,···सो रास्ते से ही खरीदकर दो राखियां और मिठाई ले ली उसने। किसी के यहाँ इतना आओ-जाओ तो व्यवहार निभाना ही पड़ता है।

नीलिमा जब कोठी पर पहुँची तो रिक्शा हमेशा की तरह अंदर पोर्टिको पर जाकर रुका। उसे ताज्जुब हुआ कि ड्राइंग रूम तो बंद है, गैलरी का दरवाजा भी बंद है। एक बारगी आशंका से मन भर गया। गैलरी तो कभी बंद नहीं होती थी। वह सोच ही रही थी कि पीछे वाले लॉन की तरफ से गनपत आता दिखाई दिया।

"नमस्ते दीदीजी।" वह कुछ जल्दी में था।

"अरे गनपत। आज सब दरवाजे कैसे बंद हैं। खैरियत तो है। कहाँ हैं सब लोग?"

"अंदर हैं जी। पीछे से आने को बोला है मेम साब ने। आप भी पीछे से जाओ। पीछे वाले लॉन से जाओ।"

पीछे लॉन में—कुर्सियां, सफेद मेजपोश से ढकी मेजें। करीने से लगी प्लेटें, गिलास, चमचे···किसी पार्टी का इंतज़ाम लगता था।

अभी पिछले हफ्ते ही आई थी वह। तब ऐसा कोई ज़िक्र नहीं था। एकाएक उसका दिल चाहने लगा कि वह लौट जाए। लेकिन अब···यहाँ तक आकर! गनपत ने भी देख लिया है। क्या कहेंगे सब लोग? घर आई और बिना किसी से मिले चली गई। चलते हैं अंदर। देखा जाएगा।

अंदर सुधा भाभी ड्राइंग-रूम की सजावट को अंतिम रूप दे रही थीं। सोफों के बैक कवर बदले हुए थे। धुले हुए पर्दे अभी-अभी लगे थे। रोज वाले हरे कालीन की जगह सुर्ख लाल रंग का कालीन चमक रहा था। साइड टेबुल पर फूलदान में सुर्ख गुलाब महक रहे थे। भाभी कोने पर रखे एक स्टूल पर एक पेंटिंग दीवार के सहारे लगा रही थीं।

"नमस्ते सुधा भाभी! आज कौन-सी पार्टी की तैयारी हो रही है?"

"हाय नीलिमा! कितनी प्यारी लग रही है तू। अरे, डिनर पार्टी है

आज लोगों की। अच्छा हुआ तू आ गई। डी० जे० आ रहे हैं। कमिश्नर साहब भी शायद आयें। बाकी कुछ नेता-वेता हैं। सभी बड़े-बड़े लोग हैं। समझीं!" सुधा भाभी आने वाले लोगों के बड़प्पन के बारे में नीलिमा को पूरी तौर पर आश्वस्त कर देना चाहती थीं। वे इतनी खुश थीं कि बात करने में लगता था, जैसे किलकारी फूट रही हो।

"किसकी पेंटिंग है यह भाभी?"

"पेंटिंग तो किसी की भी हो सकती है। इस वक्त समझ लो कि मेरी ही है। इधर सोफे के पास इसे लगाऊं या उधर ही रहने दूं कोने में?"

"सिर्फ सजाना है या किसी खास मकसद से उधर लगाना चाह रही हैं आप?"

"समझ लो सजाना भी है और खास मकसद भी। बस नज़र पड़ जाए इस पर···तो प्रेजेंट कर दूंगी किसी को···"

नीलिमा को खीज होने लगी। अजीब पहेलियाँ बुझा रही हैं। पूरी बात भी नहीं बताएंगी और पूछेंगी भी जरूर। इसके बावजूद बिना स्वर में बदलाव लाए उसने स्वाभाविक तरीके से ही कहा।

"जैसे चाहे रख लें। दोनों जगह अच्छी लगेगी।"

पेंटिंग सचमुच खूबसूरत थी। इधर-उधर पहाड़-चट्टानें। बीच किसी जगह से फूटता पहाड़ी झरना। सफेद बर्फ के समान उफनता झाग। नीचे शांत नदी का रूप। हल्के सौम्य रंगों से बना अच्छा लैंड स्केप था। खूबसूरत चीज खूबसूरत ही होती है। चाहे कविता हो·· कहानी हो···चित्र हो···प्रकृति के दृश्य हों···पक्षी हो···औरत या आदमी हो···प्रकृति का कोई भी रूप हो। सुंदरता इंड्यूस करती है अपने चारों ओर के लोगों को···वातावरण को।

पता नहीं सुधा भाभी इस खूबसूरत पेंटिंग से कहाँ तक प्रभावित थीं। वे तो फिलहाल विशुद्ध रूप से दूसरों को उसके जरिए प्रभावित करना चाहती थीं। चाहे वह डिस्ट्रिक्ट जज हों या डिस्ट्रिक्ट मैजिस्ट्रेट। चाहे कोई अँगूठा छाप नेता हो या घी का लखपति व्यापारी, बशर्ते वह आदमी काम का हो—प्रभावशाली हो।

भाभी ने पेंटिंग सजाकर नीलिमा की ओर देखा। मानो पूछ रही

हों—कहो ! कैसा रहा !

"चाची कहाँ हैं भाभी ! दिख नहीं रही हैं।" नीलिमा को कुछ ध्यान आया।

"उनकी मत पूछो। घर में कुछ भी हो रहा हो उनका रूटीन नहीं बदलना चाहिए। गई थीं मिसेज नैयर के यहाँ ताश खेलने। अभी आई हैं। तैयार हो रही होंगी।"

दुविधा में पड़कर कुछ सोचते-सकुचाते हुए नीलिमा ने अंत में कह डाला।

"भाभी ! ये विजय और विनय भया के लिए राखी लाई थी··· आज रक्षाबंधन है न !···लेकिन···"

"अरे ननद रानी ! कहाँ, किसे फुरसत है त्योहार की ! इन लोगों का तो पता ही नहीं। ये तो डी० एम० साहब की कोठी पर गए थे। कह रहे थे अगर यहाँ हुए तो साथ ही लेकर आऊँगा। डी० जे० साहब के घर भी जाना है। हो सकता है वहाँ विजय जाएँ। बड़ा खुर्राट जज है। हाथ नहीं धरने देता किसी को···अपनी रौ में बोलते सुधा को लगा कि नीलिमा कहीं बुरा न मान जाए, सो बात का प्रवाह रोक एकदम बोल उठीं—"तुम ऐसा करो कि दोनों राखियाँ···"

नीलिमा ने इस बीच मिठाई का डिब्बा भी उनकी ओर बढ़ा दिया। सुधा को भी इंकार करते अटपटा-सा लगा लेकिन ये वक्त कुछ भी महसूस करने का नहीं था। अभी बहुत काम बाकी थे। किचिन में जाकर एक बार देखकर आना था। तैयार होना था। थोड़े ही देर में सब लोग आते होंगे इसलिए एकदम स्वाभाविक प्रवाह में सुधा ने बोलना जारी रखा।

"और ये डिब्बा, तुन प्लीज फ्रिज में रखवा दो। राखियाँ भी डिब्बे के अंदर ही रख दो। रात में सब काम से निबटकर फ्रिज खोलेंगे तो देख कर तुरंत याद आ आएगा और···बांध लेंगे राखियाँ दोनों भाई। तुम जैसी बहन जिसे मिल जाए, वह तो ज़रूर राखीग्रहण करेगा बहन से। ठीक है न।

नीलिमा कोई जवाब दिए बिना डाईनिंग रूम में आ गई। फ्रिज खोला तो देखा कि उस बड़े से फ्रिज में मिठाई का वह डिब्बा किसी तरह

से ठूंसा भर जा सकता था। पूरे फ्रिज में सोडा वाटर और कोल्ड ड्रिंक्स की बोतलें भरी पड़ी थीं। उसने चुपचाप डिब्बा फ्रिज के ऊपर रख दिया दोनों राखियां भी डिब्बे के पास रख दीं। फिर कुछ सोचते हुए उसने राखियां उठा लीं। सुनहरी डोरी में सुनहरे धागों से बँधे सफेद, लाल मोती। फिलहाल इन लोगों का ध्यान इस ओर तो जाने का नहीं और न ही इन लोगों के लिए इसकी कोई अहमियत! उसने उन्हें पर्स के अंदर डाल लिया। एकबारगी गुस्सा आने लगा उसे। क्या जरूरत थी बिना बात भावुकता प्रदर्शन की। थोथी व्यावहारिकता दिखाने की। खैर! जो हुआ सो हुआ। अब फूटो यहाँ से जल्दी। इस अफरा-तफरी में किसी को फुर्सत नहीं यह याद रखने की कि कौन कब आया और कब गया! भाभी से मुलाकात हो गई, यह काफी है···

बाहर आई तो देखा कि उन करीने से लगी कुर्सियों में से एक कुर्सी खींचकर चच्चा बैठे थे। सामने एक छोटी मेज पर एक गिलास और एक व्हिस्की की बोतल रखी थी। गनपत फ्रिज में से निकालकर एक ठंडी सोडा वाटर की बोतल ले जा रहा था। चच्चा आँखें बंद किए कुर्सी की पीठ पर सिर टिकाए हुए थे। उसके आने की कुछ आहट हुई तो आँखें खोलीं। आँखें मिचमिचा रही थीं। सप्रयास आँखें खोलकर उन्होंने नीलिमा को देखा तो जैसे खुश हो गए।

"अरे वाह! नीलिमा बेटी! कब आई?"

"नमस्ते चच्चा। अभी थोड़ी देर पहले ही आई थी। सोच रही थी कि अब चलूं। आज तो सब लोग बहुत बिजी हैं। फिर आऊँगी।"

"कैसी बातें करती हो। आज बेटे, कुछ लोगों को खाने पर बुलवा लिया है। तुम्हें तो हम सोच ही रहे थे कि किसी तरह खबर करवा दें लेकिन बस! विजय को तो अपना क्लीनिक इतना प्रिय है कि बस। सारी दौड़-भाग अकेले विनय के ऊपर पड़ जाती है। आजकल कांटैक्ट्स बनाना और फिर उन्हें निभाना···बड़ा जरूरी है भाई···" ठाकुर चच्चा जसे खुद को समझा रहे थे। उनकी आँखें फिर मुंद गईं।

तभी चाची निकलकर आईं अंदर से।

"नमस्ते चाची!" नीलिमा खड़ी हो गई।

"जीती रहो बेटी। कैसी हो! आओ बैठो।"

चाची नहा-धोकर भरपूर तैयारी के साथ आई थीं। चाची का व्यक्तित्व सचमुच बहुत आकर्षक है, नीलिमा सोच रही थी। इस उम्र में आकर थोड़ा मोटापा उनके शरीर पर जरूर छा गया था लेकिन इसके बावजूद उन्हें कोई मोटा नहीं कह सकता था। चमकता गेहुँआ रंग। काली बरौनियां। तराशी हुई पतली भौहें। डाई से रंगे, कंधे तक कटे-काले चमकीले बाल। दूधिया रंगत होने के बाद भी चाची पाउडर की पर्तें चेहरे पर लगाना न भूलतीं। सुर्ख लिपिस्टिक। चवन्नी बराबर की सुर्ख लाल बिंदी। पुष्ट अनावृत्त गरदन पर रेंगती सफेद मोतियों की लड़ी। उँगलियां किस्म-किस्म के नगीनों वाली अँगूठियों से घिरी। किसी में मोती तो किसी में माणिक। दायें हाथ की बीच वाली उँगली पर हीरा दमक रहा था। कोई अंगूठी सोने तो कोई चांदी में मढ़ी। पूरे परिवार के सदस्यों के ग्रहनक्षत्र साक्षात इन पत्थरों के रूप में चाची की उँगलियों में विराजमान थे। लाल बूटियों में भरी सफेद कांजीवरम साड़ी का खूबसूरत कामदार पल्लू चाची के पीठ पीछे जमीन छूने को तत्पर था। चाची आईं तो नीलिमा को लगा कि जैसे उसकी आँखें चौंधिया गई हों।

उनके सामने उसे लगा जैसे वह एकदम फीकी है···बेरंग। हालांकि उन दोनों की उम्र में दुगने का फर्क था।

नीलिमा के पास अपने उम्र की ताज़गी। अपने पढ़े-लिखे होने का बोध। कार्यकारी जीवन से पैदा होने वाला आत्मविश्वास, जो व्यक्तित्व में सादगी का समावेश करता है। बड़ी-बड़ी बोलती आँखें—सौम्यता और लजीलापन लिए। आभूषण के नाम पर उन्नत नाजुक नाक में दमकती हीरे की कनी। धनुषाकार महीन भौहों के बीच झाँकती छोटी-सी भूरी बिंदी! गोरा स्निग्ध चेहरा। खासी खूबसूरत थी नीलिमा।

लेकिन इसके बावजूद चाची उस पर कई गुना भारी थीं। आत्मविश्वास की मज़बूत चट्टान पर उनका व्यक्तित्व टिका था। पति, बेटों और बहू के सम्मान से घिरी, परिवार की एकछत्र साम्राज्ञी होने के अभिमान से चेहरा देदीप्यमान था। उनकी अधमुंदी आँखों में दर्पिता नारी का रूप प्रतिबिम्बित था।

इस स्तर पर नीलिमा का आत्मविश्वास खंडित था। उसके साम्राज्य की आधारशिला झूठ और धोखे के अंधे गह्वर में रखी गई थी। वहाँ इमारत बनने से पहले ही धसकने का आभास देने लगी थी इसलिए उसे छोड़कर वह खुले, हरहराते मैदान में आ खड़ी हुई थी। वहाँ से दूर··· अनंत तक···कभी न खत्म होने वाले सफर की पगडंडी तो दीखती थी लेकिन कहीं सर छिपाने के लिए कोई छत नहीं थी, जहाँ घड़ी-दो-घड़ी निश्चिंत होकर, बिना किसी हड़बड़ाहट के, किसी आशंका के आँखें मूंद कर सोया जा सके। मन की गहराइयों की अंतिम तह तक विश्राम किया जा सके। नीलिमा के पास कोई दर्प नहीं—अहम् नहीं। अगर कुछ था तो केवल हारेपन का अहसास और पछतावा। सही-गलत के हिंडोलों में ऊपर उठता-नीचे गिरता मन। अंतर में रिसता हुआ, घायल संस्कारी अहम्, जो अपने साथ सियामी जुड़वे बच्चों की तरह ईशू की अपने सवालों का जवाब मांगती निगाहों की छवि लिए फिरता था। वह लगातार उन सवालिया निगाहों से भाग रही थी·· और भागते हुए हारे आदमी का कोई आत्मविश्वास नहीं होता, गर्वीला व्यक्तित्व नहीं होता।

चाची सामने बैठी मौन थीं। उनकी लगातार उपस्थिति·· नीलिमा का दम घुटने लगा। चाची की भारी भरकम, भेद टोहती-सी निगाहें। वह उठकर खड़ी हो गई और टहलने लगी।

चाची ने उसे उठते देखा लेकिन कहा कुछ नहीं। वह चाचा की ओर मुखातिब थीं और कुछ कह रही थीं। उनका चेहरा किंचित तना हुआ था। शायद वह चाचा पर नाराज़ हो रही थीं कि वे अभी से क्यों पीने बैठ गए, कि थोड़ी देर बाद मेहमानों के साथ फिर बैठना पड़ेगा। चाचा ने गिलास और बोतल सरका दिए। दरअसल चाचा की मज़बूरी थी। कोर्ट से आकर यह उनका नियमित कार्यक्रम था। दो-तीन घंटे वह होते-साथ में चाची होतीं। आने-जाने वाले लोग, दोस्त-अहबाब, कभी-कभी कोई मुवक्किल होते। बोतलें खुलतीं। गिलास खनकते। यही अवसर होता जब शहर के व्यापारी, अफसर, नेता और न जाने कौन-कौन··· उनके साथ बैठक में सम्मिलित होते।

चाची इस दौरान एक संरक्षक की हैसियत से सब देखतीं भालतीं।

नाप-जोख करती निगाहें— लोगों को टटोलती रहतीं। जब जरूरत समझतीं तब हस्तक्षेप करतीं—

"साहब बहादुर ! बस कीजिए। बहुत हो गया···" और उनका गिलास उठा लेतीं। उनका रखरखाव, पूरा व्यवहार उस पुराने वातावरण को, उस बीते जमाने के परिवेश को सफलतापूर्वक पुनर्निर्मित करता जिसके तहत चाचा इंद्रपाल सिंह शर्मा अब भी साहब बहादुर थे। इन शराब की बैठकों और चाची की मेहमानदारी का ही यह करिश्मा था कि वक्त बदल गया, ज़माने गुज़र गए लेकिन चाचा आज तक कोई मुकदमा नहीं हारे।

इसलिए चाचा बिना किसी गलती के अपने रोज के कार्यक्रम से बंधे थे। चाची का कहना था कि अगर अभी से उन्होंने अपना कोटा पूरा कर लिया तो मेहमानों के साथ क्या करेंगे। क्या खाली गिलास खनकायेंगे उनके साथ ? महत्त्वाकांक्षाओं के रास्ते पर चलते, दर्जा आठपास चाची का व्यवहारिक अनुभवों से प्राप्त ज्ञान अपने आप में बेजोड़ था।

चाचा ने मानो हथियार डाल दिए और आंखें मूंद कुर्सी के हत्थों पर हाथ रखे जैसे पसर गए। चाची उठकर अंदर चली गईं।

उनके जाने के बाद नीलिमा धीमे कदमों से टहलती हुई चुपचाप आकर फिर वहीं बैठ गई। उसे सर में हल्का-हल्का दर्द महसूस होने लगा था। वह अभी भी दुविधा में थी।

तभी काली अम्बेसेडर फाटक के अंदर आई। विनय भैया मुस्कराते हुए उतरे और कार का दरवाजा खोलकर खड़े हो गए। डिस्ट्रिक्ट मजिस्ट्रेट खन्ना और उनका एक चपरकनाती उतरे। विनय भैया उन्हें इस पार्टी में लाने में सफल हो गए थे और सफलता की मुस्कान चेहरे पर थी।

इंद्रपाल सिंह उठ खड़े हुए। दरबारी अंदाज़ में आधा झुक कोर्निशनुमा अभिवादन किया और फिर आगे बढ़े। नमस्ते की मुद्रा में जुड़े खन्ना साहब के दोनों हाथों को पकड़ बहुत आत्मीयता से बोले,

"आइए-आइए ! तशरीफ रखें हुजूर। बहुत शुक्रिया आपका··· आइए प्लीज" और रास्ता बताते हुए आगे बढ़े।

"नमस्ते खन्ना साहब। और···अकेले-अकेले कैसे ? मिसेज खन्ना कहाँ है ? चाचीजी न जाने कब चाचा की बगल में आकर खड़ी हो गई थीं— किंचित इठलाती हुई-सी बोलीं।"

"दरअसल···मिसेज खन्ना कानपुर चली गई हैं दो दिन के लिए वरना वो तो ज़रूर आतीं।"

"हाँ, देखिए हमारी पार्टनर तो रह गई।" मिसेज खन्ना के साथ चाची की बहुत पटती थी। दोनों रोटरी क्लब की मेम्बर—लगभग रोज क्लब जाने वाली, दोनों ताश की धुरंधर खिलाड़ी। खन्ना साहब तो बहुत सीधे और ईमानदार थे। लेकिन इसका क्या करें? अगर शहर के बड़े व्यापरियों और ठेकेदारों की बीवियाँ मिसेज खन्ना के साथ ताश खेलतीं और बड़ी-बड़ी रकमें हार जातीं। खुद चाची भी उनकी जोड़ीदार थीं। चाची हारती तो नहीं थीं लेकिन दोस्ताने में उन्हें अपने यहाँ अक्सर अपने घर लेकर आतीं। खातिर तवज्जों करतीं और फिर दोस्ती की प्रगाढ़ता के लिए बड़े-बड़े उपहार देतीं। अब अगर दस बार मिसेज खन्ना आतीं तो दो बार उनके साथ खन्ना साहब का आना भी लाजिमी होता।

चाचा और चाची खन्ना साहब को लेकर आगे बढ़ गए। आगे ही सुधा भाभी मिल गईं।

"नमस्ते खन्ना साहब···अरे आंटी कहाँ है ?" अल्हड़ युवती की तरह चहकीं भाभी।

"वो·· वो···" मुस्कुराकर रह गए खन्ना साहब।

'बेटे, तुम्हारी आंटी बाहर गई हैं···" चाचा धीमे से बोले। नीलिमा को यह देखकर सुखद आश्चर्य हुआ कि इस समय चच्चा की मौजूदगी के बावजूद भाभी के सिर से पल्ला गायब था। देखते-देखते इतनी जल्दी और इतनी सुघड़ता से पार्टी के लिए तैयार हुई भाभी बीत रही शाम और उतरते अंधेरे के बीच चमकती रोशनी की तरह जगमगा रही थीं। नीली जरी कोटा की साड़ी को उनके गले में चमकता नीले टरकॉइज का हार जैसे चुनौती दे रहा था।

"खन्ना साहब, ये नीलिमा···समझ लीजिए मेरी बेटी है। लेक्चरार है यहाँ महिला कॉलेज में।"

नीलिमा ने हाथ जोड़ दिए।

"चलो नीलिमा। उधर चलकर गेस्ट्स को रिसीव करते हैं···" और बिना कुछ कहने का मौका दिए सुधा भाभी उसे बाहर की ओर खींच ले गईं।

विनय भैया पोर्टिको के पास ही थे। इस बीच और अनेक मेहमान आ चुके थे। उनसे दो कदम पीछे सुधा भाभी खड़ी हो गईं। नीलिमा उनके साथ ही थी। शिष्टाचार और संकोच उसे वहाँ से जाने नहीं दे रहे थे। सुधा भाभी क्या सोचेंगी। इतना बेगानापन। चलो, आज यह भीड़-भाड़ ही सही। ईशू के साथ भी इसी तरह के भीड़भाड़ वाले सरकारी आयोजनों में जाना होता था। वहाँ तो पार्टीज़ अटेंड करना भी सरकारी शिष्टाचार और प्रोटोकल के तहत होता। वह भीड़ से हमेशा दूर भागने वालों में रही है लेकिन ईशू उसे सार्वजनिक समारोहों में खींचकर ले जाता। "सरकारी अफसर की बीवी हो···कैसे बचोगी इन सबसे···" वह कहा करता। कहाँ होगा वह आजकल?

"नमस्ते भाभी जी।"

"नमस्ते। आइए घनश्याम सिंह जी। नीलिमा, ये घनश्याम सिंहजी हैं। पिछली सरकार में अपने उपशिक्षा मंत्री थे और आजकल शहर काँग्रेस कमेटी के अध्यक्ष···हमारे नेता हैं···"

"बस करिए भाभी जी। आप भी हमई को खींचने लगीं।" घनश्याम सिंह जी पान से रंगे दाँत दिखाते, खीसें निपोरते हुए बोले। मोटा स्वस्थ शरीर। अलीगढ़ कट सफेद पाजामा, लम्बा कुर्ता। उम्र कोई खास नहीं लेकिन चेहरे पर पक्कापन। आँखें चौकन्नी, जल्दी-जल्दी इधर-उधर देखती टोह लेतीं।

"आपका परिचय, भाभी जी—" घनश्याम जी ने नीलिमा की ओर मुखातिब होकर दोबारा हाथ जोड़ दिए, आदतन।

"ये नीलिमा, विनयजी की बहन···ये···"

"जी मैं पढ़ाती हूँ महिला कॉलेज में।"

"अच्छा-अच्छा। महिला कॉलेज में।" घनश्याम सिंह जी बातचीत में कभी जल्दबाजी नहीं दिखाते। आराम से हर शब्द का पूरा-पूरा

उच्चारण करते, सावधानी से एक-एक शब्द लगाते। "आपके यहाँ एक विद्यावती भी तो हैं।"

"जी हां ! विद्यावती जी संस्कृत पढ़ाती हैं।"

"हां ! हां ! वही ! बहुत मदद किया हमने उनको कॉलेज में घुसाने के लिए।" फिर वे सुधा भाभी की ओर मुखातिब हो गए। "अरे, है न अपना वो सुरेंद्र, पत्रकार। उसी की वाइफ है। हमारे महिला विंग की बड़ी अच्छी कार्यकर्ता।" वे फिर से नीलिमा की ओर मुखातिब होकर बोले—"हें हें हें · हें · आपको नहीं है दिलचस्पी सामाजिक कार्यों में ? अरे आप लोग युवा हैं—पढ़ी लिखी हैं—काम कीजिए आगे आइए···" घनश्याम सिंह ने टिपिकल नेता के अंदाज़ में भाषण देना शुरू कर दिया।

"नीलिमा, तुम घनश्याम सिंह भाई साहब को लेकर चलो, मैं अभी आती हूँ।" अचानक सुधा भाभी को न जाने कौन-सा काम याद आ गया था।

"हें हें हें हें, अरे भाई। हम तो घर के आदमी हैं। तकल्लुफ की कोई बात नहीं।···आइए नीला जी उधर बैठते हैं···" और घनश्याम सिंह जी ने बहुत आत्मीयता के साथ अपनी बाँह से नीलिमा की पीठ को घेरकर उसके कंधे पर हाथ रख दिया।

नीलिमा एकदम बौखला गई। यह क्या बेहूदगी है ? जान न पहचान बड़े मियां सलाम···और वह छिटककर अलग हो गई।

"सिंह साहब, इंद्रपाल चाचा उधर हैं और आपका इंतजार कर रहे हैं···" और उसने नेताजी को रास्ता दिखा दिया।

नीलिमा अजीब हाल में फँस गई थी। यह तो पार्टी कम, बिजनेस ज्यादा है। हर आदमी का अपना-अपना मकसद है और अपना-अपना ढंग है। वह थोड़ी देर इधर-उधर टहलने के बाद वहीं एक कोने में कुर्सी खिसकाकर बैठ गई ताकि आसानी से उस ओर किसी कि नज़र न पड़े।

"हाय, व्हॉट अ प्लेजेंट सरप्राइज···" नीलिमा अचानक उठकर तेजी से आगे बढ़ी। डॉक्टर शहनाज़ आ रही थीं। उसके साथ दो लोग और थे।

"हलो डॉक्टर शहनाज़" नीलिमा ने आगे बढ़कर शहनाज़ के दोनों हाथ थाम लिए। वह इस वक्त सचमुच बेहद खुश थी उसे वहां देखकर इस खुशी में राहत का भाव ज्यादा था।

"हलो नीलिमा ! कैसी हो ? शहनाज की वही मुस्कुराता···छोटे वाक्यों को फटकारता हुआ अंदाज़।

"फाइन···और आप कैसी हैं !"

"देख रही हो। भली चंगी। नीलिमा आपसे मिलो। डॉक्टर अशरफ माय हसबैंड। और आप हैं, नीलिमा। इकॉनोमिक्स की लेक्चरर महिला कॉलेज में।"

"हलो मिस नीलिमा। अशरफ आगे आए। अशरफ छह फुट लम्बा ईरानियों जैसा गौरवर्ण। बालों का रंग भी हल्का भूरा···बहुत हल्की नीली आभा लिए आंखें। आसानी से कोई डॉक्टर अशरफ को विदेशी समझने की भूल कर सकता था।

"और इनसे मिलो। हमारे दोस्त। डॉक्टर अभिजित। अभिजित बनर्जी। आजकल सऊदी अरब में हैं। जमकर पैसा पीट रहे हैं।"

नीलिमा ने अब ध्यान से देखा। मध्यम कद। साँवला रंग। गोल-मटोल चेहरा। हल्की मूंछें।

और अभिजित ने बहुत आत्मीयता से, जैसे पुरानी पहचान हो, नीलिमा का हाथ अपने हाथ में ले लिया।

"हलो नीलिमा जी, हाउ यार यू···" और हौले से हाथ दबाकर छोड़ दिया।

नीलिमा सकुचा गई और फौरन हाथ खींच लिया। बड़ा वेस्टर्नाइज्ड है अभिजित। नमस्ते-उमस्ते सब भूल गया।

बहरहाल अब नीलिमा तनावमुक्त थी। उसे अपने साथ के लोग मिल गए थे। डॉक्टर विजय ने उन लोगों को देख लिया था। उसने आकर उन लोगों का स्वागत किया और उन्हें दूसरे मेहमानों से मिलाने ले गया। वे सभी एक गोल में इकट्ठा बैठ गए।

ड्रिंक्स का दौर चल रहा था। घनश्यामजी ने शायद ज्यादा ही चढ़ा ली थी इसलिए विनय भैया ने उन्हें ले जाकर बिठा दिया। उनकी वाणी

मुखर हो चुकी थी और साक्षात् सरस्वती अब विराजमान थीं। माँ-बहन की गालियाँ सुनाते हुए वह सुरेंद्र प्रताप के सात पुश्तों का उद्धार कर रहे थे। इन दिनों उनका यही शगल था। आजकल प्रदेश के ऊर्जा मंत्री सुरेंद्र प्रताप जो इसी ज़िले से हैं, उनसे घनश्याम सिंह जी को यही शिकायत थी कि उन्होंने ही इस इलेक्शन में उनका टिकट कटवा दिया। वह न सिर्फ जीतते बल्कि फिर से मंत्री भी बनते। उनकी पुराण-कथा चालू हो चुकी थी।

इस बीच अभिजित उठकर खन्ना साहब की तरफ चले गए। वहाँ ड्रिंक्स सर्व हो रही थीं। कोला-कोला के अपने गिलास लिए शहनाज़, अशरफ़ और नीलिमा बतियाते रहे। जनजागरण समिति का भी ज़िक्र आया तो अशरफ और उत्साहित हो गए। शहनाज़ ने बताया कि नीलिमा भी अक्सर समिति के कामों में शामिल होती है। अशरफ को देखकर पहले तो लगा कि वे बहुत कम बोलते हैं लेकिन फिर बोलने पर आए तो बस, धारा प्रवाह। दुनिया-जहान की सैर करा दी अशरफ ने।

नीलिमा सब कुछ बड़े मनोयोग से सुनती रही। उसे बहुत अच्छा लग रहा था। कितना जानता है यह आदमी। पेशे से डॉक्टर है लेकिन इतिहास-राजनीति-साहित्य—सब पर अधिकार है। ऐसे डॉक्टर कम ही होते हैं। आमतौर पर डॉक्टरों के बारे में नीलिमा की राय बहुत अच्छी नहीं रही। उसे लगता कि इंसान को जिंदगी बख्शने वाले इस पेशे के लोगों में ही इंसानियत सबसे कम होती है। जल्दी-से-जल्दी अपना सोशल स्टेट्स भव्य से भव्यतम बनाना और ज्यादा-से-ज्यादा पैसा कमाना ही जैसे इनका मकसद हो... लेकिन ये डॉक्टर अशरफ तो बिल्कुल भिन्न हैं। डॉक्टर के अलावा इंसान भी हैं। मियाँ-बीवी सचमुच बहुत बढ़िया लोग हैं। खूब काम करते हैं और जमकर समाजसेवा करते हैं।

लौटते में वे लोग उसे कॉलिज तक छोड़ गए। खासी देर हो गई थी। कपड़े बदल, मुँह हाथ-धोकर नीलिमा जब बिस्तर पर लेटी तो उसका मन बहुत हल्का था। बहुत देर तक वह शहनाज़, अशरफ और अभिजित के बारे में सोचती रही। अभिजित उसे बहुत दिलचस्प लगा। बहुत खुला हुआ और माडर्न। उसकी बातों में खासा इंटरेस्ट ले रहा

था। अच्छा ! अगर अभिजित की तरह वह भी कहीं बाहर चली जाए। सऊदी अरबिया, लीबिया या ईरान···या कहीं और ! लेकिन वहाँ अर्थ-शास्त्र के आदमी का क्या काम ? न तो डॉक्टर है, न इंजीनियर···हाँ, रिसर्च करने तो जा सकती है वह बाहर लेकिन इन जगहों पर जाकर क्या रिसर्च होगी। यहाँ तो सिर्फ पैसा ही पीटा जा सकता है। कोशिश करे। क्या पता बाहर की अगर कोई स्कॉलरशिप ही मिल जाए। पूरी जिंदगी एक नए सिरे से शुरू करने का मौका मिल सकता है।

नई जिंदगी। उसे लगा कितनी आसानी से कह गई वह—नई जिंदगी ! क्या सचमुच वह नई जिंदगी शुरू कर पाएगी ?

यहाँ इस शहर में आते समय नीलिमा ने कोशिश की थी कि वह कोई ऐसी चीज अपने साथ न ले जाए जो ईशू से जुड़ी हुई हो। उस समय भी उसने यही दोहराया था—नई जिंदगी ! हाँ, कि वह एक नई जिंदगी शुरू करने जा रही है ! वह पहले भी नीलिमा राजपूत थी। अब भी नीलिमा राजपूत है। नीलिमा चंद्र, वाइफ ऑफ श्री ईश्वर चंद्र नाम का एक छोटा-सा अध्याय उसकी जिंदगी की किताब में आ जुड़ा था। तीन-चार वर्षों के इन चंद पेजों को उसने चिपकाकर ऐसा बंद किया कि वे पेज किताब से गायब ही हो गए। कोई नहीं पढ़ सकता उन पेजों को। चाहे तो वह स्वयं भी नहीं। किसी को उसके उन चंद वर्षों के बारे में कुछ मालूम ही नहीं। इसीलिए उसके आस-पास के लोग जो चाहे उसके बारे में अनुमान लगाते हैं और कहते हैं। वह भी उन पृष्ठों को, उसके पाठ को विस्मृत कर चुकी है इसीलिए चुप रहती है। कॉलेज हॉस्टल में रहने वाली अकेली औरत···तिस पर शादीशुदा···पति का कोई पता नहीं··· आदमियों के मुँह में लार पैदा करने के लिए इतना परिचय तो बहुत है। इसीलिए उसे चेहरे पर लोह आवरण धारण किए रहना पड़ता है।

क्यों ? क्या जरूरत है इस दोहरेपन की ? इस नाटक की ? खुद उसके मन का अपराध बोध है शायद, जो उसके अवचेतन से ऊपर उठ आने में सक्षम हो जाता है और उसके अंतर को कुरेदता है···क्या किया था ईशू ने ?

ईशू···बातचीत में अभिजित जैसा खुला और खिलन्दड़ा नहीं था।

अशरफ जैसा धाराप्रवाह झरने जैसा भी नहीं। लेकिन एक शांत नदी जैसा, जो हमेशा एक जैसी प्रवाहित होती रहती है। गहरी और संतुलित जानकारी में अशरफ से कम भी नहीं। नीलिमा के भीतर घटाएँ उमड़-घुमड़ होने लगीं। उसे लगा कि वह सो नहीं पा रही है।

बाहर शायद बादल घिर आए थे। वातावरण में घुटन होने लगी। उसकी नींद उचाट हो गई। उसने तकिया दोहरा करके अपनी गरदन के नीचे फँसा लिया और पेट के बल लेट गई। तभी उसे लगा कि रोशनदान से आती हवा के साथ बहुत महीन पानी की फुहार उसकी गर्दन पर पड़ने लगी। तेज हवा के साथ बूँदा-बाँदी हो रही थी। उसे गुदगुदी होने लगी। उसे लगा, किसी ने उसकी गरदन पर अपने होंठ रख दिए हों···ठीक ईशू की तरह ··ठंडे, सिहरते, काँपते होंठ। शीत की लहर जैसे उसके सिर से लेकर पैर के छोर तक दौड़ गई हो। वह काँपने लगी···अंदर से जैसे कँपकँपी हो रही हो। उसने सोचा कि अलमारी से ओढने के लिए मोटी चादर ले ले लेकिन उससे उठा नहीं गया। ज्यों-की-त्यों पड़ी रही वह और लहरों का सामना करती रही, जो उसे बहा रही थीं···नीचे खींच रही थीं···उसके साथ खेलती···नोच खसोट रही थीं। उसने नीचे पड़ी तकिया दोनों हाथों से दबाकर छाती के नीचे जोर से भींच ली···उसका बस करता तो वहाँ रखे पत्थर को भी छाती के नीचे भींच चूर-चूर कर देती। लहरों का जोर कम ही नहीं हो रहा था। लगता था वह लड़ते-लड़ते खत्म हो जाएगी···

न जाने कब तक डूबती-उतराती वह अन्त में निढाल हो गई और बिस्तर में मुँह गड़ाकर निविड़ अंधकार में घिरी हुई न जाने कब सो गई।

इंद्रपाल चच्चा और उनके परिवार के साथ नीलिमा की मुलाकात बहुत अप्रत्याशित तरीके से हुई थी। रत्ना के भाई डॉक्टर रंजन मुखर्जी के बेटे का जन्मदिन था। बर्थ डे पार्टी में नीलिमा आमंत्रित थी। उसी पार्टी में इंद्रपाल सिंह का छोटा बेटा डॉक्टर विजय भी था। नीलिमा को

कॉलेज में आए लगभग ढाई साल ही हुए थे। शहर के लोगों से उसका कोई खास परिचय नहीं था।

रत्ना ने उसका परिचय सभी से कराया। रत्ना का मस्तमौला स्वभाव और मुँहफट जबाव। विजय को देखकर बोली।

"डॉक्टर विजय, मेरी दोस्त नीलिमा से मिलिए। हमारे कॉलेज की लेक्चरर। इकॉनामिक्स पढ़ाती हैं। और नीलिमा, ये डॉक्टर विजय हैं। ये सिंह भी हैं और पंडित भी। दोनों के बीच की चीज़ हैं यानि बीच के लोग"···और ठहाका मारते हुए आगे बढ़ गई।

विजय एकदम खिसिया गया। नीलिमा ने भी बहुत अटपटा महसूस किया। उस अटपटेपन की स्थिति से उबरने के लिए उसने बात शुरू की।

"रत्ना का तो स्वभाव ही ऐसा है। जो जी में आए, बोल देती है।"

"जी हाँ, जी हाँ !" विजय आगे कुछ न बोल पाया।

"आप लोग कहाँ के हैं ? यहीं के रहने वाले हैं क्या ?

"जी···जी नहीं ! मंजूरगढ़ी के हैं हम लोग। राजा इंद्रपाल सिंह शर्मा का नाम सुना होगा आपने। मेरे पिता हैं वह। एडवोकेट।"

नीलिमा को बहुत मजा आया। बहुत हँसी वह मन-ही-मन में। अब कहाँ के राजा ? कैसे महाराजा ? लेकिन डॉक्टर विजय का चेहरा पुरानी वैभवगाथा के स्मरण से चमकने लगा था और वह सहज हो चला था। नीलिमा ने इसलिए उसकी सहजता को बरकरार रखना ही ठीक समझा।

मंजूरगढ़ी का नाम परिचित था। अक्सर उसने अपनी माँ से मंजूरगढ़ी का जिक्र सुना था। उसी के पास हुसैनाबाद का नीलिमा का परिवार था। उस पुराने परिचय और विस्मृत हो गए सम्बन्धों का सूत्र पकड़कर नया परिचय हुआ और बढ़ती हुई घनिष्ठता के साथ इस परिवार में नीलिमा का आनाजाना भी बढ़ा।

× × ×

नीलिमा के पिता बलदेव सिंह पंडित इंद्रपाल सिंह के साथियों में हुआ करते थे। कॉलेज में साथ पढ़े थे। ठाकुर साहब हुसैनाबाद के छोटे-मोटे

जमींदार हुआ करते थे। बड़ा कुनबा। लोगों में कुछ न करके पुराने माल को ही खाने-उड़ाने की आदत। खानदानी जमींदारी बँटते-बँटते जब बलदेवसिंह तक पहुँची तो बस इतनी कि ठीक से गुज़र हो सके। देश और समाज के बदलते हालात और परिस्थितियों के मद्देनजर ठाकुर साहब चेते तो लेकिन बहुत देर से। तब तक देश आज़ाद हो चुका था। जमींदार···उनका वैभव···रौबदाब सब भूतपूर्व हो गए थे।

बची खुची जमीन को ही अब उन्होंने जीवन का आधार बनाया। ठीक से लगकर काश्त करवाने का निश्चय किया। पुराने ऐयाशी-भरे रंगीन जीवन से तौबा करके शुद्ध पारिवारिक जीवन बिताने का संकल्प लिया।

दुर्भाग्य! दुर्भाग्य ठाकुर साहब का और उनके परिवार का कि वे जल्द ही परलोक सिधार गए। भाग्य उन्हें बदली हुई भूमिका में शायद देखना नहीं चाहता था। दरअसल, लाख चाहने पर भी शराबखोरी की लत नहीं छोड़ पाए ठाकुर बलदेव सिंह और वही उन्हें ले डूबी।

उनकी मृत्यु के बाद ठकुरानी सुमित्रादेवी का जैसे पुनर्जन्म हुआ हो। पर्दे के भीतर रहने वाली, जिसने पति के रहते कभी हवेली की ड्योढ़ी नहीं लाँघी, उन्हें निकलकर बाहर आना पड़ा। मिथ्या लोकलाज और कुटुम्ब-परिवार की आलोचना को उन्होंने ताक पर रख दिया और एक बेहतर जीवन के लिए कमर कसी। अपने और अपनी इकलौती बेटी नीलिमा के भविष्य के लिए कमर कसी। जमीन बटाई पर उठाकर काश्तकारी करवाई। रिश्ते-नातेदारों को दूर रख, अपने बलबूते जितना हो सका, खुद वसूली की। स्वावलम्बन के इसी आत्मविश्वास के बलबूते नीलिमा को हॉस्टल में रखा और उसे शिक्षा का पूरा अवसर दिया। वे नहीं चाहती थीं कि विवाह को ही अपना जीवन ध्येय बनाकर उनकी तरह दबी घुटी जिंदगी जीने के लिए उनकी बेटी मजबूर हो। घर खानदान के षडयंत्रों से परे रहकर नीलिमा अपनी पूरी पढ़ाई करे— अपने पैरों पर खड़ी हो, यही उनके जीवन का ध्येय था और इसे उन्होंने पूरा किया।

× × ×

नीलिमा को बहुत धुंधली याद थी मंजूरगढ़ी की हवेली की। एक बार

किसी उत्सव भोज में गई थी वह। अम्मां अक्सर ज़िक्र तो करती थीं मंज़ूरगढ़ी का लेकिन उस ज़िक्र में परिहास और छोटेपन का भाव ही होता। मंज़ूरगढ़ी के इस परिवार को हालांकि पुराना राजा का खिताब मिला हुआ था लेकिन इसके अनुरूप बहुत आदर और सम्मान का भाव नहीं था लोगों के मन में। बचपन में वह इंद्रपाल चाचा को ठाकुर चच्चा कहती थी। नए हालातों में वे अब पंडित इंद्रपाल सिंह शर्मा थे। परिस्थित्यनुसार अपना रूप और भूमिका बदलने का गुण उन्हें विरासत में मिला था! जिसका वे आज भी सफलतापूर्वक निर्वाह कर रहे थे।

दिल्ली-मथुरा राजमार्ग पर स्थित मुरसान कस्बे के राजा दिग्विजय सिंह के राजपुरोहित पंडित अम्बाप्रसाद हुआ करते थे। राजा मुरसान उन लोगों में थे जिन्होंने अठारह सौ सत्तावन के दरमियान हुए विद्रोह में अंग्रेज़ों के खिलाफ मोर्चा लगाया था। आज़ादी की भावना एक बड़े पैमाने पर उस जमाने में नौजवानों को प्रभावित कर रही थी। आसपास के ऐसे क्रांतिप्रिय युवकों में उनका एक भतीजा भी था। उनके एक रिश्ते के भाई भी बागियों की लिस्ट में थे, जो गिरफ्तारी से बचने के लिए हिंदुस्तान से भागकर रूस जा पहुंचे थे। उनका प्रभाव भी उस राजपरिवार के सदस्यों में, खासतौर से नौजवान पीढ़ी में था।

शुरू में राजा दिग्विजय सिंह ने सिर्फ घरेलू मामला समझकर अपने भतीजे और उसके क्रांतिकारी दोस्तों को थोड़ी-बहुत मदद की। उनका भतीजा मूलतः कवि था, जो क्रांतिकारी संवेदना और नौजवानी की भावुकता से ओतप्रोत था। राजा का वह बहुत चहेता भी था।

जल्दी ही इसकी भनक अंग्रेज़ हाकिमों को हो गई। तुरंत कलक्टर के सामने राजा जी की पेशी हुई। राजा ने लाख समझाने की कोशिश की कि वे लोग नौजवान हैं। गर्म खून हैं। उनकी बगावत सिर्फ क्रांतिकारी कविताओं और गीतों को लिखने-पढ़ने तथा गाने तक सीमित है। लेकिन ज़रा-सी हलचल किसी भी समय भूचाल में बदलकर सिंहासन डोलने का साधन बन सकती है'''इसे अंग्रेज़ हाकिम कैसे भूल जाते।

राजा वहां से फटकार खाकर लौटे तो बहुत उद्विग्न थे। उनकी व्यावहारिक बुद्धि समझाती थी कि ऐसा तो चलता ही है राजतंत्र में। कभी

नाव पर गाड़ी और कभी गाड़ी पर नाव। लेकिन दिमाग के किसी कोने पर भयंकर तूफ़ान सुगबुगा रहा था। आखिर कसूर क्या है उनका? क्या कसूर है उनके भतीजे का? लेकिन ठहरे तो सब गुलाम। उनके अपने हज़ारों काश्तकारों की उनके सामने क्या हैसियत है। वे पीटे जाते हैं। रोते-गिड़गिड़ाते हैं। उनके कारिंदे उन्हें जानवरों की तरह हांकते हैं, उन पर सवारी करते हैं···ठीक यही हैसियत खुद उनकी कलक्टर के सामने है। अंग्रेज़ गवर्नर के उस कारिंदे के सामने वह कितने बेबस थे। उसकी फटकार सुन रहे थे। गुलाम होने की बेबसी से नफरत करना जुर्म कैसे है? आत्मसम्मान की चाह करना, अपने देश और जन्मभूमि मां के लिए प्रेम की बात करना द्रोह कैसे है?

कहना न होगा कि अंत में राजा की खुद्दारी का अहसास जीता। उनके आत्मसम्मान का भाव विजयी हुआ···और वह सिर्फ कविताओं, गीतों या किताबों के जरिए नहीं, हथियार लेकर मैदान में उतर गए।

उनकी स्टेट दिल्ली से कुछ ही मील दूर थी; बागियों की धर-पकड़ के समय उनका महल बागियों का शरणस्थल बना। अन्त में जब एक अंग्रेज़ अफसर के साथ फौज की एक टुकड़ी उनके इलाके में पहुंची, तो उन्होंने अपनी नन्हीं सी फौज को मैदान में उतार दिया। यह पहला मौका था, जब उनके किसान अब प्रजा न होकर उनके साथी थे। उनके साथ सहयोद्धा थे। उनके क़ाश्तकार अपने लाठी, बल्लम और हथियार लेकर राजा के पीछे थे।

राजा जानते थे और देख रहे थे कि यह एकतरफा लड़ाई है। अंग्रेज़ बहादुर की सुसज्जित, संयोजित फौज के सामने वे लोग कुछ भी नहीं। इसलिए समय रहते खच्चरों पर शाही खजाना लाद दिया गया। औरतों और बच्चों को पालकियों में सवार कराया गया तथा इस पूरे काफिले को दूसरे रास्ते से सुरक्षित स्थान के लिए रवाना कर दिया गया। संरक्षक बने उनके राजपुरोहित पंडित अम्बाप्रसाद, उनके धर्म गुरु, हमेशा के उनके परम हितैषी, उनके विश्वासपात्र।

राजा दिग्विजय सिंह अपने सिपाहियों और सहयोगियों के साथ लड़ते-लड़ते मारे गए लेकिन वे निश्चिंत थे क्योंकि उनका परिवार

सुरक्षित बच निकला था। उनके बच्चे सुरक्षित थे। राजकोष सुरक्षित था और पंडित अम्बा प्रसाद जैसे धर्मप्राण गुरु संरक्षक थे।

राजा भाग्यशाली थे। वे आत्मसम्मान के साथ मरे। वे निश्चित होकर मरे। आने वाली पीढ़ियों ने उनका नाम हमेशा सम्मान से लिया। अपने इलाके में वे भगवान् की तरह पूजे गए। पीढ़ी-दर-पीढ़ी नौजवानों के प्रेरणास्रोत बने।

पंडित अम्बाप्रसाद की नीयत धन की गठरियों को देखकर डोल गई। जब स्वामी नहीं तो स्वामिभक्ति कैसी? तिस पर खजाने की चाबी हाथ में। उन्होंने राजकोष अपने पास रख लिया और बच्चों को उनके ननिहाल पहुँचा दिया।

दौलत सारे रिश्तनाते···संवेदना, विश्वास नष्ट कर देता है। आने वाले वर्षों में जब बच्चे बड़े हुए तो उनके माँगने पर पंडितजी ने कुछ भी देने से इंकार कर दिया और कह दिया कि खजाना डाकुओं ने रास्ते में लूट लिया था। खुद ने इस बीच मंजूरगढ़ी की जमींदारी खरीद ली। अंग्रेज़ों की ताबड़तोड़ सेवा और खुशामद से राजा का खिताब भी हासिल कर लिया।

पंडितजी ने इस तरह बहुत कुछ अर्जित किया लेकिन आत्मविश्वास अर्जित न कर पाए। लोगों से, अपने ही लोगों से सम्मान न अर्जित कर पाए। उन्हें लगा कि शायद इसके लिए राजपूत बनना जरूरी है। तभी लोग उनका रौब मानेंगे। अतः पंडित अम्बाप्रसाद के बेटे राजा साहब अनंतपाल सिंह शर्मा कहलाए। लेकिन इसके बाद भी जो चाहते थे, वो राजा साहब को न मिल सका। राजा मुरसान के नाम से उनका किला ऐतिहासिक स्थल हो गया। उनके प्रति सम्मान का प्रतीक बन गया। वहीं पंडित अम्बाप्रसाद और उनका खानदान पंडा ठाकुर के नाम से प्रचलित हुआ। लाख उन्होंने अपने नाम के आगे राजा लगा लिया, अंग्रेज हाकिमों से राजा कहलवा लिया, लेकिन प्रचलित इतिहास बनाने वाली जनता ने समय की भागती डोर के साथ उनके खानदान पर पंडा ठाकुर की मोहर लगा दी।

इंद्रपाल, राजा अनंतपाल के पोते हुए। अंग्रेज़ी राज्य का सूरज डूबने

के आसार नजर आने लगे थे। पिता सूर्यदेव सिंह स्वतंत्र भारत के उगते हुए सूर्य की लालिमा को पहचान रहे थे। अंग्रेज़ों के वफादार रहते हुए उन्होंने दो नावों पर संतुलन बनाने का प्रयास किया। कांग्रेस को भी लुके-छिपे चंदा देते रहे। आने वाले जमाने की हवा का रुख पहचानते हुए दोनों बेटों को ऊँची तालीम देने की कोशिश की। जमींदारी के माहौल से निकालकर बाहर पढ़ने भेजा। लेकिन भला हो उनका, स्वराजियों की करतूत देखे बिना वह स्वर्ग सिधार गए।

पिता के मरने पर सारी जिम्मेदारी बड़े बेटे विजयपाल सिंह पर आ पड़ी। पिता की मृत्यु जैसे विजयपाल के लिए वरदान बन कर आई। एक तो उबाऊ पढ़ाई से छुट्टी मिली। दूसरे ऐशो-आराम में कोई रोक-टोक, कोई बाधा नहीं रही।

कहते हैं, दौलत जिस रास्ते आती है, जाती भी उसी रास्ते है। इंद्रपाल जब वकालत की पढ़ाई पूरी करके लौटे, उस वक्त तक आधी जमींदारी बिक चुकी थी। देश आज़ाद हो चुका था। जमींदारी उन्मूलन की खबर हवा की तरह फैली हुई थी। विजयपाल जमींदारी उन्मूलन कानून के मोहताज न थे। शराबखोरी और ऐयाशी से खुद ही जायदाद का उन्मूलन किए जा रहे थे। इंद्रपाल सिंह ने लड़-झगड़कर बचा-खुचा माल हथियाया और शहर की ओर रुख किया। वकालत चल निकली। हाथ आए धन से सिविललाइन एरिया में बड़ी कोठी बनवाई। वकालत और डॉक्टरी तो आजकल व्यवसायिक पेशे हैं। जितना लगाओगे उसी के अनुरूप कमाओगे। कोठी बन जाने से वकील का व्यक्तित्व और प्रभावशाली ढंग से विज्ञापित हुआ। दिमाग के तेज थे। मेहनती भी थे। वकालत दौड़ चली।

बड़े भाई विजयपाल शराबखोरी और दिन-ब-दिन की बढ़ती गरीबी के बीच मर गए। आन औलाद थी नहीं सो बची-खुची जमीन और पुरानी हवेली वेचबांचकर इंद्रपाल अपनी बूढ़ी, अशक्त भाभी को अपने साथ लिवा लाए। हिंदुस्तान में उन औरतों की नियति एक जैसी होती है जिसके ऊपर उसके मालिक का साया नहीं रहता या जिसका व्यक्तित्व स्वंय समर्थ नहीं होता। राजा होना या रंक होना इसमें ज्यादा फर्क नहीं

डालता। औरतों के मामले में हमारा समाज खासा समदर्शी है।

भाई का भी माल हथिया इंद्रपाल सिंह ने अपनी भाभी को सिर्फ मौत की घड़ियाँ गिनने के लिए छोड़ दिया। बुढ़ापे का अभिशाप भुगतती हुई भाभी लावारिस की तरह मरी। सो पंडित इंद्रपाल सिंह, पंडा ठाकुर ने खानदानी देशद्रोही के साथ-साथ बेईमान और राक्षस जैसे विशेषण भी अपने लिए अर्जित किए।

लेकिन, आज के जमाने में दौलत वह पावन गंगा है, जो हर कलंक धो देती है। चोर, डकैत ही नहीं बल्कि देशद्रोही और कातिलों को भी समाज में प्रतिष्ठित कर देती है। मुँह सामने का तो सम्मान देती ही है। और आदमी को क्या चाहिए? पीठ पीछे तो हर राजा गाली खाता है।

इन्द्रपाल सिंह ने नया जमाना और नए समीकरणों को देखते हुए पीढ़ियों पहले विलुप्त हुए पांडित्य को पुनः ग्रहण किया। उन्होंने प्रयास किए कि वे पंडित इंद्रपाल के नाम से जाने जाएँ। एक तो अब राजपूती रौबदाब की जरूरत नहीं रह गई थी। जमींदारी और रजवाड़ों की समाप्ति के साथ राजपूती रौबदाब समाप्त, दूसरे अब राजनीति में ब्राह्मण और ठाकुरों की पार्टीबंदी थी। देश और प्रदेश की राजनीति में पंडितों की तूती बोल रही थी। कहीं कश्मीरी तो कहीं पर्वतीय पंडित। कहीं कान्य-कुब्जी तो कहीं दक्षिणी पंडित। देखते-ही-देखते वे अपने शहर में वकीलों के पंडित दल के अगुआ हो गए। अपनी प्रैक्टिस देखते हुए बड़े बेटे विनय को भी इसी पेशे में ले आए। कोई तो हो, जो आगे यह काम चलाए और बढ़ाए। उनके काम में मदद करे।

लेकिन अब! जमाना फिर तेजी से पलटा खाने लगा। कहाँ की मदद! कैसी मदद! वकालत में बड़े-बड़े दिग्गजों के सितारे ठहरते हुए से मालूम होने लगे। वकालत का पेशा दूसरे अनजान रास्तों से गुजरने लगा। पंडित इंद्रपाल शर्मा के पास पुराने मुवक्किलों की कतार थी वर्ना वह भी पैदल हो गए होते।

क्या चक्कर है? हुआ क्या है लोगों को? क्या मति मारी गयी है जो केस लेकर उस बेवकूफ ओमप्रकाश के पास जाते हैं। कल का लौंडा ओमप्रकाश। शहर का नामी दादा जिसे और कुछ न सूझा तो वकील

बन गया। बस्ता दबाए कचहरी में टहला करता। देखते-ही-देखते क्या ठाठ हो गए। कचहरी में एक शानदार अलग कमरा हो गया।

धीरे-धीरे पंडित इंद्रपाल सिंह की समझ में आने लगा। पहले जो चीजें ढँकी-छिपी थीं—कभी-कभार थीं, वे अब खुल्लम-खुल्ला होने लगी हैं। रोज होने लगीं हैं। मुवक्किलों को ऐसे वकील की तलाश रहती है जो पैसा खिलाकर ऐसे मुजरिम की जमानत करवा सके— जिसने सबके सामने किसी को गोली क्यों न मारी हो। लोग ऐसा वकील तलाशते हैं, जो अदालत में बोलना न जानता हो लेकिन न्याय दिलाने वालों के हाथों में थैलियां थमा सके। कलम पकड़कर फैसला अपने हक में करवा सके। अब काबलियत की, पढ़े-लिखे-गुणी होने की ज्यादा जरूरत नहीं रह गई है।

"हुंह ! ये वकालत थोड़े है। यह तो वकालत के नाम पर दलाली है, दलाली ! क्या न्याय धरम रह गया है।" बुड़बड़ाते इंद्रपाल।

सिर्फ बुड़बड़ाते रहने से, कुढ़ते रहने से कोई फायदा नहीं। जैसा देस वैसा भेस। जमाने के साथ कदम मिलाकर ही चला जा सकता है—यह बात छोटे वकील विनय और डाक्टर विजय ने तो समझ ही ली थी, अब बुढापे में पिता इंद्रपाल की समझ में भी आने लगा। विनय पिता के साथ ही फौजदारी का वकील। हिंदुस्तान में, खासतौर पर गाँवों में जहां असली भारत देश रहता है, वहाँ कुछ और हुआ हो या नहीं, विकास के चरण कितने तेज हुए हैं, पता नहीं, लेकिन फौजदारी के मामलों में बेहद तरक्की हुई है। पुराने दाँव-पेचों के माहिर होने के साथ-साथ इंद्रपाल अपने पेशे में भी काबिल थे। लेकिन अब । वकालत के नए तौर-तरीकों को आत्मसात करना भी जरूरी था। पूर्व प्रतिष्ठा के अनुरूप जीने की राह बनाने के लिए भी जरूरी था। छोटे-बेटे डॉक्टर विजय की भी यही राय थी। अपनी प्रैक्टिस को निरंतर बढ़ाने के लिए सामाजिक सम्बन्धों में निरंतर बढ़ोत्तरी का वह भी कायल था।

नतीजा ! धीरे-धीरे एडवोकेट विनय और पंडित इंद्रपाल मंजूरगढ़ी वाले, शहर में आए दिन की अपनी दावतों के आयोजन के लिए मशहूर होने लगे। दावतें सचमुच बहुत भव्य हुआ करती थीं। भारतीय आतिथ्य

परम्परा को निभाते हुए अतिथियों को ईश्वरसमान समझा जाता। सब कुछ अर्पण कर देने की भावना रहती। दावतों का कारण कुछ भी हो सकता था। मसलन एक बार विनय बाबू की बत्तीस साला धर्मपत्नी का जन्मदिन मनाना पड़ा, जब एक नया डिस्ट्रिक्ट जज नियुक्त हुआ था। स्वयं वकील साहब की धर्मपत्नी आतिथ्य सेवा में अग्रणी थीं। शहर के गणमान्य नागरिकों के अलावा यथासम्भव सरकारी अधिकारियों और प्रभावी व्यापारियों की उपस्थिति इन अवसरों पर अनिवार्य होती।

ये मौके जहाँ एक ओर बेहतरीन शराब पीने-पिलाने के होते वहीं आपसी सम्बन्ध बनाने का भी यह अवसर होता। माननीय अतिथि अक्सर इतनी मुफ्त की पी जाते कि खाना खाने का होश कम ही रहता। व्यंजनों का रसास्वादन ज्यादातर महिलाएँ और बच्चे करते।

× × ×

नीलिमा के लिए रक्षाबंधन के दिन की दावत एक अनुभव थी। इससे पहले वह ऐसे अवसरों से बचती रही। कुल मिलाकर उसे भी लोगों से मेलजोल बढ़ाने का एक अच्छा जरिया नज़र आया। दोस्ती के दायरे तो बढ़ाने चाहिए। कब तक वह अपने खोल में बंद रहेगी। अपने इन परिचयों से वह अपनी जनजागरण समिति का भी कुछ भला कर सकती है। वरना उस अकेली का क्या है! उसकी अपनी क्या जरूरतें हैं!

वह घनश्याम सिह को ही क्यों याद कर रही है। डॉक्टर अशरफ से भी तो मुलाकात हुई। कितना हैंडसम और समझदार है। स्मार्ट तो अभिजित भी कम नहीं। डॉक्टर अशरफ जितने गम्भीर हैं, अभिजित उतना ही चंचल। बहरहाल अच्छा है अभिजित। अ गुड चैप···और मुस्कुरा दी वह।

चार

नीलिमा बाथरूम में थी। पता नहीं कौन दनादन घंटी दाबे जा रहा था। उसने नल बंद कर दरवाजे की हल्की झिरी-सी खोली और आवाज लगाई—"आ रहे हैं" और जल्दी-जल्दी गाउन लपेटकर बाहर निकली। गीले सर पर तौलिया लपेट उसे एक हाथ से थामे वह बाहर आई और दरवाजा खोला। शायद विभा जी हों।···बुलाने आई हों।

वहाँ अभिजित था। मुस्कुराता···कुछ सकुचाने का प्रयास करता। इस वक्त अभिजित हो सकता है— इसका दूर-दूर तक कोई खयाल नहीं था। उसके आने की कोई उम्मीद नहीं थी। जमाना बीत गया था उसे पार्टी में देखे और मिले। उसे तो कब का वापिस सऊदी अरब चला जाना चाहिए था। क्या दुबारा फिर हिंदुस्तान आया है? और, अब उससे मिलने यहाँ क्वार्टर तक आ गया?

"हैलो नीलिमा···"

नीलिमा कुछ बोल ही नहीं पाई।

"क्यों? बहुत आश्चर्य हो रहा है?"

"नहीं! हाँ···लेकिन···"

"क्या दरवाजे से ही···। अंदर आने को नहीं कहेंगी?"

"ओह सॉरी। आइए···अंदर आइए, प्लीज।" एक हाथ से सर पर तौलिए की गठरी सँभालते हुए उसने रास्ता दिया।

"आप बैठें प्लीज। मैं अभी आई।"

कमरे से बाहर आ बरामदे में खड़े होकर अपने सर से तौलिया उतार

कर बाल झाड़ती हुई वह सोच रही थी कि इस समय तो बुरे फँसे। मिसेज कमला शर्मा के यहाँ उनके पोते का बर्थ डे था। पहला बर्थ डे। उसे जाना था वहाँ। सर्दियों का मौसम। एक तो वह बेवक्त नहा ली। तिस पर उसका गीला सिर। उसे सर सुखाना था। बाल सेट करने थे। एक तरफ तो अभिजित को देखकर मन में एक हिलोर-सी उठी, जो गुदगुदा गई उसे। दूसरी तरफ ये भी लगा कि बिना बात उसे देर हो जाएगी। अब जनाब पहली बार आए हैं। इतनी बेतकल्लुफी भी नहीं कि तुरंत जाने के लिए कह दे कि उसे बाहर जाना है। अभिजित की तैयारी देखकर तो लगता है कि जैसे इत्मीनान से बैठने के लिए आया हो। नीले रंग का शानदार थ्री पीस सूट। नीली बुंदियों वाली टाई। परफ्यूम से महकते हुए ये महाशय जल्दी में तो लग नहीं रहे हैं।

ऐसे गाउन में वह कब तक रहेगी। उसे तैयार होना है। कपड़े उसने निकालकर अंदर ही रख दिए थे। एक कमरे के क्वार्टरों में यही चक्कर है। कोई बाहर का शख्स आकर बैठ जाय तो बस ! सारा कामधाम ठप हो जाता है। नीलिमा ने बरामदे के साथ लगे स्टोर रूम में, जिसे बॉक्स रूम या ड्रेसिंग रूम, कुछ भी बनाया जा सकता है—जाकर साड़ी पहनी। चिपके बाल उलटे-सीधे संवारे। शाल कंधे में डालकर कमरे में आ गई।

अभिजित बिस्तर पर बैठा हुआ अखबार पलट रहा था।

आप इधर आ जाइए न ! "उसने कुर्सी आगे सरकाई।" आराम से बैठिए। "आग्रह में शालीनता और शिष्टाचार के साथ-साथ कदाचित् आज्ञा का भी पुट था जो अध्यापन से जुड़े लोगों की आवाज़ में बरबस ही आ जाता है। नीलिमा अक्सर कोशिश करती कि यह हुक्मनामी रुख उसकी आवाज़ में तीखापन न लाए लेकिन वह कुछ नहीं कर सकती थी। आखिर चार साल पूरे होने को आ रहे थे इस डिग्री कॉलेज में। और फिर संस्कार···ऐसे हर किसी आने वाले को कैसे बिस्तर पर बैठने की इजाज़त दी जा सकती है।

उसने फिर आधा इंच कुर्सी आगे सरकाई। अभिजित शायद उसका मंतव्य नहीं समझा या समझना नहीं चाहा।

"मैं बिल्कुल ठीक हूँ नीलिमा जी। आपको डिस्टर्ब कर दिया शायद

मैंने ।"

"नहीं ! ऐसी तो कोई बात नहीं। और कैसे रास्ता भटककर आ गए इस तरफ। मैं तो भूल चुकी थी कि कभी आपसे···आप लोगों से मुलाकात भी हुई थी।" कहते-कहते नीलिमा को लगा कि वह शायद शरमा रही है। उसने सहज होने के लिए सर झटका और गीले बालों में अपनी उँगलियां फँसाकर फिराने लगी।

"हम कैसे भूल सकते थे आपको। अच्छी चीजें···अच्छे लोग भूलने के लिए थोड़ी होते हैं।" उसके चेहरे पर नज़र गड़ाए जैसे अभिजित उसका चेहरा पढ़ने की कोशिश कर रहा था।

नीलिमा कमरे में यूँ नजरें घुमा रही थी मानो निरीक्षण कर रही हो, और तत्परता से पूछ बैठी।

"आप अब तक यहां कैसे हैं ? मैं तो सोच रही थी कि आप बहुत पहले सऊदी वापिस चले गए होंगे।"

'सचमुच सोच रही थीं !" अभिजित लगातार नॉन सीरियस मूड में था "अच्छा बताइए और क्या-क्या सोच रही थीं आप मेरे बारे में।"

नीलिमा को अब अखरने लगा। क्या उल्टी-सीधी बातें कर रहा है।

"यह भी सोच रही थी कि आप बातें बनाने में कितने माहिर हैं।" उसी अंदाज में जवाब दिया उसने।

"आप मजाक समझ रही हैं। मैं सीरियसली पूछ रहा हूँ। दरअसल लोग मेरे बारे में न जाने क्यों अजीब-अजीब-सी राय रखते हैं।" शरारत फिर उसके चेहरे पर खेलने लगी। "आप तो लगता है बुरा मान गईं। मैं बताता हूँ। मैं वास्तव में तभी चला गया था। अब घर वालों के विशेष आग्रह पर आया हूँ छुट्टी लेकर। वे मेरा शुभविवाह करना चाहते हैं—शीघ्र, अति शीघ्र।" डायलॉग मारा उसने।

"एक-से-एक बढ़िया लड़कियाँ मिल जाएँगी आपको। कोई पसंद की है ?"

"हां, लड़कियां तो कई नज़र में हैं। बात तय करनी है बस, उनसे।"

अचानक नीलिमा के जेहन में रत्ना का नाम आया। दोनों बंगाली—बंगाली ब्राह्मण। अच्छी जोड़ी रहेगी। किसी किस्म की बाधा भी नहीं।

"मैं आपकी मदद कर सकती हूँ।"

"रियली ई ई ई? कौन है वह सौभाग्यशाली।" मुस्कुराया अभिजित।

"मेरी कुलीग। मेरी बहुत अच्छी दोस्त। आपकी तरह— बँगाली ब्राह्मण।"

"आप रत्ना मुखर्जी की बात तो नहीं कर रहीं।"

"जी हाँ। आप तो अच्छी तरह से जानते होंगे। डॉक्टर रंजन मुखर्जी की बहन···"

"अरे छोड़िए उसे। वह बहुत पुरानी बात हो गई। हम उनके लायक कहाँ। बहरहाल— आपको शायद कहीं जाना है···"

"हाँ·· चली जाऊँगी। ऐसी कोई जल्दी नहीं। ये बताइए आप चाय लेंगे या कॉफी।"

"कुछ भी नहीं। आपको भी जाना है और मैं भी थोड़ा जल्दी में हूँ।"

"आप तो लगता है भटकते हुए गलती से यहाँ आ गए वर्ना···"

"भटका बिल्कुल नहीं। शॉपिंग करने जा रहा था। रास्ते में आपका कॉलेज दिखा। सोचा कि आपसे मिलता चलूँ। पहले तो मैं घबरा गया। आपके कॉलेज के अंदर वाले गेट पर तख्ती लगी देखी तो सोचा कि लौट जाऊँ। बड़ा-बड़ा लिखा है न कि— पुरुषों का बिना आज्ञा अंदर आना मना है।"

"लेकिन होता इसका बिल्कुल उल्टा है। पुरुषों के अलावा बाकी सबको आज्ञा लेनी पड़ती है। चौकीदार ने आपसे कुछ कहा क्या?"

"हाँ, पूछा था। मैंने आपका नाम बता दिया। उसने फाटक खोल दिया और मैं सीधा कार अंदर ले आया।"

"देखा! तख्ती लगी होने का मतलब यही है कि पुरुषों को आज्ञा नहीं लेनी होती।"

"यह ठीक कहा आपने। हमारे मुल्क में जो भी नियम बनाए जाते हैं, उन्हें इसीलिए प्रचारित किया जाता है कि उसका उल्टा किया जा सके। अब देखिए न! हमारे नेता लोग नारा लगाते हैं— हिंदू-मुस्लिम भाई-भाई। इसलिए कि अब उनमें भाईचारा नहीं है। बच्चों से कहते

हैं कि सदा सच बोलो, क्योंकि सब जानते हैं कि सदा सच नहीं बोला जाता।"

नीलिमा हँसने लगी। अभिजित फिर नजरें गड़ाकर उसका चेहरा पढ़ने लगा। "अच्छा मैं आपके लिए कॉफी बनाकर लाती हूँ।" उठने का उपक्रम किया उसने।

"बिल्कुल नहीं। अब आप कहेंगी कि कुछ तो लेना ही होगा··· क्योंकि आप जानती हैं कि शाम के वक्त मैं चाय या कॉफी नहीं लेता।"

"ओह यस ! यह चाय-कॉफी का वक्त थोड़े ही है। अब आप दोस्तों के साथ बैठेंगे। कुछ ऊँची चीज लेंगे···यू विल एन्जॉय देयर।"

"दोस्त तो हम आपको भी मानते हैं अगर आप एतराज न करें तो। आप के साथ बैठना, बात करना, अपने आप में बहुत प्लेजेंट है।"

अभिजित किस सहजता और बेबाकी से बोल गया। वह भीतर तक सिहर गई। सहज होते-होते फिर नर्वस होने लगी। एकटक उसकी ओर देखता हुआ वह जल्दी से उठ खड़ा हुआ।

"अच्छी बात है। फिर मिलेंगे मैडम !"

"यह तो आपका आना कोई आना नहीं हुआ।" नीलिमा का स्वर सामान्य था।

"डोंट वरी। अभी तो मैं हूँ। मुलाकात होगी—ओ॰ के॰ !" और अभिजित ने हाथ बढ़ा दिया उसकी ओर। जैसे यह उसकी सामान्य आदत के मुताबिक हो।

यांत्रिक रूप से नीलिमा ने भी हाथ बढ़ा दिया हालाँकि नीलिमा की आदत हमेशा नमस्ते करने की थी। कभी-कभी सामने वाला इस कदर अपने ऊपर हावी हो जाता है कि लगता है, अपने रिफ्लेक्सेज दूसरे के द्वारा संचालित हो रहे हैं। उसका हाथ अभिजित के हाथ में था।

दूसरे ही क्षण अचानक नीलिमा के ऊपर एक दूसरा भाव छाने लगा और नीलिमा ने अपना हाथ खींचना चाहा। लेकिन यह आसान नहीं था। अभिजित की गिरफ्त मजबूत थी। उसे लगा कि जैसे हाथ पकड़ कर वह उसे अपनी ओर खींच रहा है। अजीब चुम्बकीय गिरफ्त थी। उसे ताकत लगानी पड़ी अपने आपको अपनी जगह पर जमाए रखने के

लिए। अभिजित की मांसल, गुदगुदी हथेली मानो जल रही थी। थरथरा रही थी। उस गर्मी के ताप से नीलिमा की उँगलियाँ अभिजित के हाथों में जैसे चिपक गई थीं। उसने हाथ छुड़ाने का प्रयास छोड़ दिया। अपने बचाव के लिए निगाहें पैरों के पास जमीन का सहारा ढूँढने लगीं। अभिजित की अंगार निगाहें नीलिमा के शरीर पर सुरसुराहट पैदा कर रही थीं।

थैंक गॉड! फिर अचानक उसने नीलिमा का हाथ छोड़ दिया। जैसे एक शक्तिशाली चुम्बकीय क्षेत्र से उसे मुक्त कर दिया हो।

"बॉय, नीलिमा।" उसकी फुसफुसाहट रेंग गई। उसके कानों में और जब तक वह आंख उठा कर देखती, वह दरवाजा खोलकर जा चुका था।

नीलिमा ठगी-सी, खड़ी की खड़ी रह गई। तेज हवा की तरह जैसे कोई आया और अंधड़ की तरह झकझोरता हुआ चला गया।

उस दिन, इंद्रपाल चाचा के यहां पार्टी में उसे अभिजित बहुत मस्त, खुले दिल और दिमाग का लगा था। उसके व्यक्तित्व ने उसे प्रभावित किया था। बहुत गहरे मन के किसी छिपे कोने में यह आकांक्षा जागी थी कि वह फिर मिले। उससे दोस्ती करना अच्छा लगेगा। उसने व्यक्तित्व में अभिजात्य का आवरण जैसे प्रभामंडल की तरह चमकता था। उसका बात करना, हँसना, मुस्कराना, खाना-पीना···हर हरकत प्रभावशाली लगती।

लेकिन आज···उसे लगा कि वह बहुत बड़ा ठग है। उसकी शालीनता उसका अभिजात्य···आपका सब कुछ लूट ले और आपको पता भी नहीं चलेगा। रह जाएगी एक तलछट की कड़ुवाहट का अहसास, जो बहुत देर तक सालता रहेगा।

अचानक नीलिमा का मन अवसाद से भर उठा। वह थके कदमों से अंदर आ गई। बालों में गीलापन बाकी था। अपनी ड्रेसिंग टेबुल की दराज से उसने हेयर ड्रायर निकाला कि बालों को सुखाकर ठीक कर ले। वह शीशे के सामने खड़ी होकर निहारने लगी खुद को। अगर इस हाल में अभिजित कुछ उसके साथ उल्टा-सीधा कर बैठता? क्या कर लेती वह? उसकी सांस अभी भी तेज चल रही थी। प्रेत बिद्ध सम्मोहन से मुक्त होने

के बाद जैसे उसकी ताकत निचुड़ गई हो। उसके हाथ-पर सुस्त से पड़ गए।

ना ! वह अब कहीं नहीं जाएगी। अचानक उसे ध्यान आया कि बरामदे का दरवाजा खुला हुआ है। वह उठकर फिर बाहर आई। लरजते हाथों से दरवाजा बंद किया। चिटकनी चढ़ाकर ठीक से घुमा दिया ताकि किसी भी सूरत में चिटकनी खुलने की गुंजाइश न रहे।

अंदर आकर वह लेट गई बिस्तर में। अभिजित की देहगंध जैसे बस गई हो। वह झटके से उठी। फूलदार बेड कवर समेटकर अलग कर दिया। उसे सर्दी से कँपकँपाहट होने लगी। शॉल अच्छी तरह लपेट लिया उसने और घुटने मोड़कर जैसे कुछ सोचने लगी।

अचानक इस तरह मूड बदल जाना—ऐसा अवसर उसके साथ होता। पुरानी आदत है। पहले जब इस तरह उसका बेमौसम मूड बदल जाता तो ईशू तुरंत उसका हाथ पकड़कर उठा देता—"उठो, उठो। यह क्या बात हुई ? जो प्रोग्राम तय है, फिर उससे क्यों पीछे हटना। ये मूड क्या होता है ! ऐसी तैसी मन की। अरे मन तो यूं ही भटकाता है। कमजोर बनाता है आदमी को। देवी जी, मन के अलावा दिमाग भी तो कोई चीज है ! दिमाग मत ठप करो। चलो, उठो। पार्टी में जाना है तो बस, जाना है। अब सोचना क्या—"

नीलिमा ने सोच लिया—नहीं जाएगी वह किसी पार्टी में अब ! कल माफी मांग लेगी मिसेज शर्मा से। कमबख्त, न जाने क्या टोटकाकर गया वह उसके ऊपर।

अभिजित के साथ यह मुलाकात खुशगवार थी या अवसाद पैदा करने वाली, यह उसकी समझ में नहीं आया।

पाँच

दो दिन के लिए कॉलेज बंद था। जन्माष्टमी की छुट्टी थी। नीलिमा सवेरे से किचन और स्टोर की सफाई में लगी हुई थी। तीन दिन पहले सुधा भाभी बाजार में मिली थीं। बहुत उलाहने दे रही थीं कि इतने दिनों से नहीं आई। इन दिनों उनकी जनजागरण समिति अपने सदस्यता अभियान में लगी हुई है सो कहीं-न-कहीं नीलिमा का कार्यक्रम लगा रहता है। शाम जाएगी वह सुधा भाभी के पास। कह रहीं थीं कि कुछ नई फिल्मों के कैसेट्स मँगवाए है उन्होंने।

सफाई के काम से निबटकर नहाने जा रही थी कि हॉस्टल के कॉमनरूम का चपरासी आया। उसका फोन था। क्या मुसीबत है ? वैसे ही ड्रेसिंग गाऊन लटकाए स्लीपर सटकाती हुई वह भागी।

फोन शोभना का था। तुरंत बुलाया था उसे कुसुम के घर पर। बाकी लोग भी वहीं पहुँच रहे थे। जनजागरण समिति की ओर से पास के एक गाँव में जाना था।

कमाल करते हैं यह लोग भी। हर वक्त घोड़े पर सवार। न दिन चैन···न रात आराम।

जल्दी-जल्दी नहा-धोकर तैयार हुई। न जाने कितनी देर लगे वहाँ ? दो पराठे। सेंके। झटपट खा-पीकर वह पहुँच गई।

कुसुम के घर शोभना और मिसेज अग्रवाल थीं। मिसेज अग्रवाल ! ये कहाँ से पधार गईं। घर में व्रत-अनुष्ठान और पूजा की तैयारियाँ छोड़ कर कैसे आ गईं ? दो गाँव की महिलाएँ थीं। एक किशोर वय की थी

और एक अधेड़ औरत। उन औरतों के साथ एक आदमी भी गांव से आया था।

"हलो शोभना! नमस्कार मिसेज अग्रवाल! कहां हैं कुसुमजी?"

"अरे आ गई नीलिमा! आओ।" कुसुम मित्तल हड़बड़ाहट में थीं।

"क्या बात है मिसेज मित्तल?"

"देखो, ये लोग पास के गांव भुजपुरा से आए हैं। वहां कुछ गड़बड़ हो गई है।"

"रत्ना कहां है?" नीलिमा की समझ में कुछ नहीं आया कि कैसी गड़बड़ है और कहां जाना है।

"आती ही होगी। गाड़ी लेकर आ रही है।"

तभी बाहर मोटर का हार्न सुनाई दिया।

"लो आ गई वह!"

अपनी मारुति वैन में डॉक्टर अशरफ ड्राइविंग सीट पर थे।

"हलो एवरीबडी। आपका ड्राइवर हाज़िर है गाड़ी के साथ। ऐसा है मैडम आप जल्दी करें। मुझे आप लोगों को छोड़कर कुछ जरूरी काम भी पूरे करने हैं।" अशरफ गाड़ी से नीचे उतरती हुई रत्ना से कह रहे थे।

"डॉक्टर साहब, आप तो आए बाद में, जाने की बात पहले कहने लगे।"

कुसुम ने उलाहना दिया अशरफ को। सभी लोग बाहर आ गए।

"कहो नीलिमा। बुला लिया कुसुम ने तुम्हें भी!"

"तुम लोग न चैन से खुद बैठोगे और न दूसरों को चैन से बैठने दोगे। आती कैसे न!" नीलिमा ने मुस्कुराते हुए जवाब दिया। फिर अशरफ की तरफ मुखातिब होकर बोली।

"और, डॉक्टर साहब! कैसे हैं आप? शहनाज कहां हैं?

"शहनाज गई हैं दिल्ली। इंटरव्यू देने।"

"इंटरव्यू? अब काहे का इंटरव्यू?"

"सऊदी अरब जाकर नौकरी का! गेट इन, लेडीज। हरी अप। रत्ना बुला लो उन लोगों को भी।" अशरफ का इशारा गांव आए उन

लोगों से था।

सबके सब ठूंस गए वैन में।

रास्ते में कुसुम ने बताया पूरा किस्सा। भुजपुरा गाँव से आए थे वे तीन लोग। खासा बड़ा गांव है भुजपुरा। वहाँ चमारों की एक लड़की के साथ रात में तीन चार लोगों ने बलात्कार किया और फिर हत्या कर दी। कुछ दिन पहले भुजपुरा में जनजागरण समिति के लोगों ने एक मेडिकल शिविर लगाया था। डॉक्टर अशरफ, शहनाज और उनके एक अन्य डॉक्टर सहयोगी के साथ रत्ना और कुसुम भी गए थे। उसी सूत्र के सहारे उस अभागिन लड़की के परिवार के तीन लोग सवेरे भागे-भागे कुसुम मित्तल के पास पहुँचे।

दरअसल उस लड़की को पेचिश हो गई थी। थोड़ी-थोड़ी देर बाद उसे शौच के लिए उठना पड़ रहा था। दस्त हो रहे थे उसे। शुरू में दो बार तो उसकी माँ उसके साथ गई। फिर उसकी माँ को नींद आ गई। उसे जाने की फिर जरूरत पड़ी होगी। संकोचवश उसने माँ को उठाया न होगा और अकेली खेतों में चली गई होगी।

सवेरे, मुँह अँधेरे जागने पर उसे नहीं देखा तो सबने सोचा कि शौच के लिए गई है। बहुत देर बाद, जब वह न लौटी तो खोज मची। अन्त में सड़क के पास वाले खेतों की तरफ, ट्यूबवैल के पास उसकी लाश मिली। रेप किया था उसे और फिर गला घोंटकर मार डाला था।

गाँव में भीड़ इकट्ठा थी। पुलिस आ चुकी थी। वह सब लोग सीधे वहीं पहुँचे।

जंगली दरिंदों की तरह क्षत-विक्षत कर रखा था मीना को हाँ,। मीना नाम था उस अभागिन का। फटी सलवार अलग पड़ी थी। कुर्ती तार-तार होकर बदन पर अटका हुआ था। उसका चेहरा जैसे जानवरों ने दांतों से नोच-नोचकर खाया हो। गर्दन में दुपट्टा लिपटा हुआ था जिससे उसका गला घोंटा गया। आँखों के ढेले बाहर निकले पड़ रहे थे। जीभ होठों के बीच रखी बाहर से चमक रही थी। छाती से लेकर कमर तक शरीर अनावृत्त था और वहशी जानवरों के दांतों के निशान जहां तहाँ थे जिनसे खून रिस कर जम गया था। कहीं-कहीं गोश्त बाहर निकल

आया था।

मीना मजबूत कदकाठी की लड़की थी, जो इस बात की पुष्टि करता था कि उसने उन वहशी दरिंदों का बहुत देर मुकाबिला किया होगा।

भीड़ को चीरते हुए वह लोग आगे आए। दरिन्दगी का नजारा देख सब सन्न थे। ऐसा भी होता है हमारे समाज में ? आदमी की खाल में क्या सचमुच जानवर बसते हैं हमारी बस्तियों में ?

भीड़ में तरह-तरह की चर्चाएँ थीं। एक ओर घर वाले रोना-पीटना कर रहे थे। माँ छाती पीट-पीटकर विलाप कर रही थी। दूसरी ओर कुछ लोगों को इस पर भी संदेह था कि सचमुच मीना को दस्त लगे थे और उसे बार-बार शौच के लिए जाने की ज़रूरत पड़ रही थी। रत्ना, कुसुम और शोभना आगे जाकर गाँव के लोगों तथा पुलिस वालों से बात-चीत करके हालात का जायजा ले रही थीं। भीड़ में बेतरह धक्का-मुक्की थी। कुछ लोग मीना की लाश देखना चाहते थे तो कुछ लोग शहर से आई समिति की महिलाओं को देखने में दिलचस्पी रखते थे। नीलिमा और मिसेज अग्रवाल एक किनारे हो गईं।

"इस पूरी ट्रेजडी का एक बड़ा कारण जानती हो क्या है?" मिसेज अग्रवाल ने बहुत सोचते हुए कहा।

"क्या ?"

"आजादी के इतने सालों बाद भी टायलेट जैसी जरूरी चीज़ लोगों को मुहैया नहीं है। टट्टी पेशाब के लिए आज भी लोगों को, हमारी औरतों को बाहर, खुले मैदानों में जाना पड़ता है।"

"इस जरूरत की ओर तो आज तक किसी सरकार का ध्यान भी नहीं गया।"

"जिन लोगों को इसके खातिर बेइज़्ज़ती उठानी पड़ती है···वे बहुत गरीब लोग होते हैं न ! हल्ला-गुल्ला नहीं करते। आंदोलन नहीं करते। उनकी न्यूसेंस वैल्यू नहीं है।"

'ये लोग भी तो इस चीज को बुरा नहीं समझते। इनके खयाल से पाखाने के लिए बाहर खेतों में, खुले मैदानों में जाना ही नॉरमल तरीका है।"

"ये तो लोगों को बताना चाहिए। समझाना चाहिए। बताया इसलिए नहीं जाता कि फिर इन्हें प्रापर सैनीटेशन देना पड़ेगा। साफ-सुथरे टॉयलेट्स बनाने पड़ेंगे लोगों के लिए।"

"मुझे मिसेज अग्रवाल, यह सब देखकर बहुत अजीब लग रहा है। उस लड़की की हालत देखकर मेरा तो दिमाग आउट हो गया है। उल्टी-सी आ रही है मुझे।"

"नीलिमा जी। फिर तो कर चुकीं तुम काम। बड़ी मुश्किल से पुलिस आई है। गाँव वाले पुलिस थाने गए तो पुलिस वाले उल्टे उन्हीं से जिरह करने लगे। अब इन्हें संभालेंगे या तुम्हारी तबियत संभालेंगे। जरा मजबूत होकर बैठिए देवी जी।

"नहीं, नहीं" खिसिया गई नीलिमा। "मैं कोई बेहोश होकर नहीं गिर रही हूँ।"

"तुम जैसे लोग तो अगर गांवों में समाजसेवा के लिए जाएँ तो सबसे पहले डिमांड करेंगे कि वहाँ एक साफ-सुथरा टायलेट हो—रनिंग वॉटर हो, तब कुछ करने की सोचेंगे।"

"मेरा तो खयाल है कि अगर गांवों में ये सुविधा उपलब्ध हो जाय। यानि गाँव वाले अपने घरों में साफ-सुथरे पाखाने बनवा लें तो देखिए, कितना समाजसुधार का काम हो सकता है। लोग गाँवों में आकर काम करने से हिचकेंगे नहीं।"

"यहाँ गाँव छोड़, शहरों तक में सेनीटेशन नहीं है। सही तरीके से नालियाँ-ड्रेनेज सिस्टम नहीं है, और आप माडर्न टॉयलेट्स की बात कर रही हैं। ये चीजें हमारी सरकारों के एजेंडा में नहीं होतीं! अरे चलो, ये रत्ना ओर कुसुम पुलिस के दारोगा को क्यों डपट रही हैं…"

दारोगा का कहना था कि लड़की के घरवाले रिपोर्ट ठीक से लिखा नहीं रहे हैं तो कैसे रिपोर्ट लिखी जाये। घर वाले लिखाएँ रिपोर्ट में कि उन्हें किन लोगों पर शक है। उसी पर पुलिस हाथ डालेगी। वर्ना अँधेरे में रहकर पुलिस कुछ नहीं कर सकती।

मृतका मीना के घर वाले समझते थे कि किसका काम हो सकता है। ट्यूबवैल के पास वाले खेत के मालिक गाँव के प्रभावशाली लोग ठहरे।

वहीं मीना की लाश थी। ट्यूबवैल भी उन्हीं लोगों का था। उस घर के जवान लड़के। न काम—न धाम। शहर तो बराए नाम पढ़ने जाते। बाकी समय अपने जैसे ही अन्य आवारा साथियों के साथ मटरगश्ती करते। खासी जमीन। अच्छी खेती। उनके ही खानदानी चाचा गाँव के प्रधान। उन लड़कों की शिकायत करके कैसे कोई दुश्मनी मोल लेता।

रत्ना, मीना के बाप और भाई पर बिगड़ रही थी। वे लोग रो रहे थे, विलाप कर रहे थे, ईश्वर की ओर जोर से दुहाई दे रहे थे, लेकिन अपने नाम से नामजद रिपोर्ट करने को तैयार नहीं थे। पानी में रहकर मगर से बैर ! दुश्मनी में कल उन्हीं की गर्दन पर तमंचा रखकर खलास कर दिया तो ? बहूबेटियों को बेइज़्ज़त किया तो ? उनके पास तो न धनबल ठहरा और न बाहुबल। समाज में अछूत समझे जाने वाले लोग। एकदम कैसे हिम्मत जुटाएँ। एक जमाना था कि लोग उन्हें स्पर्श तक नहीं करते थे। अब जमाना बदल गया है। रेल में, बस में सफर करते, बाजार-हाट जाते किसे मालूम कि बगल से कौन निकल गया। किसका कंधा आपके कंधे को छीलता आगे बढ़ गया ! लेकिन ये गाँव का मामला है। कोई प्रभावशाली नेता अपने साथ हुआ तब तो ठीक है, वरना यहाँ तो अब भी पुराना राज चलता है। इंसाफ की तराजू अभी वैसी ही पुरानी, जंग खाई हुई है।

दारोगा अपनी ओर से छानबीन करने के नाम पर उदासीन था। उसे देखकर लगता था कि छुट्टी के दिन जैसे दिल बहलाने के लिए इधर उधर बतिया रहा हो। काम तो अपनी तरह से ही होगा, नियम-कानून के मुताबिक।

रत्ना ने कुसुम को एक ओर कर नीलिमा, मिसेज अग्रवाल और शोभना को इशारा किया।

"क्या खयाल है ? जनजागरण समिति की ओर से एफ०आई० आर० दर्ज करा दें ?"

"एफ० आई० आर० हम लोग क्यों दर्ज कराएँ। ये तो उनके घर वालों का काम है। हम तो उनकी मदद के लिए हैं यहाँ।" मिसेज अग्रवाल तुरंत प्रतिक्रिया व्यक्त कीं।

"घर वाले डरते हैं। वे तैयार नहीं हैं।"

"घरवाले ही तैयार न हों तो फिर हम क्या कर सकते हैं?"

"जाटों और ठाकुरों के लड़के इनवॉल्व हैं। ये ठहरे चमार। कोई बैंकिग तो है नहीं। डरते हैं नामजद रिपोर्ट करने से। खाली-पीली रिपोर्ट से कुछ होना नहीं।"

"सोच लो ! बेहद झंझट का काम है। जनजागरण समिति की ओर से रिपोर्ट होगी तो रोज-रोज मुकदमे की पेशी कौन झेलेगा।" शोभना की यह परेशानी थी।

"एक बात तो मेरी समझ में आती है। ये गाँव के लोग, खासतौर से ये नीची जाति के लोग—ये हैं बहुत चालाक लोग। वेरी क्लेवर! इसीलिए आए थे आपके पास दौड़े-दौड़े।" नीलिमा ने अपनी स्पष्ट राय कुछ नाराजगी के साथ दी।

"अच्छा ! फिर तो तुम्हारी समिति से मदद माँगने वाला हर एक चालाक है। अरे भई, जिसमें हिम्मत नहीं। जिसे कोई पूछने वाला नहीं, वही आएगा तुम्हारे पास। अब हमारे कॉलेज स्टाफ का कोई मेम्बर तो जाएगा नहीं।" रत्ना ध्यानमग्न अवस्था में ही जैसे बोली।

"अपने टीचर्स की बात छोड़ो। वे तो अपने मामले स्टाफ असोसियेशन में लाने से भी डरती हैं कि कहीं प्रिंसिपल मैडम नाराज न हो जाएँ। गीता कपूर को देखो। बिना बात गीता कपूर को कन्फर्म न करके प्रोबेशन पीरियड बढ़ा दिया उसका। मिसेज अग्रवाल ने एक जानकारी दी।

"अरे मारो गोली गीता कपूर को। यहाँ बताओ। व्हॉट टु डू। कुसुम लगभग झल्ला-सी पड़ी।

"सोच लो। काम तो बहुत बढ़ जाएगा। इसी बहाने काम फैल भी सकता है। क्रेडिट का सवाल भी है। समिति की प्रतिष्ठा भी बढ़ेगी। वर्ना, बिना ठोस काम के कोई दो कौड़ी का नहीं पूछेगा। रत्ना बहुत शांत थी।

"मेरी राय है कि इस समय तो वही करो जो वक्त का तक़ाजा है। यानि एफ० आई० आर० जन जागरण समिति की ओर से ही लिखवाओ

और नामजद करो उन लड़कों को। फिर कोशिश करते हैं कि पूरा गाँव इनकी मदद को आए।"

"रोज आना पड़ेगा। मीटिंगें करनी पड़ेंगी।

"सही बात है। काम हम लोगों ने अपने सिर पर बहुत लाद लिया है। अकेले हम लोग क्या कर लेंगे। गाँववालों को, खासतौर से औरतों को समझाना पड़ेगा।"

अंत में सब लोगों की यही राय बनी।

वह सारा दिन कानूनी कार्यवाही, पोस्टमार्टम और फिर दाह-संस्कार आदि में निकल गया। दूसरे दिन के लिए होने वाली मीटिंग का ऐलान उन्होंने उसी समय कर दिया। अपनी समिति के नाम से उन लोगों ने रिपोर्ट दर्ज कराई थी। इसका खासा रोब पड़ा उन लोगों पर!

× × ×

दूसरे दिन की मीटिंग का भी अजीब नजारा रहा। यह अनुभव न सिर्फ नीलिमा के लिए बल्कि सबके लिए नया था। मीना के घर की छत पर मीटिंग करनी चाही उन लोगों ने। एक घंटा बीत गया। बच्चों की भीड़ के अलावा सिर्फ पाँच-छह औरतें पहुँची। वे भी उनकी रिश्तेदारी की औरतें थीं।

सोचविचार करके फिर गांव की प्राइमरी पाठशाला के हेड मास्टर, जो उसी गांव में रहते थे, उनकी मदद ली और स्कूल के बाहर मीटिंग बुलाई। घर-घर जाकर औरतों की चिरौरी-विनती की। लानत-मलानत की। औरत होने का वास्ता दिया। तब कहीं जाकर कुछ औरतें इकट्ठा हुईं। कुछ पढ़े-लिखे आदमियों से बात की तो वे लोग भी आए, हालांकि भाव मीना से हमदर्दी का न होकर कौतुक का ज्यादा था। कुछ ये भी था कि चलकर देखें। ये शहरी फैशनेबल औरतें इन लड़कों के खिलाफ क्या कर सकती हैं।

मीटिंग में रत्ना बोली। शोभना और कुसुम भी बोलीं। सारे वक्त वे लोग यही समझाती रहीं कि डरने की बात नहीं है। आज एक के साथ हुआ। कल किसी और के साथ भी हो सकता है। सबको मिलकर ऐसे हत्यारे लोगों के खिलाफ मोर्चा लगाना है। वे लोग ये आश्वासन देना

भी नहीं भूले कि उन्हें इस मामले में सरकार से भी मदद मिलेगी।

इसी बीच वहाँ बैठी किसी औरत का आदमी मीटिंग में रंग में भंग करने की गरज से चला आया। वह जानबूझकर चीख रहा था। गला फाड़कर गालियाँ दे रहा था।

"बड़ी नेतागिरी सूझ रही है। चल इधर। अभी सब नेतागिरी छुड़वा दूंगा। चुटिया पकड़कर खींच ले जाऊँगा।"

उसकी औरत एकदम सकपकाकर उठ गई और चलने को उद्यत हुई। रत्ना ने सामने बैठी बुजुर्ग औरत से कहा।

"अम्माँ! आप जाओ न इसके साथ। समझाओ इसके आदमी को। एक औरत की इज़्ज़त सारे गाँव की इज़्ज़त है। काहे को मीटिंग बिगाड़ रहे हैं यह भाई साहब!"

"अरे बिटिया। ईका मरद ऐसेई है। बहुत टंटेखोर है।"

"ना अम्माँ। इसमें टंटेखोरी की कोई बात नहीं। हम तो अपने भाई लोगों से सबसे हाथ जोड़कर मदद माँगते हैं। बिना भाइयों की मदद के बहिनें कुछ नहीं कर सकतीं अम्माँ" रत्ना अब विशुद्ध नेतागिरी वाले अंदाज में बोल रही थी।

रत्ना के हाथ जोड़ने और उस आदमी से मदद माँगने की बात से शायद उसका कुछ अहम् शांत हुआ था। उसका बड़बड़ाना जारी था हालांकि आवाज नीचे आ गई थी।

"बड़ी आई भाई बनाने वाली। चली आवैं शहर से चमट्टों की हिमायती बनकर।"

सब लोग रत्ना और उस आदमी के संवाद सुन रहे थे। औरतें मजे ले रही थीं। कुसुम, शोभना वगैरह उसकी कुशल बुद्धि को सराह रही थीं। नीलिमा तो लगभग अभिभूत थी।

रत्ना ने उसी निर्विकार भाव से हाथ जोड़े।

"भाई साहब! आप हमारे सम्माननीय हो। हमसे ज्यादा समझदार हो। लेकिन भाई साहब, बदमाश, लुच्चा लफंगा जब बदमाशी करेगा तो भूल जाएगा सब जाति-पाँत। आज मीना की आबरू लुटी, कल किसी और की बहू बेटी की इज़्ज़त खराब हो सकती है। भगवान न करे

कल आपकी···" और फिर वह चुप हो गई।

वह भाई साहब जो अब जमीन पर आ गए थे, बड़बड़ाते हुए लौट गए। शोभना ने ताली बजाई, जिसका सभी ने ताली बजाकर समर्थन किया। उसकी औरत वापस वहीं आकर बैठ गई थी।

रत्ना ने उस बुज़ुर्ग औरत से बाकी लोगों के सामने बोलने और समझाने को कहा। वह बुज़ुर्ग औरत मोहन की दादी कहलाती थी। रत्ना उठकर नीलिमा के पास आकर बैठ गई।

"नीलिमा अब तुम बोलो। बाकी तो सभी लोग बोल लिए।"

"मैं क्या बोलूं ! मुझे आदत नहीं ऐसी मीटिंगों में बोलने की।" किंचित घबड़ा गई वह ! "काम करना और बात है। ये बोलना-बालना मेरे बस का नहीं।" उसने अपना निर्णय फुसफुसा दिया।

"रहने दो यार ये सब नखरे। तुम वक्त की सीरियसनेस को समझा करो। तुम अब कहो कि यह सारी लड़ाई सिर्फ औरतों की नहीं है। दर-असल ये लोग इस मामले में हम लोगों के इनवॉल्मेंट को यह समझ रहे हैं कि ये आदमियों के खिलाफ औरतों का जमावड़ा है। इसे जरा तुम्हीं साफ कर देना···" और फिर उठकर वह सामने आ गई।

नीलिमा की समझ में ही नहीं आया कि वह क्या बोले। इन लोगों से उसे नफरत थी। इन जैसे लोगों ने ही उसकी जिंदगी में जहर घोला था। इन्हीं लोगों से हमदर्दी करना ! इन्हीं के घर में बैठना और मीटिंग करना ! इनके लिए ही सबसे लड़ाई मोल लेना ! चार पाँच घंटे हो चुके थे उन लोगों को वहाँ आए। पड़ोस के घर से स्टील के एक जग में चाय और पाँच गिलास ले आया था कोई। चाय की तलब तो बहुत जोर से लग रही थी लेकिन वहाँ···उन बर्तनों में चाय पीते—उसे उबकाई-सी आने लगी। उस लड़की मीना को कल जिस भयंकर और दर्दनाक हालत में देखा था, वह क्या कम था दिमाग खराब करने का कि ये खातिर-तवज्जो और बरदाश्त करो···चुप रह गई वह, वर्ना फिर सब लोग खिंचाई करते। डॉ० अशरफ गुरु गम्भीर मुद्रा में खींच-खींचकर खूंटे से टाँग देते—

"भई मैं एग्री करता हूं नीलिमा जी से। थोड़ा तो स्टेटस कॉनशस

होना ही चाहिए। अरे नीलिमा जी, आप भी कहाँ इस रत्ना के साथ परेशान होती घूम रही हैं। आराम से घर बैठिए···" असमंजस में पड़ी इस मानसिकता को लेकर नीलिमा क्या बोलती सबके बीच में।'

कुसुम ने जबरदस्ती हाथ पकड़कर खड़ाकर दिया और फुसफुसाई कान में,

"ज्यादा तमाशे मत करो।"

नीलिमा ने अस्फुट शब्द विन्यास के साथ बोलना शुरू किया। रुक-रुककर बोलती···बार-बार अटकती। मीना के साथ जो हुआ, उस दरिंदगी की मिसाल मिलना मुश्किल···उसकी हत्या···गांव के लोग·· बड़ी जात ···बड़े लोग···उसकी हत्या···औरत होना क्या पाप है—हमेशा ऐसा होता आया है··अब नहीं होगा। मिलकर मुकाबिला करना है···सबको मिलजुलकर लड़ना है···" और बोलते-बोलते वह बहुत भावुक हो गई। उसकी आँखें भर आईं और आवाज तेज हो गई—"आज अगर कोई जातपांत की बिना पर वहशीपन दिखाता है—दूसरों को जानवर समझता है, उसे जिंदा रहने का हक नहीं। वह समाज के लिए बेकार है···ऐसे लोग पापी हैं—नरक में भी जगह नहीं मिलेगी उन्हें···" और उसका गला भर्रा आया। लगता था अभी बरस पड़ेगी वह।

शोभना ने जोर से ताली बजाई और उसके साथ ही सब लोग जोर-जोर से ताली बजाने लगे। बेहद इमोशनल होकर बोली थी वह। इसका लोगों पर खासा असर पड़ा था। पता नहीं वह किसे समझा रही थी—दूसरों को या खुद अपने आपको।

"डोंट बी सो इमोशनल···बहुत अच्छा बोलीं तुम।" धीरे से रत्ना बोली।

"अभी तो कह रहीं थी कि इतना ज्यादा इनवॉल्व मत हो। झंझट मोल मत लो···और अब खुद ही रोने लगीं।" शोभना ने हौले से चुटकी काटी उसे।

सचमुच वह रो रही थी। लेकिन क्यों? किसके लिए उसके आँसू बह रहे थे। लोग सोच रहे होंगे कि इन सामने बैठे लोगों के लिए वह रो रही है। लेकिन इन मक्कार, झूठे और चालाक लोगों के लिए क्या वह

रो सकती है ! पता नहीं उसे मीना की दुर्दशा याद आ रही थी या अपनी हालत पर रोना आ रहा था। बहरहाल वह आंसू पोंछती हुई बेहद शर्मिंदा थी अपने ऊपर, अपनी कमजोरी के ऊपर। उसकी आंखें दूर किसी अदृश्य पर टिकीं थी। दिमाग उड़ा हुआ था तथा होंठ सिल गए थे।

मीटिंग खत्म हुई। आगे के कार्यक्रम तय हुए। एक छोटी समिति बना दी गई···काफी कुछ हुआ लेकिन नीलिमा का ध्यान कहीं और ही अटक गया। दूर कहीं शून्य में। किसी ड्राइवर के साथ डॉक्टर अशरफ ने गाड़ी वापिस भेज दी थी। वे सब वापिस आ गए। उसे कॉलेज के गेट पर उतार दिया गया। मंत्रबद्ध-सी अवस्था में वह चलती हुई अपने कमरे में आई। ताला खोला। बिस्तर में पड़ रही। उसे कुछ पता ही नहीं चला कि कब रात हो गई।

× × ×

सवेरे आंख जल्दी खुल गई। अब सब कुछ सामान्य था। दुबारा सोना नामुमकिन था इसलिए वह उठ बैठी। ब्रश करके मुंह धो लिया। पानी आ रहा होता तो नहा-धोकर तैयार भी हो जाती। अब क्या किया जाए ? उसने गिलास भरकर चाय बनाई और लेकर कमरे के बाहर बरांडे में बैठ गई।

नीचे वाले क्वार्टर में खूब खटर-पटर हो रही थी। जरूर सफाई अभियान चल रहा होगा। विभा जी को क्रेज है सफाई का। सुबह-शाम, दोनों वक्त पूरा घर धुलता है। और दिन तो प्रभा जी के कॉलेज की नौकरानी घर का पोछा लगा जाती लेकिन छुट्टी वाले दिन विभाजी खुद ही सारी धुलाई-पुछाई करती हैं। प्रभा जी सहयोग देती हैं। सफाई तक ही बात रहे तब तो ठीक है लेकिन अगर कोई उनके कमरे में जरा देर के लिए चला गया तो विभा जी फिर से कमरे में पोंछा देती नजर आएंगी। इस शर्मिंदगी की वजह से भी कोई उनके घर नहीं जाता। जो जाता है, वह दरवाजे से ही बात करके लौट आता है। बहुत हुआ तो बरामदे से आगे नहीं बढ़ता। जमादारनी इसलिए नहीं रखतीं कि उसके काम खत्म करके जाने के बाद उसके अपवित्र चरणचिह्नों पर पानी डालते हुए वह जगह दुबारा साफ करनी पड़ती है इसीलिए पैसा भी खर्च करो और

दुबारा मेहनत भी करो।

उसने नीचे झाँककर देखा। सचमुच दोनों बहनें आँगन में थीं। विभा जी के एक हाथ में झाड़ू थी और दूसरे हाथ से वह अपनी नाइटी उठाए झाड़ू लगाने में व्यस्त थीं। प्रभा जी पानी की बाल्टी के पास खड़ी मग से पानी डाल रही थीं। दोनों बहनें बदरंग नाइटी पहने बड़े मनोयोग से इस सफाई अभियान में लगी हुई थीं। अधपके पतले बाल कंधों पर पड़े थे। चेहरे पर पड़ी झुर्रियाँ सवेरे के समय स्वतंत्र थीं और भरपूर चुगली खा रही थीं। गड्ढे में धँसती जा रही आँखें और उनके नीचे काले धब्बे आँखों की उदासी विज्ञापित कर रहे थे। सवेरे के झुटपुटे में वे दोनों आँगन में खड़ी विचित्र मालूम दे रही थीं।

न जाने क्यों सोचते-सोचते उनकी ओर नीलिमा की आँखें जैसे स्थिर हो गईं। किसी अदृश्य बिंदु पर जैसे जम गई हों। उसे लगा, जैसे चारों ओर अँधेरा छा गया है। उस अँधेरे के बीच दो प्रेत छायाएँ थीं वहाँ। उनकी हर भंगिमा जैसे मशीनी पुर्जे की तरह तय शुदा थी। किस बात पर कब, कितना बोलना… कितना मुस्कुराना कितना चेहरा जड़ रखना और कितना हिलाना — सब एक जैसा, पूर्व निश्चित।

एकाएक नीलिमा को लगा कि उन दोनों के चारों तरफ का काला दायरा बढ़ता हुआ ऊपर ही आ रहा है और उसे — नीलिमा को भी अपने घेरे में ले रहा है। दो चार…नहीं आठ — दस ! हां इतने सालों में निश्चित रूप से नीलिमा भी तीसरे नम्बर में उन दो प्रेत छायाओं की बगल में खड़ी होने लायक हो जाएगी।

सिहर उठी वह। सिर झटककर खड़ी हो गई। ये क्या होता जा रहा है उसे। हैल्यूसिनेशन ! नहीं, सिर्फ दिमागी फितूर। कल से रह-रहकर नुची-खुची मीना की तस्वीर सामने आ रही है। अब प्रभा जी और विभा जी प्रेतनियों जैसी दीखने लगीं। कुछ नहीं। यह गाँव के उस हादसे का असर है। वह आदी नहीं है इस तरह की बातों की। न कभी वह इस तरह के मामलों में इनवॉल्व हुई। ऐसा तो पहले भी होता रहा होगा। बलात्कार भी होते रहे हैं। बदमाशों-गुंडों के जुल्म भी चलते रहे हैं। रोज अखबारों में पढ़ते हैं। किस्से-कहानियों में होता है। कोई नई बात तो

नहीं।

नई बात है ! इससे पहले उसने सिर्फ खबरें पढ़ी थीं। किस्से सुने थे। उसने रू-ब-रू किसी मीना को नहीं देखा था। इंसानी दाँतों से बोटी की तरह चबाया गया मीना का गाल नहीं देखा था। जानवर के दाँतों से उस मासूम बेकसूर लड़की की छाती पर घाव नहीं देखे थे। उसने किसी इंसान की बाहों से भूखे जानवर द्वारा नोच लिया गया गोश्त का लोथड़ा नहीं देखा था। उसने नुची-खुची सार्वजनिक रूप से नंगी पड़ी किसी लड़की की लाश को नहीं देखा था। उसके लिए नई बात यह भी थी कि इस सबके बावजूद कोई···वहाँ कोई क्रोध का अंधड़ नहीं था। जमीन को हिलाने और जलजला पैदा करने वाला कोई गुस्सा नहीं था। उसने जो वहाँ की हवा में देखा, वह थी अपने होने की मजबूरी···अपने परिवेश द्वारा दी गई बेबसी। जो मदद की किरणें थीं, वह राजनीति और आपसदारी के समझौतों के जाल में फँसी हुई थीं।

बेबसी का यह भीषण रूप भी उसने पहली बार देखा था। क्या कसूर था आखिर मीना का ? उसके घर वालों का ? कैसे होते हैं ये लोग··· छोटे लोग। ये मुर्दा··· प्रेत··· कैसे जीते हैं ?

सोच-सोचकर वह फिर नौशयेटिक होने लगी। सर घूमने लगा उसका।

छह

तीन दिन की लगातार बारिश ने शीत लहर के प्रकोप को कई गुना बढ़ा दिया था। कॉलेज कैम्पस में पानी ही पानी। स्टाफ की उपस्थिति तो फिर भी कुछ थी लेकिन पढ़ने वाली लड़कियाँ ज्यादातर नदारद। हर एक क्लास में गिनी चुनी लड़कियाँ ही थीं।

छोटे-बड़े अनेक कवियों ने बरसात का जो मनोहारी वर्णन किया है, वह सिर्फ साहित्य तक ही सीमित है। छोटे शहरों में, खास-तौर से उसके भीतरी हिस्सों में तो बरसात से साक्षात नरक की स्थिति पैदा हो जाती है। लाख कहा जाए कि मनुष्य निरंतर प्रकृति पर विजय प्राप्त कर रहा है, लेकिन अपना मुल्क तो पुराने शाश्वत नियमों पर ही चल रहा है। यहाँ प्रकृति देवता है। समस्त जीवन का, क्रिया कलापों का संचालक है। अब पानी बरसेगा तो नाले भरेंगे। सड़कें डूबेंगी। अगर शहर में ड्रेनेज की, पानी बहाकर ले जाने की व्यवस्था न हो या उस व्यवस्था में इंजीनियरों और ठेकेदारों ने स्वान्तः सुखाय का सिद्धांत खास-तौर पर लागू किया हो, तो नाले-नालियों की सारी गंदगी और मैला सड़कों पर मुक्त अवस्था में तैरता रहेगा। सड़कों के बीच मेनहोल होंगे तो उनका खुला रहना भी लाजिमी होगा क्योंकि उसके लोहे के ढक्कन लोग ले जाएँगे। ऐसे में अगर कोई साइकिल, स्कूटर या पैदल चलने वाला उस गटर में गिर पड़े तो यह उसके कर्मों का फल कहलाएगा। लोग-बाग जब तक पानी बरसेगा, घर से नहीं निकलेंगे। जिसको बहुत जरूरत होगी, तो वह निकलेगा और भुगतेगा। भाग्यवाद का दर्शन शांति देता है। सारे दुखों को धैर्य से सहने

की ताकत देता है।

इसी भाग्यवाद के सहारे नीलिमा दो दिन से अपने क्वार्टर में ही थी। ट्यूबवेल खराब हो जाने के कारण नलों में पानी नहीं आ रहा था। दूसरी ओर हॉस्टल से कॉलेज तक के रास्ते में घुटनों तक पानी था। रास्ता कच्चा था, जो एक जमाने से पक्का बनने की आस लिए अपनी किस्मत को रो रहा था।

नीलिमा ने यही अपनी छुट्टी के प्रार्थना-पत्र में लिख दिया था कि हॉस्टल से कॉलेज तक के कच्चे रास्ते में पानी भर जाने की वजह से वह दो दिन कॉलेज नहीं आ पाई। यह पढ़कर प्रिंसिपल मैडम का बिदकना लाजिमी था।

"यह क्या तरीका है ? मैं इतनी दूर से आ सकती हूँ और आप यहाँ कैम्पस से उठकर नहीं आ सकती थीं ?"

"मैडम, आप अपनी गाड़ी में आईं। हमें घुटनों तक पानी में चलकर आना पड़ता है। उस पर से कच्चा रास्ता।"

"आप भी किसी सवारी का इंतजाम कर लेतीं। रिक्शा ले सकती थीं।"

"डम, मैकौन इंतजाम करता। उसके लिए भी तो कॉलेज गेट से बाहर जाना पड़ता !"

"नानसेंस ! हर जगह बारिश होती है, पानी भी भरता है। सिर्फ बारिश होने की बात लिखना काफी न होता जो आप ने पूरी कहानी लिख दी।"

"नहीं मैडम ! बारिश तो बीच-बीच में धीमी भी हुई थी। लेकिन रास्ते की प्रॉब्लम की वजह से ही नहीं आ पाए।"

"ठीक है। मैं आपकी ये एप्लीकेशन मैनेजिंग कमेटी के सामने रख दूंगी। जो चाहें वे लोग इस पर निर्णय लें।"

नीलिमा चुपचाप ऑफिस से बाहर निकल आई। अभी तो रास्ते की बात पर ही भिन्ना गईं। ट्यूबवेल खराब होने तथा क्वाटर्स में पानी न आने की बात अगर वह कहती तो पारा और ऊँचा हो जाता। ट्यूबवेल ऑपरेटर गलत थोड़े कहेगा कि ट्यूबवेल की नई मोटर प्रेसिडेंट

साहब के घर चली गई है और वहाँ की पुरानी मोटर यहाँ फिट हो गई है। इसलिए रोज बैठ जाती है। ज्यादा बिजली या पानी की अव्यवस्था के लिए कहो तो एक ही रेडीमेड जवाब है—"क्वार्टर छोड़ दीजिए। कॉलेज के बाहर ले लीजिए कोई और किराए का मकान।"

प्रिंसिपल और मैनेजमेंट, सभी अकेली रहने वाली स्टाफ मेम्बर्स की मजबूरी जानते हैं। वर्ना कहीं और रहो तो दस आराम हैं। यहाँ सिर्फ अकेली बात यह है कि कॉलेज कैम्पस में सुरक्षा है। बाहर रहने पर दस तरह की फालतू बातें लोग बना सकते हैं। इसलिए अकेली रहने वाली टीचर्स कैम्पस के क्वार्टरों में रहना चाहती हैं जिसके लिए आए दिन के नित नए नियम-कानून बनाए जाते हैं। उस पर तुर्रा यह कि पसंद नहीं तो क्वार्टर छोड़ दीजिए।

वह भिन्नाती हुई स्टाफ रूम की ओर चल दी।

जाड़े की पहली बारिश। वह भी इतनी धुँआधार। आज आसमान खुला था। चमकीली ताजा धूप ठंड भरे मौसम में गुनगुनापन पैदा कर रही थी। उम्मीद थी कि धूप के साथ-साथ मौसम और खुशगवार हो जाएगा।

इसी गर्माहट की आशा में तथा गुनगुनी धूप का मजा लेने के लिए स्टाफ रूम की अधिकांश कुर्सियाँ कमरे से बाहर बरामदे में आ चुकी थीं। सभी लोग पास-पास बैठे बतिया रहे थे। नीलिमा ने घड़ी देखी। अभी तीसरा पीरियड खत्म होने में बीस मिनट थे। उसको चौथा पीरियड लेना था। उसको अंदर जाते देख राजकुमारी जी बोलीं—"अरे नीलिमा, हमारे साथ बाहर बैठने में कोई हर्ज है क्या ?"

उसने कोई जवाब नहीं दिया। अंदर जाकर अपनी अलमारी से किताब निकाली और बाहर आकर बैठ गई।

'तुम लोगों ने खूब रेनी डे मनाया।" आशा चौहान ने उसे देखकर चुटकी ली।

"क्या करते। घुटनों तक पानी भरा था। रास्ते में मिट्टी अलग धसकती है। रेनी डे तो मनाना पड़ा मजबूरी में।"

"ये रास्ते की बड़ी प्रॉब्लम है। तुम सब स्टाफ क्वार्टर के लोग

लिखकर देते क्यों नहीं मैनेजमेंट को।" राजकुमारी सिंह जानना चाहती थीं।

"आज से ? ये लोग पिछले दस सालों से लिख रहे हैं।" जवाब डॉ० कमला शर्मा ने दिया जो मैनजिंग कमेटी में शिक्षक प्रतिनिधि थीं।

"फिर ?" नीलिमा ने जानना चाहा।

"फिर क्या ! तीन साल पहले मैनेजमेंट की फाइनान्स कमेटी में यह रिपोर्ट किया गया कि सड़कें बन चुकी हैं जिसका सत्तर हजार का पेमेंट हो गया है।"

"कमाल है। कमला जी, आप उस कमेटी में होकर भी इस सफेद झूठ पर चुप रहीं। आपने कुछ नहीं कहा।"

"भई कहा क्यों नहीं ! मैंने कहा तो सेक्रेट्री साहब ने मुझे चुपकर दिया कि आप कैसी शिक्षक प्रतिनिधि हैं। आपको कॉलेज के मामलों की कोई खबर ही नहीं रहती। सड़क तो बन चुकी है, और आगे का ऐजेंडा चालू कर दिया। उन्होंने तो यह साबित कर दिया कि मैंने कितनी बेवकूफी की बात कही है।"

"हद हो गई बेइमानी की। आप कहतीं कि अभी चलकर देख लेते हैं। सड़क कोई ऐसी चीज तो है नहीं, जो कि डिबिया के अंदर बंद करके रख दी जाय।"

"मैं तो बुरी तरह खिसिया गई थी। उन सब का रवैया यह था कि इतनी मामूली-सी बात मेरी जानकारी में नहीं है। मुझे लगा कि सभी की यह राय है। हो सकता है यही लोग सही कह रहे हों। हॉस्टल की तरफ कई दिनों से मैं नहीं गई थी।"

"एक बात और भी तो है। कमला जी को यह अंदाजा नहीं होगा कि इतना बड़ा झूठ इतनी सफाई से मीटिंग में रिपोर्ट किया जा सकता है। लेकिन आप बाद में कह सकती थीं इस पर। प्रिंसिपल को लिखकर देतीं। उनसे कहतीं।"

"तुम तो सरोज ऐसे कह रही हो जैसे कि जानती ही नहीं कुछ।" कमला जी नाराज हो गईं। "वहां मैनेजमेंट कमेटी में शिक्षक प्रतिनिधि की क्या हैसियत है, सब जानते हैं। अब तक हम टीचर्स का यही रवैया

रहा है कि ऐसे मामलों में न तो बोलते हैं और न ही बोलना चाहते हैं कि कहीं कोई नाराज न हो जाए। कोई बुरा न मान जाए। हम औरतें नौकरी जरूर करती हैं लेकिन ज्यादातर लोग यह समझते हैं कि ये नौकरी हमें अपनी योग्यता से नहीं बल्कि किसी के अहसान से मिली है। जितना जरूरी है, सिर्फ उतनी देर कॉलेज में रहना ड्यूटी है। बस पढ़ाया, तनखा ली और बाकी मौकों पर जीरो।"

'नाराज न हों कमला जी। सब जानते हैं कि क्या हालत है।" आशा चौहान ने उनके हाथ को धीरे से थपथपाया। "आप तो फिर भी थोड़ा-बहुत कह लेती हैं मीटिंग में। पहले से तो टीचर प्रतिनिधि मैनेजमेंट की मीटिंग में मूक-वधिर जैसे हुआ करते थे। रजिस्टर पर दस्तखत किए। चाय पी। मिठाई-समोसा खाया और बस! चले आए।"

"सही बात है। चाहे डर-डरकर ही सही, अब टीचर्स के मामले लोग उठाते तो हैं। सारी बात नजरिए की है। मैनेजमेंट कॉलेज को अपनी जागीर समझता है और टीचर्स को गुलाम। प्रिंसिपल मैडम भूल जाती हैं कि कभी वे भी टीचर थीं।"

"रहने दीजिए राजकुमारी जी। हॉस्टल से कॉलेज तक की सड़क बन जाती···ट्यूबवैल ठीक हो जाता···और ढेरों काम जो होने हैं सब हो जाते, तो फिर न तो मैडम का मकान इतनी जल्दी टू मंजिला और तिमंजिला हो पाता और न ही प्रेसिडेंट साहब की फैक्ट्री में नए यूनिट का कंस्ट्रक्शन ही हो पाता।" आशा चौहान हँसने लगी।

नीलिमा ने घड़ी देखी। घंटा बजने में पाँच मिनट बाकी थे। किताब वापिस रखकर रजिस्टर और चॉक लाने वह स्टाफ रूम में गई। बाहर निकलकर क्लास रूम की ओर जा रही थी कि कुसुम अंदर आती दीख गई। जल्दी-जल्दी कदम बढ़ाती बदहवास-सी।

"नीलिमा, नीलिमा। इधर जाओ जरा।" कोने में खींचकर ले गई उसे।

"क्या बात है। परेशान क्यों हो इतनी?"

"वो, शोभना को देखा तुमने? कॉलेज आ गई क्या?"

"शायद अभी तक तो नहीं आई? देखा नहीं मैंने।"

"तुमने सुजाता कुमार के बारे में सुना कुछ ?"

'नहीं ! उनकी तो शादी है न तीन दिन बाद । इनवीटेशन तो मिल गए हैं सबको ।"

"इसका मतलब तुम्हें भी नहीं मालूम ।"

"मुझे ही क्या ? यहां किसी ने भी कुछ नहीं कहा ।"

कुछ क्षण सोचती रही कुसुम मित्तल ।

"अच्छा । तेरी क्लास है अभी ?"

"हां, मैं जा रही हूँ क्लास लेने ।"

"ठीक है । मेरी भी क्लास है । फिर चलेंगे शोभना के घर । उसे आना होता तो अब तक आ जाती वह ।"

'बात क्या है, कुछ बताओ तो सही ।"

"क्लास लेकर आ जाओ । फौरन चलेंगे उसके घर । तभी बताऊँगी ।"

रास्ते में भी कुसुम चुप रही ।

"एक अजीब-सी खबर है । चलकर पहले कन्फर्म करते हैं । भगवान करे खबर गलत हो ।" बस इतना कहकर मुंह सिल लिया उसने ।

सुजाता कुमार की शादी को लेकर अक्सर चर्चा होती । कभी तो गम्भीरतापूर्वक और कभी परिहास में, लोग उनसे कहते रहते कि अभी तो वक्त है, उन्हें शादी कर लेनी चाहिए । लाख वे अपनी जन्मतिथि गलत बताएँ लेकिन सैंतीस अड़तीस को उम्र तो हो चुकी थी । यह अलग बात थी कि वे इतनी उम्र की लगती नहीं थीं । रही सफेद बालों की बात तो स्टाफ में आधे से ज्यादा लोगों के बाल खिजाब से रंगे हुए थे । यूं भी घरेलू औरतें, जो सिर्फ घर-गृहस्थी की होकर रह जाती हैं उनकी उम्र तेजी से भागती है । पढ़ी-लिखी और नौकरी करने वाली महिलाओं का व्यक्तित्व लम्बे अर्से तक उम्र को धोखा देने में सफल हो जाता है ।

मिस कुमार ने अखबारों में खुद ही वैवाहिक विज्ञापन के कॉलम में अपनी शादी के लिए विज्ञापन दिए । कई प्रस्ताव आए । कुछ एकदम बेढंगे और कुछ ढंग के भी थे । अंत में एक रिश्ता पक्का हो गया । दर-

असल विज्ञापन के जवाब के साथ-साथ वह व्यक्ति खुद ही मिलने चला आया था। अमेरिका में उसका बिजनेस था। अपनी अमरीकन पत्नी से उसका तलाक हो गया था और अब वह हिंदुस्तानी लड़की से शादी करके जल्दी ही वापिस जाना चाहता था।

मिस कुमार हॉस्टल में ही एक स्टाफ क्वार्टर में रहती थीं इसलिए इस मामले की भनक नीलिमा के अलावा दूसरे लोगों को भी हो गई थी। बात शुरू होने से लेकर रिश्ता पक्का होने तक वह शख्स तीन-चार बार उनसे मिलने आया। दो बार तो रात में भी वहीं रुका था।

हॉस्टल के सिंगल रूम क्वार्टर में किसी मर्द का रात में ठहरना ! यह तो कॉलेज संहिता में कानूनन जुर्म था। चोरी-छिपे अब कुछ हो जाए तो बात दूसरी है।

हुआ यह कि एक दिन सवेरे-सवेरे गाउन लपेटे मिस कुमार पड़ोस में सुनंदालाल के पास पहुँचीं। उन्हें कद्दूकस चाहिए था। कद्दूकस ? यह गजब कैसे ? उनके बारे में तो मशहूर था कि अगर उनकी नौकरानी किसी दिन नहीं आती तो मिस कुमार या तो कैंटीन से कुछ मँगाकर खा लेती हैं या पास के होटल से खाना आता है। अपने हाथ से दो रोटी सेंक लें या कुछ पका लें, यह उनके बस का नहीं।

ऐसी मिस कुमार कद्दूकस लेने आईं और वह भी सवेरे-सवेरे। बिना पूछे और जिरह किए तो सुनंदा भी कुछ देने वाली नहीं थीं। सो बहुत शरमाते हुए मिस कुमार ने बताया—

"कुछ नहीं। थोड़ा-सा गाजर का हलवा ट्राई करेंगे।"

सुनंदा जी का तो माथा ठनका। हो जाए कॉलेज के लिए देर। अब तो उन्हें सवेरे ही कपड़े धोने थे और सुखाने के लिए छत पर भी जाना था। छत पर वे देर तक इधर-उधर टहलती रहीं। ऊपर छत से नीचे क्वार्टर के कमरे के बाहर का वरांडा और गैलरी साफ दीख जाती। गैलरी में ही किचन और आगे टायलेट। कभी-न-कभी तो मिस कुमार का मेहमान हत्थे चढ़ेगा ही।

अंत में उन्हें उस पात्र के दर्शन हो ही गए जिसके चक्कर में उन्होंने लगभग एक घंटा खराब किया था। इस तरह सुजाता कुमार के उस

विशिष्ट मेहमान के बारे में सबसे पहले खबर देने वाली सुनंदा लाल ही थीं जिन्हें उस दिन मिस कुमार ने कद्दूकस वापिस करने के साथ-साथ गाजर का हलवा भी खिलाया था।

सुजाता कुमार के विशिष्ट मेहमान के बारे में दबे-छिपे फुसफुसाहटें स्टाफ रूम में चल ही रही थीं कि उन्होंने बाकायदा अपनी शादी का ऐलान करके सबको किंचित सकते में डाल दिया। एक जन्म ले रहे स्कैंडिल की असमय मौत से कुछ लोगों को निराशा भी हुई। अब शादी ही हो रही है तो फिर क्या खास रहा उनके अफेयर में। बहरहाल !

सुजाता के बड़े और छोटे, दोनों भाई आकर उस युवक बल्कि युवक तो नहीं कहना चाहिए, खासी उम्र के उस पैंतालीस-छियालीस साल के उनके मंगेतर से मिल लिए। इस उम्र में शादी हो तो पसंदगी और नापसंदगी जैसे सवाल नहीं होते। कामचलाऊ एडजस्ट करने लायक साथी होना चाहिए। ढंग की नौकरी और ठीक-ठाक स्टेट्स होना पर्याप्त होता है।

लेकिन सुजाताकुमार की तो पहली ही शादी थी। भले ही देर से हो रही हो। वे पूरी तरह उत्साहित थीं। एक महीने के लिए शोभना के घर के पास एक मकान किराए पर ले लिया था। भाई लोग सपरिवार दो दिन पहले ही पहुँचते इसलिए शादी का सारा इंतजाम खुद ही करना पड़ रहा था। ऐसे मौकों पर प्रिंसिपल मैडम हमेशा मदद को तैयार रहतीं। दावत का जिम्मा उन्होंने ले लिया था तथा अपनी देख-रेख में वह सब व्यवस्था करवा रही थीं। शॉपिंग में शोभना और उसके परिवार के लोग मदद कर रहे थे। समय कम था लेकिन सबके सहयोग से सारा इंतजाम हो गया था।

निमंत्रण-पत्र बँट गए थे। स्टाफ रूम में सामूहिक उपहार के लिए पचास-पचास रुपये इकट्ठा करने का अभियान समाप्ति पर था। अब सिर्फ यह तय करना था कि क्या उपहार खरीदा जाए। शादी में तीन दिन रह गए थे।

एक हफ्ते पहले मिस कुमार जब विवाह के निमंत्रण-कार्ड देने आईं, तो उन्होंने बताया कि सिस्टर रस्तोगी, यानि उनके मंगेतर दिल्ली गए

हैं। उन्हें अपने अकाउंट से पैसे निकलवाने थे और कुछ जरूरी शॉपिंग करनी थी। स्वागत भोज से दो दिन पहले अदालत में शादी होगी हाँलाकि मिस्टर रस्तोगी अदालती शादी की जगह परम्परागत शादी चाहते थे लेकिन सबकी सलाह थी कि बाहर जाने का मामला है। इसलिए अदालत में शादी होना आवश्यक है। शादी में मि० रस्तोगी के कुछ इने गिने मित्र ही शामिल होने वाले थे। उनका एक सगा भाई तथा बहिन, दोनों सपरिवार विदेशों में थे और इस समय हिंदुस्तान नहीं आ सकते थे।

"सुजाता जी, देर आयद दुरस्त आयद। अब तो आप भी फौरन फॉरेन चलीं जाएँगी।"

"अभी कहाँ?" मिस कुमार शर्मा गईं। "अभी तो मिस्टर रस्तोगी अकेले ही लौटेंगे।"

"तो फिर आप?"

"मिस कुमार। ये खतरे का काम है। अब इस उम्र में छुट्टा न छोड़िएगा उन्हें।"

सुजाता जी का चेहरा शर्म से निश्चय ही लाल हो गया होगा क्योंकि उस लाली की हल्की-सी परछाई उनके चेहरे के पाउडर की मोटी परत से भी झलक रही थी।

"मैं तो सेशन पूरा करके ही जाऊँगी। फिर छुट्टी के लिए काफी पहले से अप्लाई करना होगा। तुरंत लांग लीव कैसे मिल जाएगी।"

उन्होंने जबाव दिया था।

शोभना घर पर ही थी। उन दोनों को देखकर वह एकदम सक्रिय हो गई और तुरंत उन्हें अपने कमरे में ले गई।

"मिसरानी अम्माँ! तीन प्याले चाय बना दीजिए जरा। आवाज दी उसने।

"रहने दे शोभना चाय वाय। ये बता मिस कुमार हैं कहाँ?"

कुसुम खासी चिंतित थीं।

"वह तो आज सवेरे ही चली गईं दिल्ली। रात उनके बड़े भाई आ गए थे। वे भी साथ गए हैं।"

"हुआ क्या शोभना। कुसुम ने तो कुछ बताया ही नहीं अभी तक।"

नीलिमा साफ-साफ जानना चाहती थी।

"हुआ ये कि वह रस्तोगी तो फ्रॉड निकला। चार सौ बीस। वह बहुत ऊँचे दर्जे का जालिया है नीलिमा।"

"ओह नो! आइ कांट बिलीव।"

"विश्वास करने को तो किसी का दिल नहीं चाहता, लेकिन सच यही है। एक अच्छी बात सिर्फ यह रही कि वह पुलिस के हत्थे चढ़ गया। हमारी मिस कुमार जैसी औरतों को, जो अकेली रहती हों—नौकरी करती हों, उन्हें फांसना···बार-बार शादियाँ करना, यही उसका धंधा था। किसी को अखबारों में निकलने वाले मैट्रीमोनियल के जरिए तो किसी के साथ इश्क-मुश्क के जरिए चक्कर चलाता था। उनसे पैसे ठगता और ऐश करता था। जितने दिन चल जाए और फिर भाग निकलता।"

"मैंने उसे मिस कुमार के क्वार्टर में देखा था, यहाँ शिफ्ट होने से पहले। थोड़ा रिजर्व टाइप का तो लगा लेकिन खासा स्मार्ट था। डीसेंट लुकिंग···"

"बदमाशी शकल पर लिखी हो तो फिर बहुत आसानी हो जाए आदमी को पहचानने में। अपनी शकल-सूरत तथा बढ़िया अंग्रेज़ी बोलने के दम पर ही तो उसे आसानी होती थी पढ़ी-लिखी लड़कियों को फाँसने में।

"इट्स शॉकिंग शोभना।"

"हाँ कुसुम! हम सब बेहद शॉक्ड हुए जब रात को एक पुलिस इंसपेक्टर दो सिपाहियों के साथ मिस कुमार के पास आया। उनकी कोई चिट्ठी थी उनके पास। उसी से एड्रेस को तलाशते हुए वे लोग पहुँचे थे।"

"पुअर मिस कुमार। उनका तो बहुत बुरा हाल हो गया होगा।"

"वे तो बिलकुल चुप पड़ गईं। पत्थर जैसी। हम लोग भी रात भर सो नहीं सके। रह-रहकर रोना आता रहा मुझे। हाऊ अनफोरचुनेट शी इज।"

"शी इज नॉट एट ऑल अनफोरचुनेट। वह तो बहुत भाग्यशाली हैं कि समय से सब पता चल गया। उनका क्या चला गया? पढ़ी-लिखी।

अच्छी नौकरी। ठाठ से रहती हैं। अपनी मर्जी की मालिक हैं। ठीक है शादी नहीं हो पाई। तो बहुतों की शादी नहीं होती। सबसे अच्छी बात यह है कि समय से सब कुछ पता चल गया।" कुसुम तेज होकर बोली।

"पता क्या चल गया। शादी पक्की होने के बाद तो वह ऐसे आता था, जैसे घर का मालिक वही हो। दो बार तो नाइट स्टे यहाँ भी कर गया। ऐश तो किया ही, इसके अलावा..."

"अलावा क्या ?"

"मेरा खयाल है कि कम-से-कम दस-बीस हजार तो ले मरा होगा—शादी की शापिंग के नाम पर।"

"तुमने पूछा उनसे ?"

"मैंने कुछ नहीं पूछा ! अपने यहाँ उन्हें जरूर ले आई थी ताकि अकेली न रहें। भाई के अलावा घर में और कोई था नहीं। भाभी और बच्चे तो आज पहुंचेंगे। मुझे लगा कि अकेले डेस्पेरेशन में कहीं कुछ कर न बैठे।"

"यह तो बहुत अच्छा किया तुमने। वे लौटकर आएँ तो कहना कि एक महीने की छुट्टी लेकर अपने भैया के पास चली जाएँ। परिवार के बीच थोड़ा दिल बहलेगा। तब तक चर्चाओं की गर्द भी बैठ जाएगी।" कुसुम ने सोचते हुए कहा।

"मुझे तो लगता है कि कैसे फेस करेंगी वह छुट्टी से लौटने के बाद भी।"

"सब फेस करते हैं नीलिमा। जिंदगी सब कुछ सिखा देती है। जिंदा रहना—एक बड़ा अहम् सवाल होता है। ये इस तरह के हादसे, पानी के बुलबुले जैसे होते हैं। उन्हें हिम्मत तो करनी पड़ेगी। शी विल हैव टु बी बोल्ड। फिर उनकी क्या गलती। धोखेबाज़ी और मक्कारी दूसरे आदमी ने की। वे क्यों शर्मिंदा हों ! वे क्यों दुख उठाएँ इसके लिए ? उन्होंने क्या गलती की ?"

"सही कह रही हो तुम ! शादी की इच्छा करना तो ऐसी कोई गलती नहीं है। शादी के विज्ञापन भी लोग देते ही हैं। अब अगर कोई

गलत आदमी, कोई क्रिमिनल से आपका वास्ता पड़ जाता है तो इसमें आपकी क्या गलती ! आप तो उस क्रिमिनल के शिकार बने !"

"और क्रिमिनल तो आपको कहीं भी मिल सकता है। कोई डाकू, लुटेरा आपको सड़क पर भी लूट सकता है। ट्रेन में आप पर हाथ डाल सकता है। इसमें आपकी क्या गलती। आप आहत तो होंगे। दुःखी तो होंगे लेकिन शर्मिंदा नहीं होंगे। शर्मिंदा तो उस लुटेरे को होना चाहिए।" नीलिमा ने किंचित उत्तेजित स्वर में कहा।

"बात बिलकुल सही है। फिलहाल मिस कुमार को मॉरल सपोर्ट की जरूरत है। हमारे यहाँ स्टाफ में तो हर तरह के लोग हैं। हमदर्दी भी दिखाएँगे लेकिन ऐसे चुभते हुए सवाल करेंगे कि 'बस।" कुसुम ने कहा।

"कल तक ही आ पाएगी वह। मैं तो कोशिश करूँगी कि वे अभी छुट्टी लेकर अपने भाई के साथ चली जाएं। तुम लोग स्टाफ में सिर्फ इतनी सूचना दे देना कि शादी फिलहाल टल गई है। आगे कुछ भी कहने की जरूरत नहीं। वक्त बीतने के साथ-साथ खुद ही मालूम हो जाएगा लोगों को।"

"नहीं नहीं। हमें किसी से कुछ नहीं कहना। अच्छा, हम लोग चलेंगे शोभना ! खयाल रखना तुम उनका।"

वहाँ से लौटकर नीलिमा फिर कॉलेज न जा सकी। बहुत परेशान और विचलित हो गई थी वह। आत्मनिर्भर और अकेली रहने वाली औरतों की यही नियति है ? हर आने-जाने वाला उन्हें रास्ते का पत्थर क्यों समझता है। जो गुजरा, एक ठोकर मारकर इधर-से-उधर कर गया। रस्तोगियों और अभिजितों से पाला पड़ना क्या अनिवार्य है ! यह जिंदगी तो जैसे अंधेरे घने जंगल से निकलने वाली पगडंडी का नाम है। कब किधर से कोई बाघ या भेड़िया हमला कर दे। किस पेड़ के पीछे से जंगली सुअर दौड़ता हुआ आए और टक्कर मारकर गिरा दे, कुछ पता नहीं।

मिस कुमार जैसा ही कुछ क्या उसके भाग्य में भी लिखा हुआ है ?

फिर भी वह भाग्यशाली है। ऐसी किसी अपमानजनक स्थिति से बच गई।

लेकिन यह तो उसका खयाल है। लोग क्या कहते होंगे? उसकी शादी न हुई होती, तोकम-से-कम लोग तरस खाते। सोचते कि बाप के न होने से कोई देखने-भालने वाला न होगा। या दहेज के चक्कर में शादी न हो पाई होगी। लेकिन उसका तो मामला और गड़बड़ है। शादीशुदा और अकेली। न पति का कभी आना और न उसकी खोज-खबर। सामने थोड़े कोई कुछ कहता है। पीठ पीछे न जाने क्या-क्या सोचते होंगे। तभी तो अभिजित की हिम्मत हुई थी उसका हाथ पकड़ने की।

पिछले वर्ष एम० ए० मौखिकी की परीक्षा थी। एक प्रोफेसर मिश्र आए थे मौखिकी के लिए। किसो कॉलेज के रिटायर्ड प्रोफेसर। पुराने ढंग के आदमी। बात तो उन्होंने मजाक में कही थी लेकिन थी तिलमिला देने वाली। बकौल प्रोफेसर साहब के, वह किसी गर्ल्स कॉलेज में पहली बार आए थे। उनकी इच्छा थी कि वे नौकरी करने वाली औरतों को जरा नजदीक से देखें और सुनें। उनका नौकरी करने वाली महिलाओं से परिचय नहीं था। सुनकर नीलिमा तड़पकर रह गई। चार-पाँच घंटे गर्ल्स कॉलेज में बिताकर वे क्या जान लेंगे? नौकरी करने वाली महिलाओं के क्या सींग होते हैं? या प्रोफेसर साहब सोचते हैं कि जिस मर्द से वे मिलीं, तुरंत उसकी गोद में जा बैठीं। जलकर उसने सिर्फ इतना ही कहा।

"प्रोफेसर साहब! अपनी बिटिया को या अपनी बहू को नौकरी मत करने दीजिएगा। नौकरी करने वाली महिलाओं के चाल चलन की गारंटी नहीं होती।"

"हें-हें-हें-हें'''आप तो बुरा मान गईं श्रीमतीजी" और फिर चुपचाप अपना काम करके चले गए वह।

× × ×

वह तो चुप हो गए लेकिन हवा की फुसफुसाहटों को कौन रोक सकता है। हाँ! रुक सकती हैं ये आहटें'''ये दरवाजे पर गाहे बगाहे पड़ती थपथपाहटें अगर नीचे रहने वाली विभाजी और प्रभा जी की जिंदगियों

के नमूने अपने लिए भी उतार लिए जाएँ। उनके ही सांचे में अपने दिल और दिमाग को ढाल लिया जाय।

अचानक सर्दी से सिहरने लगी वह। ओढ़ी हुई रजाई और ऊपर पड़ा कंबल उसे नाकाफी महसूस होने लगे। उसने अपना मुंह रजाई के अंदर कर लिया और सो गई।

सात

दूधवाला देर से दरवाजा भड़भड़ा रहा था। नीलिमा हड़बड़ाकर उठी। "अरे बाप रे···बहुत देर हो गई क्या !"

"बहिनजी, दूध ले लो !" दरवाजे पर भड़भड़ाहट जारी थी।

रसोई से भगोना लेकर वह फौरन दरवाजे की ओर लपकी।

"आज बहिन जी सोवत रह गईं। हम बहुत देर से दरवाजा पीट रहे थे।" दूधवाला दाँत निपोरता हुआ दूध नाप रहा था।

क्या कमबख्ती है। सोने में भी पाबंदी है क्या ? नीलिमा चुपचाप अंदर आ गई। उसका बदन टूट रहा था। रात नींद नहीं आ रही थी तो आगथा क्रिस्टी का एक उपन्यास उठा लिया था उसने। जासूस पॉयरो के साथ केस की माथापच्ची में दिमाग खपाते सवेरे के चार बज गए थे। फिर आँख लगी तो बस, सोती ही रह गई।

उसने घड़ी देखी। आठ बजने वाले थे। अभी बहुत सारे काम करने थे। खाना भी बनाना था। उसे ध्यान आया कि आज तो उसका तीसरा पीरियड है।

थोड़ी देर बाद वह उठ बैठी। नहा धोकर किचन में गई। चाय बना कर चाय का गिलास लेकर कमरे में आई और अखबार सामने मेज पर फैलाकर चाय का घूँट भरने लगी।

तभी कॉलेज का घंटा सुनाई दिया। टन्-टन्-टन्-टन्···लगातार घंटा बज रहा था। कॉलेज नौ बजे शुरू होता है। उसी का घंटा बज रहा था। अब घंटा बज रहा है तो बजने दो। उसका तो आज जाने का मूड

नहीं । वह आज छुट्टी ले लेगी और आराम करेगी । चाय पीकर वह यूँ ही पैर लटकाए बिस्तर पर लेट गई।

वह तंद्रा में थी कि अचानक फिर घंटा घन्-घन्-घन्-घन् घनघना उठा। वह झपटकर उठ बैठी । क्या चक्कर है ? अभी तो पहला पीरियड खत्म होने में भी दस मिनट हैं । फिर यह छुट्टी का घंटा कैसे बज गया ? कोई शोकसभा तो नहीं हो रही ? अगर ऐसा है तो फिर वह खाम-खा क्यों अपनी एक छुट्टी खराब करे ।

झटपट गाऊन उतारकर उसने साड़ी पहनी और दस मिनट में तैयार होकर वह कॉलेज की ओर चल दी ।

लड़कियां अलग-अलग झुंडों में तेज कदमों से ऑफिस की ओर जा रही थीं । ताज्जुब ! शोकसभा के लिए तो लड़कियां कभी इतनी तत्पर नहीं रहतीं । सूचना मिलते ही सीधे घर चल देती हैं । लेकिन आज तो ये बजाय बाहर जाने के प्रिंसिपल ऑफिस की ओर जा रही हैं । कौन-सी ऐसी खास बात हो गई ! वह थोड़ा परेशान हो उठी ।

आफिस का तो माहौल ही बिगड़ा हुआ था । लड़कियां शोर कर रही थीं । "प्रिंसिपल मुर्दाबाद", "नंदा भाटिया मुर्दाबाद"····"लक्ष्मी नारायण मुर्दाबाद" के नारे लगा रही थीं ।

स्टाफ रूम से भी कुछ लोग उधर ही आ रहे थे । सचमुच कोई गम्भीर घटना घटित हुई थी ।

सामने से मिसेज माथुर भागी चली आ रही थीं ।

"हलो मिसेज माथुर । ये क्या चक्कर है ?"

जवाब दिया प्यारे लाल चपरासी ने —

"चांटा मार दी हैं बड़ी बहन जी एक लड़की को । उसके भाई के साथ आफिस में मारपीट हो गई है । पुलिस आने वाली है । बहनजी फ़ोन किए हैं थाने में···

और फिर फौरन साइकिल पर उड़न छू हो गया कि कोई उसे सूचना देते हुए देख न ले ।

इतनी देर में राजकुमारी सिंह, मिसेज अग्रवाल और मिसेज मित्तल भी आ गईं । सभी पेड़ के नीचे खड़े बतिया रहे थे । कॉलेज का पूरा स्टाफ

अभी मौजूद नहीं था।

"चलें हम लोग भी अंदर। मैडम अकेली होंगी। थोड़ा मॉरल सपोर्ट तो दें हम।" राजकुमारी जी बोलीं।

"यही तो मैं कह रही थी"—मिसेज माथुर परेशान-सी थीं और वह सीधे आफिस में चलीं गईं।

बाकी सभी लोग एक दूसरे का मुंह ताकने लगे।

"क्या खयाल है। चलें अंदर ?"

"ठीक कह रही हैं मिसेज अग्रवाल। देखें तो कि आखिर किस्सा क्या है।"

अंदर प्रिंसिपल नंदा भाटिया थीं और सामने बेहद चिंताग्रस्त चेहरे लिए मिसेज माथुर, माधुरी मिश्रा और कमला शर्मा थीं। नंदा भाटिया बेहद उत्तेजित थीं और तेज स्वरों में कोई किस्सा बयान कर रही थीं।

वे लोग चिक उठाकर अंदर दाखिल हुए, तो वह चुप हो गईं और उन लोगों को देखने लगीं। उन्होंने उन लोगों की नमस्ते का जवाब भी नहीं दिया और फिर किस्सा शुरू कर दिया, अबकी बार थोड़ा धीमी आवाज में।

उपेक्षित नमस्ते के बाद मिसेज अग्रवाल ने राजकुमारी जी की ओर देखा। वे लोग दुविधा में थे कि बैठें या चले जाएँ। प्रिंसिपल मैडम ने हमेशा की तरह किसी को भी बैठने के लिए नहीं कहा था। कमला शर्मा ने अलबत्ता उन लोगों को इशारा किया कि वे लोग बैठ जाएँ। खिसियाए हुए से वे सब लोग किनारे वाले सोफे पर बैठ गए।..."बताइए ये हाल है आजकल की लड़कियों का। शिक्षा का स्तर गिर रहा है। साथ-साथ में नैतिक मूल्यों का भी तेजी से पतन हो रहा है। शिक्षक का कोई मान-सम्मान ही नहीं।" नंदा भटिया फिर चालू हो गईं।

"लेकिन मैडम उसका भाई यह धमकी देकर गया है कि थोड़ी देर में वह अपने साथियों सहित आ रहा है।"

"आने दीजिए। मैंने भी उसकी तबियत झक कर दी है। बाकी पुलिस देख लेगी।"

"ये छुट्टी वाला घंटा शायद उस लड़की ने ही बजा दिया है

लड़कियां भी अफरातफरी में हैं। सब अपने क्लास रूम में से निकल आई हैं और यहाँ इकट्ठा हो रही हैं, ऑफिस के सामने।" राजकुमारी जी ने मानो सूचना दी।

"होने दीजिए इकट्ठा। अभी पुलिस आएगी। होश ठिकाने आ जाएँगे।" नंदा भाटिया ने उनकी ओर बिना मुखातिब हुए जवाब दिया। मानो पुलिस का डर लड़कियों के साथ-साथ उन्हें भी दिखा रही हों।

अपने प्रति पूर्ण उपेक्षा का भाव लगातार महसूस किया उन लोगों ने। अब मिसेज मित्तल ने पास बैठी राजकुमारी जी और नीलिमा को टहोका मारा। मिसेज अग्रवाल पहले से ही आँख से इशारा कर रही थीं। चारों एक साथ उठ खड़े हुए और बाहर आ गए। बरामदे से नीचे उतरते हुए मिसेज मित्तल बोलीं।

"हद है बदतमीजी की। न सलाम न दुआ। नमस्ते का जवाब तक नहीं।"

"वे शायद ये सोच रही हों कि हम लोग कुछ-न-कुछ बोलते रहते हैं उल्टा-सीधा। शायद हमी लोगों ने लड़कियों की भीड़ इकट्ठा कर दी है ऑफिस के सामने।"

"किसी लड़की को बुलाकर पूछो तो कि आखिर बात क्या है?"

"अरे नहीं। हमें लड़कियों से बात करते देखेंगी तो जरूर ये समझेंगी कि हम लोग भी इनके साथ शामिल हैं।"

राजकुमारी सिंह सहमत नहीं थीं नीलिमा से।

"ये हम लोगों पर बिना बात इतना शक क्यों करती हैं?" मिसेज अग्रवाल ने हैरानी जाहिर की।

"आप भी इनके दरबार में बैठना शुरू कर दीजिए। इनकी हर बात में हां में हां मिलाइए। आप इनके चहेतों में हो जाएँगी।" कुसुम मित्तल ने बहुत तल्खी से कहा।

"लेकिन यह तो निहायत बेहूदी बात है! दरबारगिरी न करो तो ये आप पर शक करेंगी। इनसल्ट करेंगी।" नीलिमा ने उत्तेजित होकर कहा।" हमारे पास और भी तो बहुत काम हैं करने के लिए।"

"तुम हां में हां मिलाने की कह रही हो, मैं एक बार का किस्सा

सुनाऊँ।" राजकुमारी जी नीलिमा के कंधे पर हाथ मार कर बोलीं। "मैं इनके पास गई यह कहने कि लाइब्रेरी में साइंस की किताबों के सारे पुराने एडीशन भरे हुए हैं। लड़कियों को उनमें से कुछ भी काम का नहीं मिलता। सारी आउट डेटेड किताबें हैं। तीन साल से लगातार इन्हें लिख रही हूँ। बहरहाल, तो आफिस में कुछ और लोग भी बैठे थे जो बहुत ध्यानपूर्वक इन्हें सुन रहे थे। जानती हो यह क्या किस्सा बयान कर रही थीं।" राजकुमारी जी रुकीं और सबके चेहरे देखने लगीं। "मैडम बता रही थीं कि कल वे रात भर नहीं सो पाईं, क्योंकि इनकी कुतिया जैकी ने बच्चे दिए थे। किस तरह घर में सब लोग जैकी को देखकर परेशान थे···जैकी बहुत तकलीफ में थी। फिर कैसे इन्होंने जैकी को सहलाया और इनकी लाडली जैकी किस तरह इनके ऊपर झपटी। कैसे इन्होंने उसे शांत किया और फिर जैकी ने चार बच्चे डिलीवर किए। इन्होंने उसको गरम हलवा बनाकर खिलाया···वगैरह। सब लोग इतने मगन थे इस किस्से को सुनने में कि मैंने कई बार अपनी बात शुरू करना चाही लेकिन जैसे कि वह बिलकुल फालतू बात हो, किसी ने ध्यान ही नहीं दिया मुझ पर।"

"ठीक तो है। इतने महत्त्वपूर्ण प्रसंग के बीच आप लाइब्रेरी और लड़कियों की समस्या ले आईं। गलती आपकी थी।" मिसेज मित्तल की बात पर सब लोग हँसने लगे।

"दो-तीन बार बात शुरू करने पर भी जब इन्होंने मेरी बात नहीं सुनी तो मैं उठकर खड़ी हो गई। मैंने कहा कि जब जैकी की प्रसव-वेदना की कहानी समाप्त हो जाए तो आप मुझे बुलवा लें···मेरी क्लास है·· मैं जा रही हूँ।"

"और उन्होंने आपको आज तक नहीं बुलवाया होगा उसके लिए··· क्यों ?" मिसेज अग्रवाल ने अपना चश्मा ठीक करते हुए कहा।

कमला शर्मा को मैडम के कमरे से आते देखकर वे सब चुप हो गए।

"आइए कमला जी ये क्या हंगामा है ? हमें तो कुछ पता ही नहीं है !"

"अरे बस ! पूछो मत । पहले तो सारा कबाड़ा कर लो फिर हमसे सलाह मांगो ।"

"हम लोग तो इसीलिए चले आये । सलाहकार समिति के बीच दाल-भात में मूसरचन्द ।" मिसेज अग्रवाल मुँह बनाकर बोलीं ।

"अरे ! क्या सलाहकार और क्या समिति । यानि कि उनकी सुनते रहो । उनके बयान ! उनकी तारीफें ! बस, सवाल मत करो कोई ।"

"वैसे कमलाजी बात क्या है ? हमें तो अभी तक ये भी नहीं मालूम । यूं इतना सारा बवाल हो गया है । पुलिस आने वाली है…"

"अरे ! परसों अपने सेक्रेटरी लक्ष्मी बाबू की लड़की की शादी थी न ! उनके कहने पर हमारी मैडम ने म्यूजिक की पाँच लड़कियाँ भेज दीं उनके यहां, बारात के समय स्वागतगान और फिर जयमाल-गीत गाने के लिए । उन्हीं लड़कियों में एक लड़की मधूलिका भी गई थी ।

"मधूलिका ! मधूलिका भारती ? इकॉनामिक्स भी है शायद उसके पास ।" नीलिमा ने याद किया ।

"हाँ, हाँ ! उसके साथ किसी ने वहाँ बत्तमीजी कर दी । दुपट्टा खींच लिया कि हाथ खींच लिया ।"

"यह तो बहुत बुरी बात हुई ! कायदे की बात तो यह है कि लड़कियों को इस तरह के घरेलू समारोह में भेजना ही नहीं चाहिए था । प्रिंसिपल मैडम ने नहीं सोचा अगर, तो रंजना जी को इसका खयाल करना चाहिए था । आखिर म्युजिक की हेड हैं । वे मना कर देतीं की हम अपनी छात्राओं को इस तरह गाने के लिए नहीं भेज सकतीं ।" मिसेज मित्तल ने अपनी राय दी ।

"कमाल करती हो, तुम भी मिसेज मित्तल । रंजना तो खुद लक्ष्मी बाबू के घर गाने की तैयारी करवाने पहुँचती थीं । उनमें इतनी हिम्मत कहाँ कि प्रिंसिपल मैडम की सहमति के बाद फिर मना कर देतीं ।"

"हिम्मत नहीं तो फिर लड़कियों की जिम्मेदारी लेतीं ।"

"इतनी उन्हें फुर्सत नहीं रही होगी ।"

"अरे, पूरी बात तो सुनो ।" मिसेज अग्रवाल और राजकुमारी सिंह के आपसी वार्तालाप से कमला शर्मा अधीर होने लगी । "वह लड़की

आज अपने भाई के साथ कॉलेज आई। भाई ने प्रिंसिपल मैडम से शिकायत की।

"और मैडम ने उल्टे उसी को डाँटना शुरू कर दिया होगा।" नीलिमा ने अंदाजा लगाया।

"इक्ज़ैक्टली। मधूलिका का भाई इस पर झगड़ने लगा। शायद उसने धमकी वगैरह भी दी कि वह देख लेगा इन्हें। फौरन मैडम उस लड़के के आगे खड़ी हो गईं। दो चाँटे उसको मारे और कहा कि अब जैसे चाहे वह देख ले। उनके पास भी गुंडों की कमी नहीं। वे भी देख लेंगी।"

"ये तो मैडम की नई क्वालिफिकेशन मालूम हुई कि उनके पास भी गुंडे रहते हैं।" चुटकी ली मिसेज अग्रवाल ने। "हाँ, तो फिर।"

"फिर क्या। उस लड़के ने पहले तो इनका हाथ पकड़ लिया। फिर धमकी देकर चला गया कि शहर के कॉलेजों को बंद करवा कर और अपनी पूरी फौज लेकर वह आएगा। वहाँ तो वह अपनी बहन की मदद करने आया था और खुद ही बहन के सामने पिट गया। उस लड़के को अपनी बहन के सामने जो इनसल्ट हुई है उसके लिए उसे कुछ हंगामा तो करना ही है।"

"तो मधूलिका बहन जी ने एक घंटा तो खुद बजा दिया। दूसरा घंटा बजाने उसका भाई आ रहा है।"

"अब प्रॉब्लम यह है मिसेज अग्रवाल कि उसका भाई शहर कांग्रेस दलित सेल का सेक्रेटरी है। छोटा-मोटा नेता तो है ही। इसीलिए चला गया धमकी देकर।"

"हम लोग तो गए थे मैडम के पास। अगर उन्हें हम टीचर्स की कोई मदद की जरूरत हो, लड़कियों को समझाना वगैरह हो···लेकिन उन्होंने तो ऐसा नोलिफ्ट मारा कि बस!"

"अरे, उन्हें तो लगता है कि पुलिस आकर बाहर के लड़कों की पिटाई करेगी, सब ठीक हो जाएगा। शेड्यूल कास्ट का मामला है। ऐसे नहीं ठीक होगा। पॉलिटिकल मामला बन जाएगा। कहीं से सपोर्ट नहीं मिलेगी मैडम को।" कमलाजी की राय थी।

"मैडम को चाहिए था कि थोड़ा उस लड़की से बात करतीं। सहानु-

भूति दिखातीं। आखिर उस लड़की के साथ बदतमीजी तो हुई थी। उसका भाई आया था, तो उसे आश्वासन तो दे सकती थीं कि हम देखेंगे मामले को। उल्टे दादागिरी दिखाने की क्या जरूरत थी।"

"मिसेज अग्रवाल आप चिंता क्यों करती हैं। मैडम संकट पैदा करती हैं तो संकट से उबरना भी जानती हैं।" परिहास किया कुसुम मित्तल ने।

"नहीं मिसेज मित्तल। मिसेज अग्रवाल ठीक कह रही हैं। ये मामला पॉलिटिकल बनकर तूल पकड़ सकता है। वैसे ही एक इनक्वायरी पेंडिंग पड़ी है यहाँ पर।"

"कैसी इनक्वायरी ?" नीलिमा ने पूछा।

"यही कि टीचिंग स्टाफ में एक भी आदमी शेड्यूल कास्ट या शेड्यूल ट्राइब का नहीं है।"

'वो तो मैडम डंके की चोट कहती हैं कि इस विद्या मंदिर में एक भी एस० सी० या एस० टी० नहीं घुसने दिया उन्होंने। टीचिंग स्टाफ में एस० सी० का कोटा उन्होंने नॉन टीचिंग से पूरा कर दिया है।" कुसुम मित्तल ने जानकारी दी।

"अब भूल जाओ सब। अबकी बार सीधे-सीधे मैडम ने भिड़ के छत्ते में हाथ दिया है। दलित संघ अगर हँगामा करता है या इनक्वायरी की बात करता है, तो सब लोग उनके साथ होंगे। लड़की की बेइज्जती का मामला कम-से-कम यहाँ, इस जगह पर आप अनदेखी नहीं कर सकते।" राजकुमारी ने तेज होकर कहा।

"अरे राजकुमारी जी, बेइज्जती उज्जती का ऐसा क्या मामला है। ऐसा तो भीड़भाड़ में होता रहता है। न होता कल्लू बाबू का घर तो बाजार में, बस में या कहीं और होता। दुपट्टा खींच लिया, कोहनी मार दी या हाथ फेर दिया। अब मधूलिका भारती की जगह मधूलिका शर्मा होती तो शायद कोई हंगामा न हो पाता। वह लड़की ही शर्म के मारे चुप होकर बैठ जाती।" कमला शर्मा ने बुजुर्गाना लहजे में कहा।

"ये क्या बात हुई ! मधूलिका शर्मा होती तो वह भी शिकायत करती। प्रोटेस्ट करती। आप यह कहना चाहती हैं कमला जी कि लड़कियों के साथ ऐसी बेहूदगियाँ तो होती रहती हैं इसलिए उन्हें चुप रंह जाना

चाहिए। प्रोटेस्ट करने से इज्जत उतरती है। चुपचाप इज्जत गँवाने से इज्जत बनी रहती है।"

"नहीं भाई ! मिसेज मित्तल तुम तो नाराज हो गईं। मैं तो कह रही थी कि मधूलिका के साथ तो जो होना था सो हो गया। जरा मैडम उसे समझा देतीं। थोड़ा बहला-फुसला लेतीं तो मामला आगे न बढ़ता। इन लोगों के दिमाग तो आजकल वैसे ही इतने खराब हैं। अपने आगे किसी को गिनते ही नहीं।"

नीलिमा को बहुत अजीब लगा। कैसी बातें कर रही हैं डॉक्टर कमला शर्मा। उसके आगे भुजपुरा की मीना का नुचा-खुचा शरीर तैर गया। कौन मदद कर रहा है उनकी। पॉलिटिक्स के तवे पर कुछ नेता अपनी रोटी जरूर सेंक रहे हैं। उसके मुँह में कड़वाहट भर गई।

"मेरे खयाल से तो मिसेज शर्मा, मामला अगर किसी मधूलिका शर्मा या सिंह का होता, तो पूरे स्टाफ को प्रिंसिपल मैडम के पास या लक्ष्मी बाबू के पास प्रोटेस्ट के लिए जाना चाहिए था। अब मामला क्योंकि मधूलिका भारती, एस० सी० का है इसलिए कोई स्टाफ मेम्बर या स्टूडेंट यूनियन उसकी मदद के लिए जाएगी नहीं। उसका भाई प्रोटेस्ट करने आता है तो वह चाँटे खाता है। अगर वह दलित संघ के लोगों को बुलाने जाता है, तो पुलिस बुला ली जाती है।"

"कहाँ तुम बात को खींचकर ले गईं नीलिमा।"

"नहीं। मैं सिर्फ वही कह रही हूँ, जो आप कहना चाहती हैं। जहाँ तक बदतमीजी की बात है, दुपट्टा खींचना या हाथ खींचना तो कोई कारण नहीं है परेशान होने का। उसे अगर फिजिकली भी असॉल्ट किया जाता, तो भी कोई खास बात नहीं थीं। ऐसा तो होता आया है। आदी होते हैं, ये लोग ऐसे व्यवहार के।" नीलिमा का मुँह उत्तेजना से लाल हो गया।

कमला शर्मा बुरी तरह सकपका गईं। नीलिमा तो पीछे ही पड़ गई थी उनके।

"नहीं ! नीलिमा नहीं। तुम गलत समझ रही हो। मैं भी उस लड़की के लिए उतना ही कन्सर्न फील कर रही हूँ जितना तुम या और कोई।

मैं सिर्फ यह कह रही थी कि कभी-कभी अनावश्यक तूल देने से मामले ज्यादा बिगड़ जाते हैं। अच्छा, मैं जा रही हूँ जरा लड़कियों से बात करने। बिना बात क्लासों से निकल आई हैं और हंगामा कर रही हैं।" और कमला शर्मा जैसे जान छुड़ाकर जल्दी-जल्दी वहाँ से चली गईं।

"मेरा कहना यह है कि प्रिंसिपल मैडम के साथ बात इस पर होनी चाहिए कि मैनेजिंग कमेटी का कोई पदाधिकारी हो या कोई और हो। उसके घर अगर कोई घरेलू समारोह हो, कोई प्राइवेट फंक्शन हो तो उसमें कॉलेज की लड़कियों को गाने-बजाने या नाचने के लिए नहीं भेजना चाहिए।"

"ऐसा करो मिसेज मित्तल। इस मामले को अपनी जनजागरण समिति में ले लो न !" राजकुमारी ने मजाक में हँसते हुए कहा।

"नहीं भई ! कॉलेज का मामला है। रोज प्रिंसिपल से आपका वास्ता पड़ता है। उनके खिलाफ जनजागरण समिति का मोर्चा लगाना मुश्किल पड़ेगा। फिर मामला यहीं खत्म नहीं हो जाता। जब तक लोगों की जहनियत न बदले, दिमाग न बदले, ये समस्याएँ हल नहीं हो सकतीं।" मिसेज अग्रवाल ने तुरंत अपनी राय दी। उन्हें लगा कि कहीं सचमुच समिति प्रिंसिपल या मैनेजमेंट के खिलाफ मोर्चा न लगा ले।

"सैकड़ों साल से बनी जहनियत···संस्कार इतनी आसानी से नहीं दूर हो सकते। हमारे···तुम्हारे···सबके तयशुदा प्रयास के बिना यह बड़ा काम नहीं हो सकता। दोनों ओर से ही इसकी कोशिश करनी पड़ेगी। जब तक माहौल नहीं बदलेगा, ये सिस्टम नहीं बदलेगा, लोगों के दिल और दिमाग नहीं बदल पाएँगे। वर्ना हम लोग कीड़े-भुनगे थे, वही रहेंगे। लोग हमें वही समझते रहेंगे···"

ईशू ने यही बात तब उससे कही थी जब वह भुजपुरा गाँव की किसी मीना को या कॉलेज की किसी मधूलिका भारती को नहीं जानती थी। ईशू ने उसे समझाने की कोशिश की थी। या फिर अपने दिल का गुबार निकाला था। पहली बार शायद नीलिमा के सामने अपने दिल की गांठ,

अपनी मजबूरी निकाल फेंकी थी उसने। उफनते गुस्से और क्षोभ के झाग में लिथड़ी हुई नीलिमा उस दिन कुछ भी समझ पाने में और देख सकने में असमर्थ थी। इसीलिए उसके शब्दों के पीछे से झांकती आंखों की नमी को अपने गुस्से के ताप से उड़ाती हुई वह बिफर रही थी—

"मुझे लेक्चर मत दो ईशू। ये किताबों की भाषा और नेताओं के उपदेश मत बोलो। मैं सिर्फ इतना जानती हूँ कि तुम झूठे और धोखेबाज हो। जालसाज हो। मैं तुम्हारी शक्ल एक मिनट के लिए भी नहीं देखना चाहती। मैं कल ही चली जाऊँगी यहाँ से। बेईमान···"

उसके भीतर गुस्से का लावा बिफर रहा था। उसका दिल और दिमाग···किसी का कहीं पता ही नहीं चल रहा था। सोचने-समझने की सारी ताकत बिलकुल खत्म हो गई थी। उसकी चेतना अंधे सूरज की तरह काली पड़ गई थी जिसमें सिर्फ भार होता है, असहनीय भार। उसे लगा था कि उसके भीतर अंधे सूरज का उतरना शायद मौत का पर्याय है। बेहोशी जैसी अवस्था में मौत के सन्नाटे की अंधी सुरंग से गुजरती वह ड्राइंग रूम में आकर सोफे पर पड़ गई थी। एक कभी न खत्म होने वाले महाभारत की शुरुआत थी वह।

दूसरे दिन। खासा दिन चढ़ गया था। खिड़की के झीने पर्दे से छन-छनकर आती धूप जब उसके सोफे पर ही पसरने लगी, तो अचकचाकर उसकी आँखें खुल गईं।

युगों लम्बी नींद से जागी थी वह! सब कुछ ज्यों का त्यों था। दीवार पर राजस्थानी कला की दो पेंटिंग्स। दूसरी दीवाल पर जूट का झब्बे-दार, रंग-बिरंगा वॉल हैंगिंग। एक ओर मुरादाबादी पीतल की नक्काशी-दार प्लेट। सब कुछ हमेशा की तरह था।

लेकिन वह ड्राइंग रूम था। नीलिमा सोफे पर पड़ी थी। यही फर्क था उस सुबह में। और दिन उसकी सुबह बेडरूम में होती। वह तो ठहरी हमेशा की देर में उठने वाली। ईशू सवेरे ही उठ जाता और तैयार होकर टहलने चला जाता। लौटकर आता तो बाहर लॉन से उसके लिए फूल तोड़ता। खूबसूरत गुलाब लाल या गुलाबी रंग का। या कभी-कभी सवेरे की महकती बेला···जो उसे अपने तकिए के पास रखा मिलता। वह सिर्फ

एक फूल नहीं, बहुत कुछ होता—ईशू का पूरा व्यक्तित्व, जो वह हर सवेरे जैसे उसे भेंट कर देता हो। वह बाहर निकलकर आती तो बरामदे में या लॉन में बैठा वह अखबार पलटता और चाय पीता रहता। उसे देखकर वह मुस्कुराता और नीलिमा के लिए चाय का प्याला बनाने लगता। वह गर्व से भर उठती। किसी साम्राज्ञी से कम नहीं समझती अपने को।

लेकिन उस दिन! उस मनहूस दिन ऐसा कुछ भी नहीं था। मुर्दा पड़ा ड्राइंग रूम था उसके चारों ओर। खिड़की के रास्ते घुस आई धूप की गर्मी थी, जो उसे अपने पास में जकड़ना चाह रही थी। उसका गला सूख रहा था।

"हरिया।" न चाहते हुए भी उसे आवाज़ दे बैठी। उसे लगा कि हरिया को नहीं बुलाना चाहिए था। क्या सोचेगा वह, उसे इस समय इस हालत में ड्राइंग रूम में देखकर। ऐसे ही तो बातें इधर-से-उधर फैलती हैं और स्कैंडिल बनते हैं। बहरहाल हरिया हाजिर था।

"एक गिलास पानी।"

पानी पीकर कुछ चैन आया। मानो कुछ नशा कम हुआ हो। रात जो कुछ हुआ उसकी उत्तेजना का हैंगओवर बना हुआ था। हैंगओवर नहीं, बल्कि उत्तेजना फिलहाल घनीभूत होकर जम गई थी। फिर कब उसे ताप मिल जाए और वाष्प बनकर फैल जाए, कहा नहीं जा सकता था।

वह उठकर खड़ी हो गई। रात के पागलपन, गुस्से और विक्षोभ की तलछट एक अजीब-से भय, घृणा और अपराधबोध के रूप में अब उसके ऊपर हावी हो रही थी। उसे अब संकट के दूसरे चरण से मुकाबला करना था।

"साहब कहाँ हैं हरिया?"

"साहब तो गए जी।"

"कब?"

"सवेरे ही चले गए जी।"

"कैसे गए। गाड़ी से या जीप से?"

"जीप से गए जी ! ड्राइवर को बुलवा लिया था उन्होंने।"

"कुछ बोला था जाते समय ?"

"बोला था जी। कहा था कि मेम साब की तबियत खराब है। खयाल रखना और बोल देना कि मैं दौरे पर जा रहा हूँ। दो दिन बाद आऊँगा।"

"ओह।"

उसे लगा कि ईशू चालाकी करके घेरे से निकल भागा है। सोचता होगा कि इस तरह वह उसके सवालों से बच निकलेगा। उसे तो वह जिन्दगी भर के लिए ऐसा सबक देगी कि बस ! इतना बड़ा धोखा ! दुनियाँ में शायद धोखेबाजी की यह अपनी ही तरह की एक मिसाल होगी। लेकिन वह बदला लेगी। तहस-नहस कर डालेगी उसे।

लेकिन भीतर से वह क्यों कमजोरी महसूस कर रही थी। क्यों उसके भीतर एक अजीब तरह का भय काले धुएँ की तरह भरता जा रहा था। चेतना-शून्य कर रहा था उसे। उसे लगा कि वह खड़ी नहीं रह सकती···

"मेम साब। आप लेट जाओ मेम साब···मैं अभी डॉक्टर साहब को फ़ोन करके बुलाता हूँ···" और इसके बाद उसे होश नहीं रहा।

डॉक्टर लाल, चीफ मेडिकल ऑफिसर आए। काफी देर उनके पास बैठे रहे। ब्लड प्रेशर लिया। सब कुछ ठीक था। कहने लगे कि थोड़ी थकान है और नर्वस टेंशन है।

"क्या सोचती रहती हैं हरदम कि तबियत खराब कर ली। इतना नेक पति··नेक इंसान···जिले का सबसे बड़ा अधिकारी। इतनी इज़्ज़त··· मानसम्मान···बताइए अब बचा क्या है आपके पास फिक्र करने के लिए।"

उस वक्त उसे लगा था कि डॉक्टर लाल ईशू की यह तारीफ बेवजह नहीं कर रहे। जरूर यह भी ईशू के बारे में जानते होंगे। समझते होंगे कि नीलिमा और ईशू के बीच झगड़े का क्या कारण हो सकता है। इसीलिए वे उसे समझा रहे हैं। हो सकता है मन ही मन मजाक उड़ा रहे हों उसका। या ईशू की पैरवी कर रहे हों।

शिष्टाचार का संस्कार। आँखें मूंद कर पड़ी रही वह।

"थैंक्यू डॉक्टर साहब। आप जाएँ अब। नाऊ आय एम एबसल्यूटली ऑल राइट। बिलकुल ठीक हूँ मैं।"

डॉक्टर साहब अचकचा कर उठे और तुरंत चले गए। उस दिन पहली बार डॉक्टर लाल, जो नशे के नाम पर सिर्फ चाय पिया करते थे, बिना चाय पिए चले गए। नीलिमा ने हरिया से बिलकुल नहीं कहा कि वह डॉक्टर साहब के लिए चाय लेकर आए। डॉक्टर साहब ईशू के बहुत अच्छे दोस्त भी तो थे।

वह दिन बीत गया। दूसरा दिन रेंगता हुआ फिर उसके सामने था। घिसटकर यह भी सरक जाएगा। फिर? ईशू आ जाएगा वापस। कैसे उसका सामना करेगी और उसकी नजरों को झेलेगी? कैसे उसकी मुस्कुराहट को थामेगी?

अचानक सब कुछ कैसा उलट-पुलट हो गया। काश! उसकी जिंदगी से यह तीन दिन का समय एकदम गायब हो जाए, जैसे कि कुछ हुआ ही न था। गहरी नींद में सोते हुए उस सपने की तरह, जो जागने पर कभी याद नहीं रहता। ईशू को तो बहुत आदत है बरदाश्त करने की। सो वह सब कुछ तुरंत भूल जाएगा। फिर बांहें फैला देगा अपनी नीलू के लिए।

नीलिमा, लेकिन अब उसकी बाहों में नहीं समा सकती। उसकी छाती में मुँह गड़ाकर नहीं सो सकती। अचानक उसे लगा कि उसके मुँह का स्वाद कड़वा हो गया है। एक अजीब बास उसके चारों ओर फैल गई है। धूल और पसीने की बास। बजबजाती···उफनती बास जो उसके बेडरूम में, बिस्तर में, ड्राइंग रूम, कॉरिडोर हर जगह फैली थी। वह बास जो ईशू की यादों मे, उसकी छाती, चेहरे, उसके होठों, उसकी बाहों, उसके पूरे वजूद से, और उसके इतिहास से चिपकी हुई थी।

वह भागी बाथरूम की ओर। उसे उल्टी आ रही थी। देर तक वॉश बसिन पर खड़ी वह उबकाई भरती रही और झाग थूकती रही। फिर शावर खोल दिया उसने। खुशबूदार साबुन मल-मलकर देर तक नहाती रही। अलग करती रही उस नामालूम वास को जो ईशू के साथ-साथ

उसके वजूद से भी जुड़ गई थी। अपने शरीर का एक-एक अंग उसने रगड़ रगड़कर साफ किया और ढेरों पानी बहाया। अपना चेहरा, पलकें, माथा, गाल, अपने होंठ, गरदन, वक्ष, अपने पैर। इस तरह रगड़ने से शायद एक ऊपरी परत निकल जाए और वह पहले की तरह हो जाए—शुद्ध-पवित्र! ईशू की साँसें, उसके होंठों का, उँगलियों का स्पर्श। सब कुछ धो-रगड़कर बहा देना चाहा था उसने।

लेकिन···कुछ तो नहीं अलग हो रहा था। उसके शरीर का कौन-सा हिस्सा···कौन-सा अंग ऐसा था जिसे ईशू ने अपने होंठों से न छुआ हो। उसका पोर-पोर अपने में ईशू की साँसों की गर्मी समोए हुए था। पानी की अनवरत धार के नीचे पड़ी हुई वह जमकर बर्फ की चट्टान बन जाएगी। सख्त, मुर्दार। इससे पहले कि वह चट्टान बन जाए, टूट टूटकर बिखर जाए, लुढ़कने लगे—उसने एक निर्णय ले लिया था। एक अहम निर्णय!

ईशू ने उसके सामने सभी कुछ स्वीकार किया था। उसे सब बता दिया था। स्वीकारोक्ति ही अपने आपमें उसके गलत होने का प्रमाण थी। यह सिर्फ गलती नहीं थी। सरासर धोखा था। ईशू ने उसे अपने बारे में धोखे में रखा था। अपने जन्म, अपने खानदान, बिरादरी, सबके बारे में धोखे में रखा था। हाँ! कुछ न बताना और चुप रहना भी धोखा देना होता है।

नीलिमा ने स्वीकार किया कि वह उसे पसंद करती थी। हाँ, प्रेम करती थी। लेकिन ईशू भी तो उससे प्रेम करता था। उसे इतनी हिम्मत कैसे हुई? उसे पहले ही नीलिमा को अपने बारे में सब कुछ बताना चाहिए था। प्रेम-सम्बन्धों की पहली सीढ़ी पर ही उसे सब कुछ स्पष्ट करना चाहिए था। उसे नीलिमा के निर्णय की प्रतीक्षा करनी चाहिए थी। हो सकता है, वह मनाकर देती। अपने संस्कार और सामाजिकता के तराजू में सम्बन्धों को तौलने का अवसर उसे मिलता तो सम्भवतः वह उससे अपने को अलग कर लेती। यह भी हो सकता था कि अपने आप से लड़ती-भिड़ती, अपने भीतर से मजबूती हासिल कर लेती और तब ईशू के साथ बँधना स्वीकार कर लेती। उसे वक्त मिलना चाहिए

था और ईशू को प्रतीक्षा करनी चाहिए थी।

नीलिमा ने हमेशा अपने निर्णय को तर्कसंगत ठहराया। अपने बारे में हमेशा ईशू ने उसे अँधेरे में रखा और उसके साथ जानबूझकर धोखा किया—नीलिमा यह साबित करने में सफल रही।

फिर क्यों बार-बार उसके भीतर कोई चोर छिपा बैठा रहता, जो वक्त बेवक्त अपनी शकल दिखा देता। मेहनत से बनाए हुए उसके किले पर एक ऐसा पत्थर मारता कि सारा किला भरभराकर ढह जाता। धज्जियाँ उड़ा देता—उसके तर्क और न्याय की।

क्या सचमुच ईशू जिम्मेदार था, परस्पर निकटता को सम्बन्धों का जामा पहनाने के लिए? क्या सचमुच ईशू ने पहल की थी! उसने क्या नीलिमा को मजबूर किया था साथ चलने के लिए?

नीलिमा हमेशा बचने की कोशिश करती रही है—ऐसी बेहूदा जवाब-तलबी से। अपने मन की खानातलाशी का अधिकार उसने कभी किसी को नहीं दिया। कौन है इन सवालों को बार-बार उसके सामने उछालने वाला?

नीलू रानी, प्रशासनिकसेवा में अपना नाम आने की सूचना जब ईशू ने दी थी, तो कौन घर से भागा हुआ आया था उसे बधाई देने? इंटरव्यू में जाने से पहले किसने फूल भिजवाए और यह संदेश कि··· फूलों की खुशबू और मेरी याद तुम्हारे साथ रहेगी—तुम जरूर कामयाब होगे। मसूरी ट्रेनिंग के लिए जाते समय कौन गया था उसके कमरे में?

× × ×

ईशू अपना सामान पैककर रहा था। दूसरे दिन उसे ट्रेनिंग के लिए रवाना होना था। नीलिमा को आया देखकर हल्के से मुस्कुरा दिया था वह और पूर्ववत् अपनी अटैची ठीक करता रहा। तह किए कपड़े तथा अन्य जरूरी सामान एक ओर रखे थे। उसकी मुस्कान ने नीलिमा का स्वागत तो किया लेकिन उसका वहाँ आना! शायद वह इसकी उम्मीद नहीं करता था। हो सकता है कि उसे नीलिमा का वहाँ आना ठीक न लगा हो। लेकिन वह प्रसन्न था। शायद थोड़ा नर्वस भी था।

नीलिमा ने ईशू के हाथ से कपड़े ले लिए और खुद सामान अटैची में लगाने लगी। वह चुप थी। ईशू भी चुप था। अजीब मानीखेज सन्नाटा था दोनों के बीच में। वह सामान लगाती रही। बिखरा हुआ सामान सूटकेस में भरती रही। वह उसे काम करते देखता रहा मानो वह किसी कला का प्रदर्शन कर रही हो और वह उत्सुकता और कौतुक से देखता हुआ दर्शक हो।

उस खामोशी से नीलिमा परेशान हो गई। मन के बहुत भीतर शायद वह भी अपने वहाँ होने को उचित नहीं ठहरा रही थी। इसीलिए वह चाहती थी कि ईशू कुछ बोले। कोई सवाल करे। कुछ तो घटे वहाँ।

ईशू तो शायद स्तब्ध था। इंडियन सिविल सर्विस में आने और एक बड़ा आदमी बनने की भावना से शायद वह उतना उत्तेजित नहीं था जितना नीलिमा के वहाँ होने से था। प्रशासनिकसेवा में तो उसका चयन होना ही था। सभी को उम्मीद थी। उसकी योग्यता, लगन और मेहनत के सामने यह सफलता तो स्वाभाविक थी, लेकिन बार-बार नीलिमा का उससे टकराना, उसके निकट आना उसके लिए आह्लादकारी था। उसे स्तब्धकर देने वाला भी था।

ईशू एक गम्भीर और कम बोलने वाला छात्र था। रहन-सहन में बेहद मामूली। थोड़ा अलग-थलग रहने वाला। एम० ए० अर्थशास्त्र में इत्तफाक से उस बार लड़कियों की तादाद ज्यादा थी इसलिए लड़कियाँ अपना ग्रुप बनाकर अलग ही रहतीं। एक बार नीलिमा ने उससे कोई किताब माँगी थी जो लाइब्रेरी से ईशू ने अपने नाम पर ले रखी थी और नीलिमा को उसकी जरूरत थी।

एम० ए० के पहले साल की ही बात है। परीक्षा के बाद वह घर जाने वाली थी। तभी उसके पैर में हल्का-सा फ्रैक्चर हो गया था। दरार आ गई थी उसके पैर की हड्डी मे। उसे अस्पताल में भर्ती होना पड़ा। नीलिमा ईशू की क्लास-फैलो थी। अन्य सहपाठी उसे अस्पताल के स्टूडेंड वार्ड में देखने गए। वह भी गया था। फिर अक्सर जाता था वहाँ। उन दिनों उसके पास समय ही समय था। परीक्षाएँ खत्म हो चुकी थीं। उन दिनों ट्यूशन भी नहीं थी उसके पास। नए सत्र में अगस्त-सितम्बर से

ही ट्यूशनों का सिलसिला शुरू हो पाता।

ईशू अस्पताल में नीलिमा के पास बैठा रहता। कुछ और सहपाठी भी आ जाते। गप्पें मारा करते वे लोग। नीलिमा को अच्छा लगता वर्ना बिस्तर पर पड़े-पड़े वह बोर होती। तभी आठ जुलाई का किस्सा हुआ था। ज्योतिषियों और पंडितों ने आठ जुलाई के दिन प्रलय की भविष्य-वाणी की थी। ईशू ने उससे मजाक में कहा था—

"अगर भविष्यवाणी सच हो गई तो तुम्हें तो बहुत बोरियत होगी।"

'क्यों?"

"अरे अस्पताल के बिस्तर पर पड़े-पड़े मौत आए, ये क्या बेहूदगी है। किसी बाग-बगीचे में, अपने दोस्तों के साथ हो, प्रियजनों के साथ हो तो ऐसी मौत का कुछ मजा भी है।"

"फिर?" गम्भीर होने का नाटक किया था नीलिमा ने। "किसी का साथ न हो तो भाग जाऊँ प्रलय आने से पहले।"

"अब इस समय तो तुम्हें कोई भगाने वाला मिलेगा नहीं। कहो तो मैं ही अपनी सेवाएँ अर्पित करूँ" उसी मजाक को खींचते हुए बोला था वह।

बात सिर्फ हास-परिहास की थी लेकिन कहते-कहते ईशू का चेहरा लाल हो उठा था। नीलिमा ने उसके चेहरे के बदलते हुए भावों को बहुत ध्यान से देखा। उसे लगा था कि ईशू के मन में कहीं कुछ है, बहुत कोमल भाव। लेकिन जो कुछ भी है वह इतने भीतर धँसा है कि ऊपर सतह पर आना बेहद मुश्किल है।

इस परिचय के आधार पर नीलिमा ने ईशू को नए साल का बधाई-कार्ड भेजा था। दो साल बाद जब ईशू प्रशानिकसेवा की परीक्षा में सफल हुआ तो उसने भी इसकी सूचना पत्र द्वारा नीलिमा को दी थी।

इन सब में तो कोई खास बात नहीं थी। दोनों विश्वविद्यालय में साथ पढ़े थे। सम्बन्धों का इस स्तर पर आदान-प्रदान स्वाभाविक था।

लेकिन इसके बाद नीलिमा का अंतरंग व्यवहार अप्रत्याशित था। कम-से-कम ईशू को ऐसा ही लगता था। वो नीलिमा जो उसके प्रशासनिकसेवा में सफल होने पर गाँव से भागी हुई इलाहाबाद आई थी

उसे बधाई देने, वो जो उसके मसूरी जाने पर उदास हो रही थी, जो चुपचाप बैठी अटैची में उसके कपड़े लगा रही थी···यह अवश्य विशेष बात थी।

वह अभी तक मात्र दर्शक था। उसकी हिम्मत ही नहीं हो रही थी कुछ बोलने की, जो कुछ हो रहा था उसमें व्यवधान डालने की या उस अदृश्य तुरंत को छेड़ने की, जो उन दोनों के बीच स्थापित कर दिया गया था और जिसका संचालन उसके हाथ में न होकर दूसरे के हाथों में था।

काम सम्पन्न हो गया। नीलिमा ने अटैची बंद करते हुए उसकी ओर देखा कि शायद उसे कुछ कहना हो, पूछना या बताना हो। फिर ताला ठीक से दबाकर उसने अटैची एक ओर सरका दी और ईशू को भरपूर नजरों से देखा। ऊपर से नीचे तक, उसके पूरे वजूद को जैसे अपने भीतर आत्मसात कर लिया और फिर नजरें नीची कर ली थीं।

ईशू ! अब वह अपनी स्वतंत्रता खोकर उसकी नजरों के घेरे में कैद हो चुका था। नीलिमा की न सिर्फ नजरें बल्कि उसका पोर-पोर कुछ कह रहा था। वह कब तक बहरा बना रहता ? कब तक नीलिमा के दृष्टिसंकेतों की उपेक्षा करता···और उसने अपने थरथराते हाथ नीलिमा के कंधों पर रख दिए, मानों अपने हिलते, कमजोर व्यक्तित्व को आलम्बन प्रदान किया हो।

हाँ, उसके हाथ थरथरा रहे थे। उसका पूरा शरीर काँप रहा था··· किसी आशंका से···किसी ऐसे भूचाल की आशंका से जिसके बारे में सभी को पता हो लेकिन उसके बाद भी कोई आत्मघाती प्रवृत्ति उस भूचाल के केंद्र से भागने न दे। वहीं फटते हुए ज्वालामुखी के पास पैरों में कील ठोंक दे। वह ज्वालामुखी के फटने की उम्मीद में आँख बंद किए हुए था।

नीलिमा बर्फ की तरह सर्द थी। ईशू की उँगलियाँ उसके सर्द वजूद की बर्फीली वाष्प से जलने लगीं। ऐसा लगा कि उसकी उँगलियाँ धँस रही थीं उस पिघलते हिमखंड के भीतर।

नीलिमा ने कंधे की ओर से गर्दन घुमाकर उसकी ओर देखा था और उसके हाथ के ऊपर अपना हाथ रख दिया था। उसे आश्वस्त करते

हुए वह उससे भी आश्वासन चाहती थी। नीलिमा उसके भीतर के जमे हुए, संयमित बांध को तोड़ देना चाहती थी। उसे बहा ले जाना चाहती थी अपने साथ, कहीं बहुत दूर। वह उसे ऐसे गहरे समुद्र में धकेलना चाहती थी जहां उसे तैरना नहीं आता था और वह बिना किसी के सहारे के किनारे पर नहीं लग सकता था।

ईशू अपने को अवश महसूस कर रहा था उस झंझावत के आगे, जो नीलिमा ने पैदा कर दिया था⋯अपनी मौन-मुखर अर्थपूर्ण निगाहों से, अपने उत्प्रेरक स्पर्श से और अपनी सम्पूर्ण उपस्थिति से।

अंत में जीत नीलिमा की हुई। वह, उसका आगे बढ़ा, आमंत्रण देता हाथ पकड़कर कूद पड़ा हरहराते समुद्र की अनजान गहराइयों में। अपने आप को सौंप दिया उसके हाथों में। जब तूफान थमा⋯और समुद्र शांत हुआ तो तपते होंठों का ताप बिखर चुका था। नीलिमा की तृप्त आंखें हँस रही थीं⋯वे अब आश्वस्त थीं।

उसने ईशू के कान में फुसफुसाया था—

"खत लिखते रहना। मैं तुम्हारा इंतजार करूंगी। जब तक तुम चाहोगे तब तक।"

लेकिन ईशू! एकदम बदला हुआ व्यक्तित्व था अब! उसका चेहरा पीला पड़ रहा था। उसके पैर कांप रहे थे। एकदम बीमार महसूस कर रहा था वह खुद को। उसे लगा कि वह गिर पड़ेगा।

नीलिमा ने अचानक उसकी बिगड़ती हालत देखी तो घबरा गई। उसने ईशू का हाथ पकड़कर उसे कुर्सी पर बिठा दिया।

"क्या हो गया तुम्हें एकदम? तबियत तो ठीक है न तुम्हारी?"

ईशू चुप था। उसने सिर पीछे करके आँखें बंद कर लीं।"

"लो पानी पियो।" नीलिमा पानी का गिलास लिए खड़ी थी। उसने गिलास ले लिया और खामोशी से धीरे-धीरे पानी गटकता रहा।

फिर अचानक उसने नीलिमा के दोनों हाथ पकड़ लिए। उसकी आवाज भर्रा रही थी।

"मुझे माफ कर दो नीलिमा⋯और⋯अब तुम जाओ, प्लीज।"

"पागल हो गए हो तुम! तुम्हारी तबियत ठीक नहीं है। मैं नहीं

जाऊँगी अभी ।"

नीलिमा को वह शाम भूले-भटके कभी याद आ जाती तो उसकी छटपटाहट बढ़ने लगती। अपराधबोध से उसका दिल डूबने लगता। ईशू क्यों उससे दूर भागता था। क्यों उससे माफी माँग रहा था और वह ईशू को क्यों समझाती थी कि उसने कुछ भी गलत नहीं किया है।

बार-बार ये सवाल उसके जेहन में उछलकर आते और टँग जाते हवा में सलीब बनकर।

वह सिर झटकती। इन सवालों को लगातार खारिज करती और फिर प्रमाण जुटाने में लग जाती ईशू के खिलाफ।

आठ

डॉ० शहनाज सऊदी अरब जा रही थीं। रत्ना ने इस मौके पर अपने यहां एक छोटी-सी चाय पार्टी का आयोजन किया था।

नीलिमा ने अपना घर छोड़ा और नौकरी क्या शुरू की, जीवन अनुभव के मानो द्वार ही खुल गए हों। पहले उसने सिर्फ पढ़ा था या अपनी अम्मां का पल्लू पकड़े ऊँची दीवारों वाले घर की मुंडेर से देखा था कि आसमान नीला होता है, सिर्फ नीला। लेकिन अब उसने नित नई रंगतें देखी हैं। अलस्सुबह उठने पर शरमाता, लाल होता आसमान देखा है। गर्मियों में परीक्षा की ड्यूटी के दौरान जाते समय तमतमाया बेरहमी से थप्पड़ मारता उसे लाल भभूका होते देखा है। ऐन कॉलेज खुलने के दिनों में ऐसा चीखता, गरजता देखा है कि अकेले कमरे में सोते समय जान निकलती है। दिन छिपे बाहर से लौटकर हॉस्टल आते समय कभी धुंधलाता-सहमता धूसर तो कभी अँधेरे में लिपटा, अवसाद में डूबा काला आसमान भी देखा है। जिंदगी के हर क्षण को उठाकर उलट-पुलटकर देखना, उसका मोल तय करना, जरूरत पड़ने पर सहेजकर रख देना या उठाकर फेंक देना···बहुत सिखा दिया है जिंदगी के इन वर्षों ने।

अब शहनाज को ही लो। अच्छे भले, पति-पत्नी दोनों डॉक्टर। दोनों की बढ़िया नौकरी। अच्छा खासा पैसा। आदर और सम्मान। ऊँचे घर और खानदान से। दोनों की सुंदर आकर्षक जोड़ी। अचानक क्या ऐसी मुसीबत आ गई कि सऊदी अरब के लिए दौड़ लगा दी। पति को अकेला छोड़कर, घर-बार की सारी व्यवस्था बिगाड़कर—समझ नहीं

आता कि ऐसी क्या विवशता आ गई या फिर मियाँ-बीवी दोनों जाते। बहरहाल ये भी जिंदगी का एक रंग।

अशरफ और शहनाज के कुछ डॉक्टर मित्रों के अलावा जन-जागरण समिति के लोगों में कुसुम, मिसेज अग्रवाल तथा कभी-कभार पधारने वाली आशा चौहान और राजकुमारी सिंह थीं। रत्ना के भाई और भाभी इन दिनों इंग्लैंड में होने की वजह से नहीं थे। हाँ, एक और व्यक्ति था—डॉ० अभिजित। उसे थोड़ा ताज्जुब हुआ। उसे तो कई महीने पहले लौटना था। हो सकता है किसी काम से दुबारा हिंदुस्तान आया हो—उसने सोचा।

अभिजित सबसे आखिर में आया था। रत्ना ने उसका परिचय अपने साथियों से करवाया। अभिजित ने बेहद शालीनता से हाथ जोड़कर और किंचित झुककर सबका अभिवादन किया और अंत में नीलिमा की ओर मुखातिब हुआ।

"आप भूल रहे हैं शायद। हम लोग पहले भी मिल चुके हैं।

"ओह यस। नीलिमा जी हैं! कैसी हैं आप!

"फाइन। फिर नहीं आए आप हमारी तरफ।" नीलिमा ने परिचय का सूत्र जोड़ते हुए उसे छेड़ना चाहा।

"आपने बुलाया ही नहीं कभी।" मुस्कुरा दिया मानो यह भी शिष्टाचार का एक हिस्सा हो और स्वाभाविक ढंग से अशरफ तथा अन्य डॉक्टर मित्रों की ओर बढ़ गया। उस दिन क्या सोचकर अभिजित उसके पास आया था—यह बात ध्यान में आने पर नीलिमा को शर्मिंदगी का अहसास होने लगता। आज तो पूरा हिंदुस्तानी बना सबको नमस्ते कह रहा है और उसे पहचान भी नहीं रहा। ऊँह, उसे क्या करना है।

रत्ना सबको एक-एक करके प्लेट पकड़ा रही थी। उसका हाथ बटाने नीलिमा भी उसी के पास आ गई। शहनाज को प्लेट देते हुए उससे रहा नहीं गया।

"डॉ० शहनाज। अकेले-अकेले जा रही हैं, अशरफ साहब को किसके भरोसे छोड़ रही हैं आप!"

"सुना अशरफ" शहनाज चहककर बोली—"नीलिमा पूछ रही है

क तुम्हें किसके भरोसे छोड़कर जा रही हूँ। अब बताओ तुम !"

अशरफ दूसरी ओर मुँह किए कुछ और लोगों से बात कर रहा था। ाहनाज की बात पर उन लोगों की ओर मुखातिब होकर सुनने लगा और कर शरारत से बोला।

"नीलिमा जी, आप सब इतने लोग हैं। ये भरोसा क्या कम है !"

नीलिमा झेंप गई।

"नहीं, मेरा मतलब है, आप भी साथ क्यों नहीं जा रहे हैं।"

"डॉक्टर साहब, यह बात तो मैं भी कहूँगी।" कुसुम बातचीत के बीच में टपक पड़ी। "वैसे शहनाज जी, अच्छी-भली नौकरी छोड़कर आपको क्या सूझी ये रेगिस्तान नापने की।"

"मैंने तो सुना है डॉक्टर साहब, वहाँ के लोग नौकरियों के लिए हिंदुस्तान वगैरह से आए लोगों को कोई खास इज्जत नहीं देते। समझते हैं क 'ये लोग पैसे कमाने आए हैं सिर्फ। ये लेने वाले हैं और हम इन्हें देने वाले' हैं। बड़ा अपमानजनक रवैया रहता है उनका।" नीलिमा ने अपनी शंका रख ही दी।

अशरफ जो अब तक मजाक के मूड में था, अचानक गम्भीर हो गया। रत्ना थोड़ी दूर पर खड़ी ये बात सुन रही थी, नीलिमा के पास आकर खड़ी हो गई। हल्के से उसके बाजू में चुटकी काटकर कुछ इशारा करना चाहती थी कि वह चुप हो जाए।

शहनाज़ एक क्षण को हतप्रभ हो गई। फिर उसने बात को हल्केपन से उड़ा दिया।

"नईं भई।" ऐसी तो कोई बात नहीं है। अब अगर थोड़ी-बहुत बदतमीजी करते भी हैं तो क्या। पैसे भी तो जमकर देते हैं। तुम उसे बेइज्जती समझो ही मत। एक्सक्यूज मी···अभी आई मैं···" और वह दूसरी मेज की ओर पानी का गिलास लेने चली गई जहाँ अभिजित के साथ कुछ उसके डॉक्टर मित्र खड़े थे।

नीलिमा हकबका-सी गई। उसे ऐसे जवाब की उम्मीद नहीं थी। बेइज्जती की इतनी आसान व्याख्या !

रत्ना ने नीलिमा के कान में फुसफुसाया।

"पगली, इस बाहर जाने के चक्कर में तो अशरफ और शहनाज़ झगड़ा हो गया। अभी चुप कर। फिर बताऊँगी।"

अशरफ मनोयोग से अपनी प्लेट पर नजर गड़ाए खाने का काम क रहा था। नौकर गर्म पकौड़ों की प्लेट रत्ना को पकड़ा गया। अशरफ क प्लेट में पकौड़े डालती हुई वह दूसरे लोगों की ओर चली गई। मिसे अग्रवाल ने जैसे अशरफ का ध्यान भंग किया हो—

"क्यों डॉक्टर साहब, आपके दोस्त अभिजित साहब भी तो सऊ अरब में ही हैं।"

"जी हाँ, जहाँ शहनाज़ की पोस्टिंग हुई है उससे करीब अस्सी-नब किलोमीटर दूर हैं यह!"

"चलिए अच्छा है। डॉ० शहनाज़ की खोजखबर लेते रहेंगे आपकी फिक्र कम होगी।"

"मेरी फिक्र? जी हाँ।" शायद कोई लम्बी बात कहना चाहता थ अशरफ लेकिन, कुछ सोचकर चुप रह गया।

खाना पीना खत्म हो गया। बातें भी खूब हो चुकी थीं। यूँ बातों क क्या। ये सिलसिला तो अनन्त है। सबसे पहले अशरफ ही उठा। शहना भी उठ गई।

"अच्छा रत्ना! थैंक्स अ लॉट। बहुत अच्छी शाम रही। सब मुलाकात हो गई।"

"आपका सफर अच्छा रहे। नई जगह—नया मुल्क—खूब एंजॉ करें आप।"

रत्ना ने शहनाज़ के दोनों हाथ अपने हाथों में ले लिए। ऐसा लग कि भावुक हो रही है वह।

"थैंक्यू फॉर योर गुड विशेज़। आप सब लोगों का भी बहु शुक्रिया।"

"खत वत लिखकर अपनी खोजखबर देती रहिएगा।" कुसुम पी से बोली।

"जरूर, आप लोग भी लिखिएगा। अपनी समिति के बारे में भी और हाँ, शोभना को याद कीजिएगा मेरी ओर से। वह आई नह

ाज ।" अभिजित भी आकर वहीं खड़ा हो गया। मुस्कुराकर बोला।

"इतनी जोर से विदाई क्यों दे रही हैं इन्हें। अरे कुछ साल रहेंगी हाँ और फिर वापस आकर अपना नर्सिंग होम खोल लेंगी यहाँ।"

"और जो वहीं रह गईं। अशरफ साहब को भी वहीं बुला लिया ा।"

"अरे वह कोई हमेशा के लिए रहने की जगह है मिसेज अग्रवाल?" हनाज़ एकदम बोली। "रहना ही होगा तो कोई योरोप जाएगा, मरीका जाएगा। वहाँ बद्दुओं के बीच कोई क्यों जिंदगी काटने लगा।"

डॉ॰ अशरफ ने इस बीच दो बार घड़ी देख ली थी। शायद जल्दी ो उसे।

× × ×

भी लोग एक-एक करके जा चुके थे। रत्ना ने नीलिमा का हाथ कड़कर रोक लिया।

"तुम्हें क्या जल्दी है? कौन तुम्हारे बच्चे रो रहे हैं घर पर! चली ाना आराम से।"

मेज से खाने-पीने का सामान उठवाकर अपने और नीलिमा के लिए ाजी चाय बनवाई उसने। अपना-अपना प्याला लेकर दोनों ड्राइंग रूम आकर बैठ गईं। रत्ना ने प्याला मेज पर रखा और सोफे पर पालथी ारकर बैठ गई।

"हाँ! अब बताओ। क्या कह रही थीं।"

"यार रत्ना, ये शहनाज़ अचानक सब कुछ छोड़कर क्यों चल दी? ुना है, हॉस्पटिल से अगर लम्बी छुट्टी न मिली तो नौकरी छोड़ ेगी।"

"हाँ! इसको तो पैसे का फितूर चढ़ गया है। अच्छी-भली थी ये। अभिजित ने न जाने क्या समझा दिया इसे!"

"ओवर स्मार्ट बनता है ये अभिजित!"

"माडर्न आदमी है। खाओ-पियो मौज करो -- में विश्वास करता है। ऐसे ही होते हैं ज्यादातर लोग आजकल। अच्छा नीलिमा! आज एक बात पूछती हूँ तुमसे। बुरा तो न मानोगी?

"क्या बात है ?" सशंकित हुई नीलिमा।

"हांलाकि पर्सनेल है। बिलकुल पर्सनल ! फिर भी मैं सोचती हूँ, तुम न सिर्फ हमारी कुलीग हो बल्कि दोस्त भी हो। सहयोगी हो। इतने साल हो गए तुम्हें इस कॉलेज में। कभी तो तुमने अपने बारे में कुछ कहा होता !

"क्या अपने बारे में !" नीलिमा ने बिल्कुल बेवकूफों की तरह जवाब दिया जैसे कुछ जानती ही न हो। या इस तरह मूढ़ बनने से उसका बचाव हो जाएगा।

'ऐसा तो असम्भव है नीलिमा कि एक शादीशुदा औरत कभी अपने घर, अपने हसबैंड या बच्चों के बारे में कुछ न कहे, अगर उसके सम्बन्ध ठीक हैं, नॉरमल हैं। अरे, इसीलिए तो औरतें बदनाम हैं ! कैसा ही मौका हो, कितने ही महत्त्वपूर्ण मसले हों, लेकिन जिसे कहते हैं औरतों वाली बातें, औरतें उसके लिए अवसर निकाल ही लेती हैं। हां, कोई इस मामले में ज्यादा तो कोई कम। बस इतना फर्क है ! लेकिन तुम्हारे मुँह से आज तक—एक भी शब्द न निकलना···इट्स एबनॉरमल ! कभी तो अपना हार्ट ओपेन करो। किसी के सामने करो। अजीब किलेबंदी कर रखी है तुमने !"

"अब अपनी ओपेन हार्ट सर्जरी करवाऊँगी तब मालूम हो जाएगा तुम्हें।" खिसियानी हँसी हँसकर बात को उड़ाना चाहा नीलिमा ने।

"नहीं मैडम ! नजर तो सब रखते हैं। न तुम कभी मिस्टर चंद्रा या चंद्र जो भी हों, उनमें मिलने जातीं, न कोई तुम्हारे पास तुमसे मिलने आता। मिस कुमार के साथ पिछले दिनों जो हुआ उससे मेरे दिल में तुम्हारे लिए बहुत फिक्र हो गई है। कहीं तुम भी तो किसी परेशानी में नहीं हो। शायद हम लोग तुम्हारी कुछ मदद कर सकें। कभी अपनी प्रॉब्लम कहो तो।"

नीलिमा के चेहरे पर जैसे किसी ने राख पोत दी हो। बहुत कोशिश करनी पड़ी उसे रत्ना के शब्दों को समझने के लिए। क्या कहे वह ! कि उससे भी असलियत छिपाई गई थी। क्या नीलिमा यह स्वीकार करे कि वह ईशू के व्यक्तित्व के आकर्षण में इस कदर बंध गई थी कि वह उसके

माथे का जन्मजात दाग नहीं देख पाई थी। और··· कि ईशू ने भी अपने उस दाग के बारे में कुछ नहीं बताया था। बस, यही दुहाई देता रहा था कि वह नीलिमा का आंचल हमेशा प्यार के फूलों से भरा रखेगा। कि, वह नीलिमा की मज़बूत वंश-बेल के सहारे आने वाली पीढ़ी को स्वच्छ, निर्मल और पवित्र बनाएगा। रत्ना ने उसके सामने सवाल सीधे-सीधे फेंका था, जो उसके सामने सर्प की तरह कुंडली मारे बैठा था! यह पहली बार नहीं हुआ था। इतने वर्षों में जब से वह इस कॉलेज में थी, हर दिन, हर पल, इन्हीं सवालों के घेरे में वह अपने को महसूस करती रही। हर आदमी से उसकी मुलाकात, उसकी नमस्ते, उसकी मुस्कुराहट, उसके हाथ मिलाने से लेकर हंसते हुए नेताजी के पान से सने दांतों के कोरों में उसे यही सवाल दीखते। स्टाफ रूम की हँसी और फुसफुसाहटों में, लड़कियों के बीच से गुजरते हुए उसे इन्हीं सवालों की सरसराहट सुनाई देती। होंठों को भींच किले की चारदीवारी के भीतर अपने को कैद न करती तो कैसे अब तक जीती। कैसे हर क्षण, हर पल अपने खंड-खंड हो गए आहत अभिमान को सहेज रखती।

वह रत्ना को कैसे बताए कि जिस दिन वह अपनी जुबान खोलेगी उस दिन उसके भीतर अणु-अणु होकर बिखरा हुआ गर्वित व्यक्तित्व कपूर की तरह वाष्प बनकर उड़ जाएगा और रह जाएगा उसके भीतर शून्य। अथाह शून्य।

नीलिमा सोचती रह गई कि वह क्या बोले, क्या कहे। उसकी आंखों के सामने धुंधलाहट छाने लगी। उसके कान सांय-सांय बजने लगे। अपनी जगह पर बैठे रहना उसे मुश्किल पड़ने लगा···

"नीलिमा, नीलिमा, क्या हो गया है तुम्हें। आंखें खोलो नीलिमा।"

रत्ना ने देखा कि गर्दन झुकाकर गहरे सोच की मुद्रा में बैठी नीलिमा हिलने लगी थी। लगा कि वह बेहोश होकर गिर पड़ेगी।

"हे भगवान्! मुझे क्या अंदाजा था कि इस बात से तुम इतनी परेशान हो जाओगी। नीलिमा···उठ नीलिमा···"

उसका चेहरा अपने दोनों हाथों के बीच लेकर रत्ना जोर-जोर से उसके गाल थपथपाने लगी। फिर उसने नीलिमा को वहीं सोफे पर लिटा

दिया ।

थोड़ी देर बाद वह बेहतर स्थिति में थी । रत्ना का खिलंदड़पना गायब हो चुका था । वह बेहद शर्मिंदा थी और उससे माफी माँग रही थी । नीलिमा के लिए उसने रिक्शा मँगवा दिया था । रत्ना उसे घर तक छोड़ना चाहती थी लेकिन बहुत कहने पर भी नीलिमा ने उसे अपने साथ नहीं आने दिया । वह बहुत थकान महसूस कर रही थी, जैसे किसी ने पीठ पर सामान लादकर पहाड़ी पर चढ़ने का आदेश दिया हो ।

नौ

फर्स्ट क्लास वातानुकूलित डिब्बे के सामने अच्छी खासी भीड़ थी। जरूर कोई नेता उधर से गुजर रहा था या उसे विदा किया जा रहा था।

लेकिन भीड़ नियंत्रित थी। शोर-शराबा नहीं था। उस छोटी भीड़ में लोग सफेद पाजामे और लम्बे कुर्त्ते में न होकर अपनी स्वाभाविक वेश-भूषा में थे। न किसी तरह की अफरा-तफरी थी और न ही नारेबाजी हो रही थी।

विदाई का मौका किसी नेता का न होकर किसी बड़े सरकारी अफसर का था।

ट्रेन की लम्बी सीटी होने लगी। कुछ लोगों ने अफसर को पीले गेंदे के हार पहनाए। बदले में वह सबको हाथ जोड़कर कृतज्ञता ज्ञापन कर रहा था। कुछ लोगों से उसने हाथ भी मिलाया। डिब्बे के अंदर सामान व्यवस्थित कर रहे सफेद लाल वर्दी पहने तथा सुनहरे झब्बे वाली पगड़ी लगाए अदर्ली बाहर निकल आए थे।

गाड़ी सरकना चाहती थी। अफसर नीचे खड़े लोगों द्वारा दी गई विदाई से काफी अभिभूत नजर आ रहा था। उम्र और तजुर्बे से व्यक्तित्व में समा जाने वाले खुर्राटपने से अभी अछूता था। शायद इसीलिए अभी भी दरवाजे पर खड़ा था तथा हाथ हिला रहा था।

गाड़ी प्लेटफार्म पर रेंगने की स्थिति में थी और अब जोर पकड़ना चाहती थी। नीचे खड़े लोग सरकने लगे थे। एक महिला। अच्छी उम्र। खासे पके बाल। सूरत-शकल और वेशभूषा से सामान्य लेकिन सम्भ्रांत।

ट्रेन छूट जाने के खौफ से दौड़ रही थी। कुली एक अटैची लिए साथ-साथ तेजी से चल रहा था और महिला को प्रेरित कर रहा था कि वह जल्दी से किसी डिब्बे में चढ़ जाए। लेकिन उम्र का तकाजा, मौके की घबराहट और अनुभव की कमी। कोई नौजवान होता तो कब का चढ़ गया होता।

अफसर की अनुभवी आँखों ने समझ लिया कि यह अधेड़ महिला इस तरह हरगिज नहीं चढ़ सकती। अगर चढ़ने की कोशिश करेगी तो प्रयास खतरनाक साबित हो सकता है। क्षणांश में कुली को अपने डिब्बे में अटैची अंदर डालने का इशारा करके एक हाथ से दरवाजे के डंडे को पकड़कर दूसरे हाथ से उस महिला का हाथ खींचकर उसने डिब्बे में चढ़ा लिया।

एक हाथ से अटैची उठाई। दूसरे हाथ से महिला को सहारा देते हुए वह अफसर अपने कूपे में आ गया और महिला को वहीं सीट पर बिठा दिया।

"माताजी, किन चक्करों में पड़ गईं आप। घर पहुँचकर लड्डू बाँटिएगा ! बच गईं आज तो..."

माताजी के तो अभी होश वापिस आने थे। समय लगा व्यवस्थित होने में तथा अपने चारों ओर देखने और समझने में। अब तक जो देख और समझ पाई, वह था कि कोई प्रभावशाली बड़ा आदमी है लेकिन सहृदय है। उनका दिल कृतज्ञता से भर गया। फरिश्ता-सा मिल गया आज तो यह।

"जीते रहो बेटा। जुग-जुग जियो। लम्बी उमर हो.." और नजर उस लम्बी उम्र के हकदार पर डाली तो आशीर्वचन उसके चेहरे पर फैली मुस्कुराहट में उलझ गए।

अफसर के चेहरे पर लिपटा कारोबारी मंद हास्य भी सिमट गया। परिचय की रेखाएँ सवेरे की नर्म कच्ची धूप की तरह उसके चेहरे पर फैल गईं। उसी धूप की रोशनी में उसने महिला के पास रखी उसकी छोटी, हरे रंग की, पुरानी अटैची को देखा। एन और आर के दो काले अक्षर चिपके हुए थे उस पर। ऐसी ही एक अटैची से वह भी परिचित

था। उस पर भी ऐसे ही दो अक्षर जड़े थे। महिला का चेहरा भी अब उसके लिए कतई अपरिचित नहीं रह गया था।

महिला उसके रोबदाब से कुछ आतंकित-सी थी हालांकि उसकी सदाशयता आश्वस्त कर रही थी। उसकी जगह कोई और होता, तो वह सहर्ष अपरिचय की परछाइयों को भेदने के लिए आगे बढ़आती लेकिन यहाँ तो रिश्ता और मौका, दोनों ही बेहद नाजुक स्थिति में थे। सावधानी बतरने की कोशिश उस महिला के होंठों को कंपित कर रही थी। बरसात के बादलों की तरह उमड़-घुमड़ करता उसका मन बरसने के लिए बेचैन था लेकिन संकोच उस पर हावी था। जिस धरती पर बरसती बूंदें पड़ी' अगर उस धरती ने तिरस्कार कर दिया तो ! यही संकोच महिला के होंठों पर बेड़ी बनकर लटक रहा था।

निरंतर उठती-तिरती पहचान की लहरें उस सामने बैठे सहयात्री को भी भिगो रही थीं। उसका मन तूफान में घिर गए किसी पंछी की तरह था, जो उछलती बैठती लहरों से हरचंद अपने को बचाना चाहता है। लेकिन अब असम्भव था। विशाल समुद्र के ऊपर उड़ते-उड़ते उसके पंख थक रहे थे।

"यह सूटकेस। मुझे कुछ पहचाना-सा लग रहा है। आप तो···आप तो शायद···"

परिचय के किसी भी तिनके को लपकने के लिए महिला तैयार थी। भलेमानस द्वारा रखे गए अस्फुट अधूरे शब्दों के सहारे, उत्तेजना से भरपूर महिला को बात शुरू करना मुश्किल जान पड़ा। अपने आपको और अपनी आवाज को व्यवस्थित किया महिला ने।

"बेटे, ये अटैची मेरी बेटी की है। तुम तो ईश्वरचंद्र हो न। ईशू हो न बेटे !"

परिचय की भरीपूरी धूप से महिला का चेहरा अब रोशन हो गया। उस धूप की ऊर्जा से प्राणतत्त्व संचारित हो चला था।

अपने पेशेवर रौब को कायम रखने की चेष्टा करते हुए असंपृक्त-सा लगने वाला वह अफसर उस महिला के पैरों को छूने का उपक्रम करता हुआ खड़ा हो गया।

हाँ, ईश्वरचंद्र खड़ा था सुमित्रा देवी के सामने। उसका पूरा वजूद उस जहाज की तरह से था, जो समुद्री तूफान में घिर जाने के बाद उछलती हुई हर लहर के साथ ऊपर उछलता है और फिर नीचे गिरने पर झकझोले खाता है। उसके लिए मुश्किल हो रहा था अपने आपको सम्भालना।

लेकिन सामने खड़ा ईश्वरचंद्र एक व्यक्तित्व था। मुर्दा लोहे-लक्कड़ से निर्मित नहीं बल्कि प्रकृति की सर्वश्रेष्ठ रचना—मानव समाज की एक इकाई के रूप में स्पंदित जीवन। एक, दो नहीं, सदियों से ऐसे झंझावातों का सामना करता चला आया था। उसे तूफानों को झेलना और तूफानों में सँभलना भी आता था।

"अम्माँ! आप!" आगे शब्द नाकाफी थे।

"बैठो बेटा, बैठो! तुम तो साक्षात देवता जैसे मेरे सामने आ गए अचानक! कहाँ रहे अब तक तुम बेटा? तुम तो···नीलिमा कहती थी कि तुम किसी ट्रेनिंग के खातिर हिंदुस्तान से बाहर चले गए हो।

सुमित्रा देवी शर्रामंदा थीं कि उनका परम आत्मीय समझा जाने वाला आज एक अजनबी की तरह मिला था! उनकी मति क्या को हो गया था कि इतना समय लगा उन्हें उसको पहचानने में! उनकी समझ में नहीं आ रहा था कि वे उससे क्या बात करें···क्या-क्या पूछें···किस छोर से बात पकड़ें! नीलिमा ने उनसे लगातार झूठ बोला था। क्या सोचता होगा ईश्वरचंद्र।

एक दिन···इसी तरह उसने हाथ जोड़ते हुए उनसे कहा था।

"अम्माँ! मैं तो बचपन से अनाथ हूँ। इस दुनियाँ में अच्छे लोग न होते, मेरी मदद न करते तो मैं किसी लायक नहीं था।"

तब सुमित्रा देवी ने आँखों में छलक आए आँसुओं को पोंछते हुए उसे गले से लगा लिया था।

"कैसी बातें करते हो बेटे। अब तो पहले तुम हो मेरे लिए। बेटे से भी बढ़कर तुम हो···फिर नीलिमा है।"

सुमित्रा देवी को लगा था कि उनके गले से सचमुच उनका बेटा लगा हुआ है। कुछ घंटों की मुलाकात थी। नीलिमा उसे लेकर गाँव आई थी। उसे माँ से मिलवाने तथा विवाह की सहमति लेने।

इसके बाद शीघ्र ही विवाह हो गया। सब काम जल्दी में हुआ। नीलिमा के ताऊजी बीमार थे। ताई और उनके दोनों लड़के अपने परिवारों के साथ आए और दूसरे ही दिन लौट गए। इनेगिने परिचित और इष्ट-मित्र थे। हाँ, ईशू की मित्रमंडली अवश्य थी उसके साथ। उनमें से अधिकाँश नीलिमा के भी मित्र और परिचित थे, जो नीलिमा तथा ईशू की दोस्ती के बारे में शुरू से जानते थे।

शादी के एक हफ्ते बाद ही ईशू को अपनी ट्रेनिंग पूरी करने के लिए वापस लौटना था। नीलिमा फिर हॉस्टल में चली गई थी। उसने एम० ए० करने के बाद शोधकार्य शुरू कर दिया था। खाली बैठकर करती भी क्या। ईशू की ट्रेनिंग और फिर पोस्टिंग में समय तो लगना ही था।

फिर ईशू की पोस्टिंग भी हो गई। अब वह अपने जिले के बड़े अफसरों में से एक था। नीलिमा ने रिसर्च छोड़ दी। अब इसकी कोई जरूरत नहीं थी। सरकारी बंगले में पूरे ठाट-बाट के साथ नीलिमा की गृहस्थी की शुरुआत हुई! उसकी गृहस्थी, उसका रहन-सहन देखने सुमित्रा देवी भी नीलिमा के पास आकर रही थीं। पूर्ण संतुष्ट, वह बेटी के भाग्य को सराहती हुई वापस गाँव लौटी थीं।

तब ईशू दुबला-पतला था। कॉलेज से पढ़कर निकला नौजवान कुछ झिझकता हुआ, संकोची! आज भरा पूरा व्यक्तित्व! आत्मविश्वास से सधे हुए कंधे! अफसरी रौब से तनी हुई गर्दन! अपने पद की गरिमा से आच्छादित चेहरे पर गम्भीरता! लेकिन इसके बावजूद उन्होंने उसे तुरंत नहीं पहचाना! कैसी भूल हुई उनसे?

लेकिन उनकी भी क्या गलती। नीलिमा का पूरा व्यवहार पिछले चार-पाँच सालों में अजीब रहस्यमय रहा!

शादी के तीन साल बाद खुशहाल जिंदगी, भरी-पूरी गृहस्थी छोड़कर क्यों एक कोने में जाकर छिप गई वह। न कुछ कहना और न कुछ सुनना! उनका हृदय अनगिनत आशंकाओं के सागर में गोते खाने लगा था। न

जाने उनकी किस्मत में अभी और क्या-क्या देखना बदा था।

जिंदगी उन्होंने बेटी के सहारे, उसका मुंह देख-देखकर गुजार दी। नीलिमा के बाबू जब मरे थे, तो क्या उम्र थी उनकी। क्या देखा था उन्होंने जिंदगी में। अकेली जान, कहीं किसी के आसरे दिन गुजार देतीं। बनारस चली आतीं गंगा के किनारे। सैकड़ों सालों से अनाथ-दुखियारी औरतें अपनी व्यथाकथा कहते आँसुओं से गंगा के आँचल को प्रवाहमान बनाती रही हैं। लेकिन अबोध नीलिमा का मुँह देखकर उन्होंने अँजुरी में गंगाजल लेकर संकल्प किया।

हवेली की चारदीवारी में कैद उनकी सूखी काया में न जाने कहाँ से इतनी शक्ति का संचार हुआ कि अपने हिस्से की जमीन का बंदोबस्त उन्होंने खुद करने का फैसला किया। जेठ-जेठानी बहुत अच्छे हैं लेकिन कल को उनके लड़के बड़े होंगे। न जाने कैसा दिमाग हो जाए उनका। कितनी माया-ममता रहेगी। धीरे-धीरे वह सब सीख गई। वक्त सबसे बड़ा गुरु है। वक्त के चरणों में बैठकर ही दुनिया देखी और दुनिया झेली।

नीलिमा को पढ़ाया। पूरे खानदान के विरोध के बावजूद पढ़ाया। उसके ताऊ ने तो बहुत सर मारा था कि गाँव के स्कूल से दसवीं पास कर ली है। अब शादी कर दो। ना! उनकी बेटी खूब पढ़ेगी। उन जाहिल की तो कट गई। तब जमाना और था। एक चारदीवारी से उठे तो गाजे-बाजे के साथ दूसरी चारदीवारी के अंदर जा पड़े। हफ्तों अपने आदमी को शकल नहीं दिखाती। क्या करता है। कहाँ रहता है। कहाँ से आता है। कोई प्रश्न नहीं। अच्छा खाओ, पहनो। रहो मजे में। पति के हाथों जीवन का जो क्षण जैसे भी मिले, अहोभाग्य समझकर ग्रहण करो।

आपसी पारिवारिक रंजिश और षड्यंत्रों ने पति की जान ही ले ली इसके बाद भी जीवन-पद्धति में कोई खास अंतर नहीं आया। जैसे कंता घर रहे तैसे रहे विदेश।

लेकिन अब वह जमाना नहीं रहा। बेटी को खानदानी परम्परा की दुःखद धरोहर क्यों कर सौंपतीं। नीलिमा घर से बाहर आई। हॉस्टल में रही और पढ़ी। जितना दिल चाहे पढ़ो बेटी। शादी की क्या जल्दी है।

जब लिखा होगा तो हो जाएगी शादी।

फिर एक दिन नीलिमा ने उन्हें ईशू के बारे में लिखा। उन्होंने मौन धारण कर लिया। उसने फिर लिखा। हर खत में लिखा। ईशू की ढेरों तारीफ। बहुत तेज है पढ़ने में। सीधा-सरल है। गम्भीर है, और फिर उसने बताया कि आई० ए० एस० में आ गया है।

आई० ए० एस० दामाद। सुमित्रा देवी को लगा था कि रिश्ता तो जैसे आसमान से टपका है। लड़की मांग रहा है। एक साल बाद बड़ा अफसर बन जाएगा। चार लाख से शुरू होता है आई० ए० एस० का भाव और आठ, दस, बारह से लेकर बीस, चालीस लाख तक, जितनी हैसियत हो। लेकिन ऐसे बिना पूछताछ, जात-पाँत मालूम किए 'हाँ' कैसे कर दे। चलो, मुसलमान, क्रिस्तान नहीं है। लेकिन कहीं बनिया, कायथ हुआ तो···।

और उन्होंने बुलवा भेजा नीलिमा को कि वह खुद आकर ठीक से बात करे। नीलिमा की अकल में ऐसे पत्थर पड़ गए कि बजाय अकेले आने के उसे भी साथ लिवा लाई। फिर, कहीं वह अकेलापन महसूस न करे, नई जगह में बोर न हो, हर वक्त उसके पास बनी रहती।

रसोईघर में खींच ले गईं वह नीलिमा को अपने साथ।

"ऐई बिटवा। इन्हें काहे लिवाय लाई संगई अपने। अकेली आउतीं तो बात करतीं हम तुमसे। अभी तो बात पक्की नहीं हुई।

"अरे अम्माँ! ई आजकल ट्रेनिंग में हैं। बड़ी मुश्किल से तीन दिन की छुट्टी मिली सो यहाँ चले आए। फिर छुट्टी ना मिली इनका। जो कुछ देखना और पूछना है सो देख-पूछ लेओ। बाकी हम सब पूछ लिहिन हैं—"परिहास करती नीलिमा अम्माँ की नकल करती हुई बोली और कचौड़ी की प्लेट उठाकर दन्न से बाहर। खाना खिला रही थी वह उसे। अम्माँ ने माथा पीट लिया।

खाना खत्म हो चुका था। नीलिमा अंदर उसका बिस्तर ठीक कर रही थी। सुमित्रा देवी से रहा नहीं गया।

"कहाँ के रहे वाले हो बेटा। क्या पूरब के ही हो तुम भी।"

"नहीं माँजी। मैं आगरा के पास का हूँ। आगरा के पास एक गाँव

है छोटा-सा । आपको कैसे लगा कि मैं पूरब का हूँ ।"

"यूँ ही कह दिए हम । बोलने का ढग थोड़ा पुरबिया लगा ।"

"वैसे पढ़ा उधर ही हूँ । बहुत बरसों से इलाहाबाद में हूँ ।"

'नीलिमा बताय रहीं कि घर में कोई नही है तुम्हारे । अकेले ई हो । क्या करत रहे तुम्हारे बप्पा ?"

"पिताजी की तो शकल भी नहीं देखी हमने । अम्मां भी बचपन में ही मर गई । हमारे एक बुजुर्ग पंडित रामचंद्र हेडमास्टरजी के पास ही रहा और वहीं पढ़ा । उन्होंने ही इस लायक बनाया कि आज आपके सामने खड़ा हूँ मैं ।" थोड़ा रुका वह जैसे सोच रहा हो कि बात कैसे पूरी कि जाए । फिर जैसे एक-एक शब्द तोल रहा हो —"एक बात आप लोग समझ लें । मेरा दूर या पास का कोई रिश्तेदार नहीं है । जो कुछ हूँ, मैं अकेला हूँ । ये समझ लीजिए कि दूसरों की मदद से ही मैं पला और बढ़ा हूँ…"

"बेटा हमारा ई मतलब नहीं ।" सुमित्रादेवी को लगा कि शायद ईशू बुरा मान गया है ।

"नहीं मैं बता दूं कि अगर कुछ दयावान् सज्जन मदद नहीं करते, तो यह पढ़ाई-लिखाई भी न हो पाती । ढोर-डंगर चराता रह जाता गांव में ।

सुमित्रा देवी को लगा कि ईशू का शायद गला भर आया है । कहीं कोई अप्रत्याशित बदमजगी न हो जाए, वे उसके पास आकर बैठ गईं । उसका सर सहलाते हुए बहुत आत्मीयता से कहा ।

"ये तो बहुत शाबासी की बात है बेटा । अपने बलबूते पर ही इतना सब किए । पढ़ लिख गए । बड़े अफसर बन गए । अब काहे को अकेले हो । हम समझि हैं कि बेटी दे के बेटवा मिल गवा हमका…"

और उन्होंने ईशू का सर कंधे से लगा लिया । उनके सीने में भरे प्यार और ममत्व की गंगोत्री से मानो गंगा की शीतल, पवित्र धार बह निकली और सबको भिगो गई ।

गले में कुछ फंसता सा था । खखार कर गला साफ किया ईशू ने । बहुत सोचते हुए धीमे-धीमे बोलता रहा वह, मानो वचन दे रहा हो ।

"अम्मां जी, अपने मन की पूरी ईमानदारी से सिर्फ इतना कहना

चाहता हूँ कि नीलिमा मेरी जिंदगी है। अपनी जिंदगी के साथ कभी कोई धोखा और नाइंसाफी नहीं करूँगा मैं! आप नीलिमा की मां हैं, मेरी भी माँ जैसी हैं। आपके मन को अगर मैंने दुःखी किया तो वह मेरी जिंदगी का आखिरी दिन होगा…"

इससे ज्यादा कुछ कहने और सुनने की गुंजाइश नहीं थी।

× × ×

कहने सुनने की गुंजाइश तो अपनी कोख की जाई नीलिमा ने भी नहीं रखी। पिछले पांच सालों से मुँह छिपाए फिरना, ईशू की बात करने पर चिड़चिड़ाने लगना और झूठ पर झूठ गढ़ते चले जाना। अपने जिस सौभाग्य पर वह इतराई फिरती थी, उसे छोड़-छाड़कर एक दिन इस तरह चली आई वह, जैसे कि उससे कभी कोई परिचय ही न रहा हो।

अचानक नीलिमा को एक दिन गाँव में देखा तो वह ठिठक गई थीं। न कोई खत। न खबर। इस तरह कैसे आ गई? बहुत थकी हुई थी वह, मानो एक लम्बे सफर के बाद कोई ठिकाना मिला हो। कहीं बीमार तो नहीं है नीलिमा, उन्हें चिंता हुई।

"नहीं माँ! कोई बीमारी नहीं। सिर्फ थकान है?"

"लेकिन ईशू कहाँ है? अकेले कैसे आई? क्या बात है बेटी?

"कोई खास बात नहीं। ईशू को अचानक बाहर जाना पड़ गया। मैं अकेली थी तो तुम्हारे पास आ गई।"

"बाहर? कहां बाहर?" सुमित्रा देवी ने सोचा कि बाहर तो वह पहले भी जाता रहा होगा। तब तो कभी वह इस तरह नहीं आई।

"बाहर याने हिंदुस्तान के बाहर।"

"लेकिन कहाँ? जगह का कोई नाम तो होगा?"

"कहां-कहां बताऊँ माँ! बहुत जगह जाना है उसे। इंग्लैंड, जर्मनी फ्रांस…कहीं समझ लो। बहुत दिन उसे बाहर रहना है।"

"कितने बहुत दिन बेटी? महीना, दो महीना, साल…" अच्छा मूर्ख बना रही है लड़की। माना पढ़ी-लिखी नहीं है वह, लेकिन इतनी जाहिल भी नहीं कि अपनी ही बेटी इस तरह बेवकूफ बनाए।

'तुम तो आते ही आते जिरह करने लग गईं वकीलों की तरह'! कब

तक बाहर रहना है, अभी नहीं मालूम। कितने भी दिन लग सकते हैं।"

"फिर तुम क्यों साथ नहीं चली गई। तुम्हें नहीं ले गया क्या वह?"

"माँ! सरकारी काम है, कोई घर की खेती नहीं। हर जगह कैसे चली जाती मैं। सरकारी ट्रेनिंग में गए हैं।" नीलिमा फिर खीझने लगी।

"अजी कैसी सरकारी ट्रेनिंग? हम सब जानत हैय! ई कौनो नई बात नहीं। सब ले जावत हैं अपना परिवार···ऐसे कोऊ न अपना घर परिवार, गृहस्थी छोड़कर भागत है···" अम्माँ अब अपनी बोली में आ गईं। नीलिमा ने देखा कि अम्माँ की बड़बड़ाहट चालू हो गई है। मन-ही-मन झींकती वह अपने कमरे में चली गई। उसे उम्मीद नहीं थी कि अम्माँ को उसका आना इतना बुरा लगेगा। शायद यहाँ आना गलत हुआ, सोचा उसने। "हे भगवान्, क्या मेरे लिए कहीं ठौर नहीं···" नीलिमा की खीझ ने भी एक अलग बड़बड़ाहट का रूप धारण कर लिया।

लड़की की धरापटक और बड़बड़ाहट देखकर सुमित्रा देवी खामोश तो हो गईं लेकिन दिल और दिमाग अभी साफ नहीं हुआ था। हो सकता है कि मियाँ-बीवी में कुछ खटपट हो गईहो। चलो, चार-छः दिन बाद दिमाग शांत हो जाएगा तो तसल्ली से बात होगी। ऐसी खटपट मियाँ-बीवी में हो जाती है। आजकल के लड़के-लड़कियाँ। कोई किसी से दबने को तैयार नहीं। हो सकता है, ईशू आ जाए पीछे-पीछे लिवाने के लिए। खुद ही गुस्सा शांत होने पर वापस चली जाए। अभी छेड़ना, जैसे ताजा घाव कुरेदना होगा···

लेकिन कहाँ की शांति? कहाँ की तसल्ली? वह तो अपना सूटकेस तैयार करके तीसरे दिन ही चलने को तैयार। लेकिन ईशू के पास नहीं। वापिस इलाहाबाद। दुबारा रिसर्च का काम करने। जाते-जाते यही कह गई वह।

"अम्माँ, परेशान मत होना। ऐसी कोई फिक्र की बात नहीं। ईशू तीन साल के लिए बाहर गया है। तब तक मैं अपना रिसर्च का काम पूरा करूँगी।"

माँ का दिल। औरत की आँखें! धोखा खाना आसान नहीं। न जाने

ग्या नादानी कर रही है बेटी। सफेद होते बालों और चेहरे को घेरती उम्र की लकीरों को झुठला रही है वह। लेकिन क्या कहतीं वे। कहने-सुनने का कोई मौका ही नहीं छोड़ा उसने।

हां, गाँव के लोगों तथा नाते-रिश्तेदारों के सामने आँख मिलाने और मुंह दिखाने का आधार दे दिया था नीलिमा ने···'जमाई बाबू सरकारी ट्रेनिंग के लिए विलायत गए हैं, दो साल के लिए···हां, नीलिमा जाएगी लेकिन बाद में···।"

फिर कुछ महीनों बाद नीलिमा की चिट्ठी आई कि वह रामपुर में है। लड़कियों के कॉलेज में पढ़ाने की नौकरी मिल गई थी उसे।

नौकरी क्या मिली नीलिमा को, मां-बेटी के बीच संवाद ही बंद हो गया। एकालाप जैसा रह गया। अम्माँ लम्बे खत लिखतीं। ईशू की खबर पूछतीं। ढेर सारी नसीहतें! जिंदगी को खिलंदड़पने से न लेने की ताईद! और नीलिमा! वह सिर्फ अपनी खैरियत लिखती कभी-कभी। गाँव आना भी उसका बहुत कम हो गया। छुट्टियों में कभी अपने दोस्तों के साथ घूमने निकल जाती। पिछले साल एक ट्रेवल एजेंसी की बस में बदरीनाथ, केदारनाथ तक हो आई। अक्सर कॉलेज हॉस्टल में ही रह जाती।

× × ×

अचानक ईशू से हो गई मुलाकात से सुमित्रा देवी घबरा गईं। साथ ही बेहद परेशान हो गईं। क्यों झूठ बोला नीलिमा ने? क्या हुआ उन दोनों के बीच! हे भगवान् न जाने क्या बदा है इस लड़की के भाग्य में और क्या बदा है उनके भाग्य में!

नीलिमा ने तो कभी अपने और ईशू के बीच झगड़े के बाबत जबान नहीं खोली। जो कुछ कहा— सब उल्टा-सीधा। सफेद झूठ। ईशू बता सकता है सही बात। हो सकता है यह संयोग आज इसीलिए बना हो। कैसा अद्भुत संयोग! क्या मालूम इसी बहाने बिगड़ी हुई बात बन जाए। पहले सही बात तो मालूम हो।

सही बात! कौन निर्णय करता सही या गलत का!

ईशू तो उस लम्बी, अंतहीन सुरंग में अनंतकाल से चल रहा था। अकेला नहीं था वह। उसके साथ उसका समय सारथि था, युगों-युगों से उसकी गाड़ी खींचता। समय भी अँधेरी सुरंग में बंद था।

उसने बहुत कोशिश की थी समय से अलग होने की। अँधेरी सुरंग को काटकर रास्ता बनाते हुए बाहर आने की। लेकिन बाहर की दुनिया में भी अंधे सूरज का राज था। अँधेरा ब्रह्मांड की कोख से धरती के साथ-साथ पैदा हुआ था। अंधी सुरंग की अंतहीन यात्रा जैसे उसकी नियति बन गई थी।

उसकी लगातार कोशिशों के बावजूद कोई नहीं बचा पाया उसे इस नियति से। न उसको इस धरती पर लाने वाली माँ, न उसका बाप। न उसे उँगली पकड़कर हरे-भरे मैदानों, चांदी से चमकीले पहाड़ों और झर-झर झरते झरनों के किनारे ले जाकर सुंदर भविष्य का सपना दिखाने वाले हेडमास्टर—पंडितजी और न ही सुबह की खुशनुमा धूप-सी उसकी जिंदगी में उतरती नीलिमा उसे खुली रोशनी के चारागाहों में ले जा सकी। हर बार वह नए रास्ते पर चलता, आगे बढ़ता और न जाने कैसे घूम फिरकर उसी अँधेरी सुरंग के भीतर पहुँच जाता। भूलभुलैया के रास्ते की तरह।

नीलिमा ने उसे धोखेबाज और कमीना कहा था। वह बेहद गुस्से में थी। गुस्से की लपटों में घिरी अपने ही भीतर के दावानल में जल रही थी। युग-युग के दबावों से कठोर चट्टान बन गए उसके संस्कार रगड़ खाकर चिंगारी के रूप में भड़क गए थे जिसने देखते-ही-देखते भीषण रूप धारणकर लिया था।

उसने बुरा नहीं माना। वह देख रहा था कि अपनी ही लगाई आग में नीलिमा खुद भी झुलस रही है। ऐसी स्थिति में चीखना, चिल्लाना और तड़पना स्वाभाविक होता है। नीलिमा भी चिल्ला रही थी। नीच··· कमजात···कहती हुई उसे गालियाँ दे रही थी। उसे बंद करवाने की उसकी असलियत सबको बताने की धमकी दे रही थी। भीषण अग्निकांड था वह उसकी जिंदगी का। कुछ भी न बच पाया उसके बाद।

यह अग्निकांड तो बहुत बाद में हुआ जिसने दोनों को जलाकर राख

कर दिया और नीलिमा न जाने किस अरण्य में खो गई। उसका स्वयं का भीतर-बाहर—सब झुलस गया। यंत्रचालित जीव भर रह गया वह। जैसे दिन और रात अपने आप होते हैं, मौसम खुद-ब-खुद बदलते हैं उसी तरह उसकी सुबह होती है…दोपहर…शाम और फिर रात हो जाती है। वह भी स्वचालित मशीन की तरह चलता रहता है।

नीलिमा ने चिंगारियाँ पहले भी बिखेरी थीं। जिद्दी बच्चे की तरह। जब तब उसकी चेतना पर प्रहार करती और उठती-फैलती चिंगारियों से खेलना चाहती। उसका शगल था शायद यह।

नीलिमा का ऐसा ही एक खेल ! नई-नई नौकरी थी। दूसरी पोस्टिंग थी उसकी। शहर एक झगड़े की चपेट में आ गया था। व्यापारियों का शहर। छोटा-मध्यम और बड़ा…हर स्तर का व्यापारी वहाँ विराजमान था और उन व्यापारियों के स्थानीय, प्रांतीय और राष्ट्रीय नेता भी वहाँ थे। आपसी लेनदेन का विशुद्ध व्यापारिक झगड़ा, जातिगत विद्वेष और असहिष्णुता के पूर्वाग्रहों की हवा पाकर भीषण मारपीट और झगड़े में बदल गया। देखते-ही-देखते शहर का एक बड़ा हिस्सा दंगों की चपेट में आ गया।

एक पक्ष उच्च वर्ण के सुविधासम्पन्न व्यापारियों का था, तो दूसरा पक्ष चमड़े के व्यापारियों का था जो समाज में नीची जात के समझे जाते हैं। शोषित-पीड़ित समझा जाने वाला यह वर्ग व्यापारिक सम्पन्नता के बलबूते वैसा ही आक्रामक था, वैसा ही शोषक और पैंतरेबाज था जैसा कि कोई भी व्यापारी वर्ग होता है। यह मुल्क का दुर्भाग्य है कि यहाँ से व्यक्ति गायब हो गया है। वर्ग भी निर्णायक नहीं रह पाता। केवल वर्ण ही सर्वोपरि रह गया है, जो समाज में लगातार निर्णायक भूमिका निभा रहा है। ये वर्ण लगातार रंगत बदलता है, एक दूसरे के साथ मिलता है और अलग हो जाता है। सारे रंग ऊपर-नीचे, दाएँ-बाएँ राजनीति और सत्ता की धुरी के साथ चलते-चलते बेमेल और बेरंग हो गए हैं। एक छोर से दूसरे छोर तक धब्बे ही धब्बे नजर आते हैं। बदरंग धब्बे।

इन बदरंग धब्बों ने नए प्रशासनिक अफसर ईश्वर चंद्र को अपने घेरे में लेने की कोशिश की थी। आक्टोपस की तरह चारों ओर से घेर

कर उसे अपने भीतर समा लेने की कोशिश की थी। दोनों ओर व्यापारी थे। विवादग्रस्त जमीन पर दोनों का दांव था। थैलियों के मुंह दोनों ओर से खुले थे। एक के पास युगों से संचित प्रतिष्ठा, सम्मान और जातीय गौरव था। दूसरी ओर धन के बल पर प्रतिष्ठा अर्जित करने का तथा वोट बैंक की राजनीति में अपने महत्त्वपूर्ण होने का अहसास था। सुंदर लाल जाटव, न सिर्फ सम्पन्न व्यापारी था बल्कि जाटव महासभा का प्रांतीय उपाध्यक्ष भी था। अगले चुनाव में उसे खड़ा होना था। इसीलिए अपनी जनता को जातीय विद्वेष से लैसकर उन्हें लामबंद करना चाहता था। दोनों ही पक्षों के लोगों ने किराए के आदमियों से सवर्ण और जाटवों के बीच का नाज़ुक मसला उठाकर दंगा करा ही दिया था।

यह नये अधिकारी ईश्वरचंद्र की परीक्षा की घड़ी थी। धनमद और सत्तामद से चूर दो खूंखारों के बीच रहकर उसे दोनों के घड़ियाल जैसे खुले मुंह बंद करवाने थे।

उसने सबसे पहले उन सबकी यह गलतफहमी दूर की कि वह क्योंकि नया है या अधिक अनुभव नहीं रखता इसीलिए उसके काम में या इरादों में कोई कमजोरी है। वह अपने निर्णय लेने में भी ढुलमुल नहीं है। उसने अपने आगे बिखरी हुई थैलियों और चाशनी से भरी बातों को समेटकर कूड़ेदान में फेंक दिया। उसने यह भी स्थापित करना चाहा कि हर कोई बिकाऊ माल नहीं होता। बड़े प्रतिष्ठित लोगों का प्रभामंडल इतना अभेद्य भी नहीं कि कोई न्यायसंगत निर्णय न ले सके। समाज का वह निम्न वर्ग जो शोषित पीड़ित कहलाता है, उसके लोगों को व्यक्तिगत स्तर पर ईश्वर ने समझाया था, जिनके हाथों में उनके नेताओं ने अपनी स्वार्थपूर्ति के लिए पत्थर थमा दिए थे। उसकी कोशिशों से स्वार्थों की टकराहट की कोख से जन्म लेता हुआ अशांति और आंदोलन का गुबार फैलने से पहले ही बैठ गया। यह उसकी बड़ी सफलता थी।

लखनऊ में मुख्य मंत्री के साथ जिले के प्रशासनिक अफसरों की मीटिंग इस रूप में महत्त्वपूर्ण थी कि वह मुख्य मंत्री का चुनाव-क्षेत्र था। इसीलिए जिले की हर छोटी-से-छोटी गतिविधि उनके लिए खास मतलब रखती थी। यह आंदोलन और उसका निपटारा करने की जिम्मेदारी

ईश्वरचंद्र पर थी इसलिए उसकी ईमानदारी और दृढ़ता की विशेष चर्चा थी।

उसके अधिकारी साथी, कुछ खुश थे। कुछ ईर्ष्या से भरे थे। उसे मुख्य मंत्री की विशेष प्रशंसा मिली। मुख्य मंत्री की इच्छानुसार उसे हरिजन कल्याण के काम से सम्बद्ध किया था। उसके लिए अलग से पद सृजित कर उसे यह विशेष जिम्मेदारी सौंपी गई थी क्योंकि उस क्षेत्र में दलितवर्ग के लोग जनसंख्या का खासा बड़ा हिस्सा थे। हरिजन कल्याण के कामों में वहाँ शिकायतें बहुत थीं। साथ ही प्रभावशाली हरिजन नेताओं का हस्तक्षेप भी था, जो वोट बैंकों के अलमबरदार थे। अपनी जनता के कंधों पर चढ़कर वे अब ऊपर आ चुके थे लेकिन जिन पर पैर रखकर वे ऊपर चढ़े उनका इस्तेमाल वे सिर्फ पत्थर मारने के लिए करते ताकि उनकी नेतागिरी के झंडे गड़े रहें। उस क्षेत्र में वास्तविकता के धरातल पर सचमुच दलित वर्ग के लिए कल्याण योजनाओं को पूरा करने की जरूरत थी।

विशेष प्रशंसा और अतिरिक्त जिम्मेदारी का भार लेकर लौटा था ईश्वरचंद्र। उसका उत्साह आसमान छू रहा था। नीलिमा को अपनी बाहों के घेरे में लेकर अपने आगे बढ़े कदम के बारे में बताना चाहता था वह।

लेकिन नीलिमा तो न जाने किस सोच में डूबी हुई थी। अनजान गंतव्य पर टिकी नजरें। शून्य से आती हुई खोखली आवाज !

"तुम्हारी काबलियत ! तुम्हारी इतनी तारीफ ! उसका सिर्फ यह इनाम ?

"हाँ, यह जिम्मेदारी का ओहदा है न ! बहुत भ्रष्टाचार है इस विभाग में।"

"तो बहुत जिम्मेदारी का ओहदा सिर्फ हरिजन कल्याण में ही होता है ! तुमसे बहुत खुश थे तो सीधी तौर पर तुम्हारी तरक्की करवा देते। तुम्हें डिस्ट्रिक्ट मजिस्ट्रेट बनवाकर कहीं भेज देते।"

"लेकिन मेरे लिए तो यह ज्यादा खुशी की बात है। आउट ऑफ द वे, इस जिम्मेदारी को मुझे सौंपा है। मुख्यमंत्री का चुनाव क्षेत्र है। वे

चाहते हैं कि यहाँ इस काम के लिए उनका आदमी हो। स्वतंत्र रूप से जिम्मेदारी है मेरी…तुम समझ क्यों नहीं रही हो।"

"ईशू…"

"डार्लिंग क्या बात है।" उसने नीलिमा के बालों को सहला दिया हौले से। लेकिन उसके हाथों की स्नेहसिक्त थपथपाहट नीलिमा की आवाज की शून्यता को कम न कर सकी।

"तुम्हें क्यों दिया उन्होंने हरिजन कल्याण का काम ?

"क्यों ? तुम्हें क्या मेरे ऊपर संदेह है ? मेरी योग्यता पर तुम्हें भरोसा नहीं ?"

"हरिजन कल्याण में ये जिम्मेदारी का काम तो किसी हरिजन अधिकारी को ही दिया जाता है न…" आगे कहते-कहते रुक गई वह। फिर सोचकर बोली—"लोग तुम्हारे बारे में क्या सोचेंगे।"

ईशू चाहता तो इतनी जोर का ठहाका लगता कि नीलिमा का सवाल रेशा-रेशा बिखरकर हवा में उड़ जाता। नीलिमा के मुलायम, काले उड़ते बालों को सहलाते हुए उसके हाथ थम गए। नीलिमा की आवाज का खोखलापन उसके कानों में बजने लगा घन की तरह। वह खिसककर दूर हो गया उससे। नीलिमा का चेहरा पथराया-सा था। आँखों में प्यार की नमी नहीं थी बल्कि रेगिस्तान की रेत भरी थी। नीलिमा की भावशून्य नजरों ने उसे अपने पंजों में दबोचकर किसी वीरान मुर्दा घाटी में ला पटका था।

ईशू तो इस मुर्दा घाटी को कब का पीछे छोड़ आया था। नीलिमा—उसकी जिंदगी, उसका प्राण, फिर वही रास्ता उसे दिखा रही थी। जिसके वक्ष में अपना चेहरा छिपाकर वह अपने तमाम दर्द, जो उसने पैदा होने के बाद से झेले थे, सब भूल गया था। जिसकी आँखों की नीली झील में तैरते हुए वह नए सूरज का उजास देखता था।

चार दिन के लिए किसी सरकारी काम से जाना होता तो वह दो दिन में ही वापिस आने की कोशिश करता। लौटकर आता तो ऐसा लगता कि भीड़ में बिछड़ गया बालक लम्बे समय के बाद अपनी माँ के सामने खड़ा हो। नीलिमा के वजूद को उसने आसमान जितना ऊँचा

बना दिया था।

नीलिमा भी जानती थी कि ईशू अपने आप को पूरे तौर पर उसके हवाले कर निश्चिन्त हो जाता है। ईशू ऐसा पारिजात का पेड़ था, जो नीलिमा जैसा आलम्बन पाकर हरदम फूलना और महकना चाहता था।

लेकिन ये नीलिमा, ये अजनबी नीलिमा क्या कह रही थी? नितांत अपरिचित···उसकी आवाज···उसकी निगाहें। उसे शाप ग्रस्त करने तथा फिर से मुर्दा पत्थर बनाने के लिए कोई राक्षसी चली आई थी नीलिमा के वेश में।

"नीलिमा, नीलिमा!" भविष्य के किसी अनिष्ट की आशंका से त्रस्त वह चीख पड़ा था। "तुम्हें हो क्या गया है? कैसी बातें कर रही हो तुम!"

जैसे किसी नींद से जागी हो, लम्बी शापग्रस्त नींद से मुक्त हुई हो, नीलिमा ने पलटकर देखा ईशू को। ईशू की आँखों में सन्नाटा था।

"नीलू! क्या हो गया था तुम्हें?"

नीलिमा उसे देखती रही। उसके चेहरे के एक-एक पोर पर अपनी नजर डालकर वह हर रोमछिद्र को भेदती रही···उसकी थाह लेती रही। जमा-घटा का गणित लिखती रही···और फिर हँस पड़ी जोर से ' ठहाका मारकर।

और···उसकी हँसी की वह परिचित गर्माहट···घुंघरूओं की खनक लौट आई। हालांकि ईशू को लगा कि घुँघरूओं के कुछ खोखल कर्कश हो रहे हैं। लेकिन वह आश्वस्त हो गया था। उसकी नीलिमा वापिस लौट आई थी। अब वह सामान्य थी।

"तुम्हें क्या हो जाता है कभी-कभी नीलिमा? क्यों इतनी वाहियात बातें करती हो?"

"कुछ भी तो नहीं—" और नीलिमा ने उसका चेहरा अपनी दोनों हथेलियों के बीच ले लिया था।

"तुम्हारी झील जैसी आँखों में कभी-कभी संदेह के काले नाग तैरने लगते हैं। मैं डरता हूँ नीलू कि कहीं तुम्हें खो न बैठूं।"

"पागल हो तुम तो। ऐसा क्या किया है तुमने! न मैं कहीं जा रही

हूँ और न ही तुम !"

तब ऐसा लगा कि सब कुछ सामान्य हो गया है।

× × ×

रेलगाड़ी तेजी से भाग रही थी। उससे ज्यादा तेजी से ईशू ने अपनी जिंदगी का पूरा सफरनामा तैयार कर लिया था।

वह अब व्यवस्थित था। पूर्ण संतुलित ! उस भूखंड की तरह जो भूचाल के धक्के से एक बारगी हिल जाता है लेकिन फिर धरती में बन गई दरार में धँसकर और अधिक व्यवस्थित और संतुलित हो जाता है। ये उसके लम्बे अभ्यास की देन था।

सुमित्रा देवी परेशान थीं। लगातार उहापोह में फँसी वह सफर के अंतिम दौर में थीं। वे लगातार नजरें चुरा रही थीं। उन्हें खिसियाहट थी। वे क्षुब्ध भी थीं। अपने आप को अपराधी समझ रही थीं। क्या सामने बैठा ईशू इस बात पर भरोसा करेगा कि नीलिमा ने उन्हें धोखे में रखा। उन्हें कुछ नहीं मालूम कि क्यों वह चोरों की तरह वहाँ से भाग आई। क्यों वह लगातार झूठ बोलती रही।

लगभग सात घंटे का खासा लम्बा सफर। ईशू ने शुरू में ही कंडक्टर से बात कर ली थी और सुमित्रा देवी का टिकट बदलवा दिया था कि वे पूरी यात्रा सुविधा पूर्वक कर सकें। पूरा रास्ता नजरें नीची किए ईशू के साथ काटना मन को बहुत भारी कर रहा था। बगल के डिब्बे में बैठा अर्दली हर स्टेशन पर आता और सेवा पूछ जाता ! सारे रास्ते भरपूर खातिरदारी करता रहा ईशू। संकोच से लगातार झुकी जा रही थीं वह।

कुछ बरस पहले किन्हीं भीगे क्षणों में इस ईशू ने अपने आपको उनका बेटा कहकर उनके हवाले किया था। उसका व्यवहार राई रत्ती नहीं बदला। ईशू केबिन से बाहर गया तो बरबस छलक आए आँसुओं को पोंछ डाला उसने।

सारे रास्ते वह माँ बनी रहीं और ईशू बेटे के कर्त्तव्य पूरे करता रहा। रह-रहकर उनके भीतर सवाल उमड़ रहे थे और होंठों तक आकर रह जाते थे। चुप्पी बहुत हो गई। उन्हें चैन नहीं आएगा जब तक उन्हें सारी बातें मालूम न हो जाएँ। न जाने क्या नादानी कर बैठी है उनकी

बेटी। सारी जिंदगी पड़ी है उसके आगे। और तो और उसने चिट्ठी लिखना भी लगभग बंद कर दिया। आना और मिलना तो दूर रहा। यह तो अचानक उसकी बीमारी की खबर मिली। उसका कोई आपरेशन होने की बात तय हुई, इसीलिए भागे-भागे आना पड़ा। वर्ना मुलाकात का यह मौका भी न मिलता।

स्टेशन करीब था। अब उतरते-उतरते ही कुछ बात हो सकती थी। ईशू को तो आगे दिल्ली तक जाना था।

"बेटे ! तुम दोनों के बीच क्या बात हुई आखिर ? यह कैसा झगड़ा हुआ ?"

"अम्मां जी ! आप मुझसे पूछ रही हैं ! नीलिमा ने क्या बताया आपको ?"

"मेरा विश्वास करो बेटे। मैं गलत नहीं कह रही। उसने मुझे कुछ नहीं बताया। मुझे तो यह भी मालूम नहीं था कि तुम यहीं हो। उसने मुझसे कहा कि तुम हिंदुस्तान से बाहर चले गए हो। क्यों झूठ बोला बेटे उसने ?"

"और, आपने खुद भी कभी जानने की कोशिश नहीं की, अम्मां जी, कि मैं कहां हूँ—कैसा हूँ !"

"बेटे मेरा यकीन करो। मैं ठहरी अनपढ़ औरत। धुर गाँव के एक कोने में रहने वाली। क्या मति मारी गई उसकी। उसने तो मेरी किच-किच से तंग आकर गांव आना भी बंद कर दिया। आज तुमसे पूछती हूँ बेटे ! बात क्या हुई थी ?"

"क्या बताऊँ अम्मां जी ! मेरा कसूर, सिर्फ मेरी किस्मत। वह तो मुझसे कहकर भी नहीं गई। मैं तीन दिन के दौरे पर बाहर गया। वह पीछे से नौकरों को चाबियां थमाकर चली गई। ऐसी, जैसे वह कभी इस दुनिया में थी ही नहीं। मैंने आपके पास उसके लिए दो चिट्ठियां भी डाली थीं···"

"वह खत तो बेटे, मैंने उसे वहीं भिजवा दिए थे। पहले वह इलाहाबाद रही···फिर रामपुर ! क्या उसने जवाब नहीं दिया तुम्हें ?"

गाड़ी धीमी होनी शुरू हो गई थी। कुछ सोचने लगा वह। फिर

जैसे तन्द्रा से जागा हो,

"आप जा तो रही हैं उसके पास। आप खुद ही पूछ लीजिएगा उससे। हो सके तो मुझे भी बताएँ। मैं अब बनारस में रहूँगा। कभी मेरे लायक कोई सेवा हो तो कहें निस्संकोच—"और हँस पड़ा वह, 'यदि आपने भी अपनी लिस्ट से मेरा नाम खारिज न कर दिया हो तो !"

सुमित्रा देवी क्या कहतीं। चुप लगा गईं। एक बात बार-बार उनके मुँह तक आ रही थी। वे पूछना चाहती थीं कि क्या उसने दुबारा शादी कर ली है या नहीं। लेकिन इस तरह, ऐसे मौके पर यह बात पूछना ठीक नहीं लगा। फिर यह भी कोई पूछने की बात है? कोई भलामानस क्यों इंतजार करेगा इतने सालों तक। क्या कमी है उसमें! इतना बड़ा ओहदा, पैसा, सुख-सुविधा।

तभी ध्यान आया कि सरकारी नौकरी है। बिना तलाक लिए कैसे दूसरी शादी हो जाएगी। यह विचार बिजली की तरह से कौंधा उनके दिमाग में और शांति का अनुभव हुआ। उन्हें लगा कि ऐसा सोचना इसके साथ ज्यादती होगी लेकिन अंदर से सुकून मिला उन्हें।

लेकिन क्या पता? नीलिमा तक खबर पहुँची हो। तलाक के कागज पहुँचे हों। कानूनी कार्यवाही हो चुकी हो। नीलिमा से वे क्या उम्मीद करें। इस मामले में भी हो सकता है उन्हें अँधेरे में ही रखा हो।

फिर भी, सुमित्रा देवी का मन कहता था कि ऐसा नहीं हो सकता। जिस तरह ईश्वर ने उनके साथ व्यवहार किया है, नीलिमा के खिलाफ एक भी शब्द नहीं कहा, बुरा-भला कहना तो दूर की बात है अगर दुबारा घर बसा लिया होता तो बहुत कुछ कहता। दिल का गुबार निकाल कर मन हलका करता। अपने किए को सही ठहराता। यह तो वैसा ही चुप है, जैसी वे हैं।

स्टेशन पर गाड़ी रुक चुकी थी। प्लेटफार्म पर खड़ा अर्दली अंदर झाँक रहा था। ईशू उसको निर्देश दे रहा था कि वह उन्हें ठीक से उतरवा कर कुली करवा दे।

"बेटे तुम तो आओ मेरे पास! कभी गांव आओ। रहो दो-एक दिन। और···नीलिमा से कुछ कहूँ?"

ईशू हँस पड़ा जोर से।

"सँभल कर अम्माँ जी!" और पीछे से सहारा देकर उन्हें नीचे उतार दिया।

कुली के साथ नीलिमा की माँ को जाते देखता रहा ईश्वर! फिर केबिन के अंदर आ गया। बहुत गर्मी थी बाहर। अंदर आकर राहत मिली। मुरादाबाद तक का सफर कैसे कट गया, पता ही नहीं चला। अनगिनत यात्राएँ कर डालीं उसने इस दौरान। बचपन से लेकर आज तक! कितने पड़ाव, कितने रास्ते! बीहड़ पगडंडिया! कच्चे रास्ते। बदबूदार गलियाँ। अँधेरे घने जंगलों से गुजरते हुए रास्ते। सुंदर फूल भरे रास्ते! तनहा लम्बी सड़कें...

सारी यात्राओं की थकान एकाएक उसके भीतर सिमट आई! वह गहरी नींद सोना चाहता था। उसकी आँखें बोझल हो रही थीं।

दस

अम्मां को देखकर नीलिमा के सब्र का बांध जैसे हरहरा कर टूट गया हो। इतना हिलक-हिलककर रोई वह मां के कंधे पर सर रखकर कि देखने वाले भी आंखें पोंछते नजर आए। कितना क्षोभ और बेबसी इस बहाने से निकलकर उसका मन हल्का कर रही थी। सुमित्रा देवी हैरान थीं। इतना विचलित नीलिमा को कभी नहीं देखा था।

उसे इस तरह बिखरते देखकर उन्हें लगा कि लड़की घुट-घुटकर जैसे खुद को खत्म कर रही है। कब के जमा आंसू निकलकर बह रहे थे। सुमित्रा देवी का सारा गुस्सा, उनकी सभी शिकायतें और नाराजगी नीलिमा के आंसुओं के साथ बह गई थी। वे नीलिमा को थपकती रहीं और दिलासा देती रहीं। वे आशंकित हो गईं कि कहीं नीलिमा की बीमारी ज्यादा गम्भीर और खतरनाक तो नहीं है, वर्ना इतनी परेशान और घबराई हुई न होती वह। खैर, ईश्वर की मर्जी। जो होगा देखा जाएगा।

अम्मां के आते ही एक भरी पूरी गृहस्थी का वातावरण बन गया। ठाकुर चच्चा तथा उनके साथ चाची, सुधा भाभी, भैया और डॉक्टर विजय, सभी मिलने आए उनसे। पुरानी दबी-धँसी यादें, किस्से-कहानियां चच्चा याद करते रहे और अम्मां समर्थन करती रहीं। मंजूरगढ़ी की जमींदारी, नीलिमा के पिता की हवेली, उनकी बिखरी-छितरी, अच्छी-बुरी यादें···लगता था जैसे पिछली शताब्दी के किसी जमाने के किस्से कहानियां हों। किस तेजी से वक्त बदल जाता है कभी-कभी कि एक

पीढ़ी से दूसरी पीढ़ी तक आते-आते पुराने के अवशेष तक नहीं बचते। समय का तेज प्रवाह पूरी जमीन ही बदल देता है।

सुमित्रा देवी पूरी तरह व्यस्त हो गईं आकर। कॉलेज से कोई आ रहा है तो कोई जा रहा है। कभी चाय तो कभी किसी के लिए शरबत। नाश्ता-पानी ! कॉलेज से नीलिमा के पास आने वाले लोगों में उसकी दोस्तों और साथ की टीचर्स, सभी के साथ उनका परिचय हो गया था। नीलिमा के भी अस्त-व्यस्त खानपान और दिनचर्या को उन्होंने संभाला।

नीलिमा के लिए अकेलापन···टीचर्स की उल्टी-सीधी बातें···ताने बोलियाँ···जैसे सपने की बात हो गईं। वही मिसेज भटनागर, कमला शर्मा और मिसेज चौहान लगभग रोज एक चक्कर उसके क्वार्टर का लगातीं। उसके पास बैठतीं। जरूरी सलाह और हिदायतें दे जातीं। अम्माँ से आग्रह पूर्वक कह जातीं कि जिस चीज की जरूरत हो, निस्संकोच कहें—सब इंतजाम हो जाएगा। सुमित्रा देवी बेहद प्रसन्न और आश्वस्त थीं। सचमुच इस जगह बिटिया को कोई परेशानी नहीं, कोई कष्ट नहीं। साथ के सभी लोग बहुत अच्छे और खयाल करने वाले हैं। ईश्वर बहुत दयालु है। एक रास्ता बंद करता है तो दूसरा रास्ता खोल देता है।

डॉक्टर विजय अब की बार अपने साथ ही नीलिमा को ले गया। उसका पूरा चेकअप करवाया। सारे मेडिकल टेस्ट अपनी देखरेख में करवाए। हफ्ता भर लग गया रिपोर्ट आने में और डॉक्टरों द्वारा इलाज सम्बन्धी निर्णय लेने में।

नीलिमा की आँतों में अल्सर हो गया था। प्रारम्भिक परीक्षणों के दौरान यह सोचकर वह घबरा गई थी कि कहीं उसकी आंतों में कैंसर न हो। इसीलिए इतनी परेशान थी वह। अल्सर के अलावा अपेंडिसाइटिस की तकलीफ भी निकली। तभी यह सोच लिया गया था कि अबकी बार अगर दर्द उठा तो ऑपरेशन कर दिया जायेगा।

वह एक हफ्ते से हॉस्पीटल में भर्ती थी। ढेर सारे परीक्षण होने थे। उसी दौरान एक बार फिर उसे अपेंडिसाइटिस का दर्द उठा। डॉक्टरों ने तुरंत ऑपरेशन करने का निर्णय ले लिया। विलंब का कोई कारण न था। उसकी माँ उसके पास मौजूद थी। वह पहले से ही हॉस्पिटल में भर्ती

थी। परीक्षण हो चुके थे। यह संयोग अच्छा ही रहा।

× × ×

आँतों का अल्सर तो नीलिमा न जाने कबसे पाल रही थी। शुरू में कुछ महीनों से उसे बदहजमी और खट्टी डकारों की शिकायत थी। कभी-कभी उसके पेट में दर्द भी उठने लगा था। जरूरत पड़ने पर डॉक्टर के पास चली जाती और दवा भी ले जाती लेकिन इलाज यूँ ही अनमने ढंग से चल रहा था।

कुछ दिनों से नीलिमा की तबियत ज्यादा ही खराब हो गई थी। लगता था कि खाना हजम नहीं हो पाता। अक्सर उसे उल्टियाँ होने लगतीं। वह यूँ ही टालती रही कि बरसात में ऐसी शिकायत अक्सर हो जाती है लोगों को। मौसम का असर है, कुछ दिनों बाद खुद ठीक हो जाएगा। अपने बारे में उसकी यह उदासीनता नई बात नहीं थी।

उस दिन सवेरे उसके पेट में फिर दर्द उठा था। काफी देर आधी बेहोशी जैसी हालत में पड़ी रही वह। उसने दो दिन की छुट्टी की अर्जी अपनी मेहतरानी की लड़की के हाथ भिजवा दी थी। सवेरे से यूँ ही अपने क्वार्टर में अकेली पड़ी हुई वह यही सोच रही थी कि कभी इसी हालत में वह मर भी जाए तो, कोई उसे पूछने वाला न होगा। मरते वक्त इतनी ही अकेली होगी वह और दो घूंट पानी उसे मयस्सर न हो पाएगा।

दोपहर फ्री पीरियड में शोभना और कुसुम उसकी हालचाल पूछने उसके क्वार्टर में आ गईं। शोभना को मालूम हुआ कि नीलिमा सवेरे से ऐसे ही पड़ी हुई है और उसने कुछ भी नहीं खाया-पिया है, तो सबसे पहले उसने नीलिमा की रसोई में जाकर देखा। उसे थोडा साबूदाना बनाकर दिया। फिर अपने और कुसुम के लिए चाय बनाने लगीं।

कुसुम वहीं नीलिमा के बिस्तर के पास कुर्सी खींचकर बतियाने बैठ गई थी। खासी नाराज और उत्तेजित लग रही थी वह। लगता था कि भरपूर बहस करके आई थी और अंदर का भरा हुआ गुबार जैसे निकालना जरूरी था उसके लिए।

"हमारे यहाँ की टीचर्स का तो इतना दिमाग खराब है कि लगता ही नहीं पढ़ी–लिखी हैं ये औरतें।"

"क्यों, क्या बात हो गई ? बहुत नाराज लग रही हो।" उसने पूछा।

"अरे इतनी स्कैंडलस हैं कि बस ! अपने दिमागों की गंदगी कॉलेज में बैठकर निकालती हैं।"

"कौन गंदगी निकाल रहा है ? लो कुसुम ! तुम चाय पियो वर्ना फिर कहोगी कि मैंने चाय नहीं पी है, कैंटीन चलो। हाँ, अब सुनाओ नया शिगूफा। मैं तो आजकल थोड़ा लाइब्रेरी में बिजी हूँ इसलिए कॉलेज की अफवाहों से बेखबर हूँ।" शोभना ने कुसुम को चाय का गिलास थमाते हुए कहा।

"अरे बस ! अब अगर किसी गैर शादी-शुदा लड़की की तबियत खराब हो जाए और खुदा न खास्ता अगर वह नौकरी करती हो और अकेली रहती हो तो हमारी ये पढ़ी-लिखी डिग्रीधारी महिलाएँ ताल ठोक कर कहती हैं कि सौ प्रतिशत उसका कोई चक्कर है।"

"अरे छोड़ो कुसुम ! इन बेचारियों की सीमित दुनिया है। घर··· घर से कॉलेज और फिर वापस वही घर। नौकरी करना तो अब ज़रूरत बनती जा रही है और साथ ही पढ़े-लिखे होने की निशानी है। अच्छी तनख्वाहें हैं अब। फिर इस बहाने थोड़ी घर-गृहस्थी के झंझट से राहत मिलती है। टीचिंग लाइन सबसे सुविधाजनक है। वर्ना कितनी महिलाएँ हैं, जो अपने पढ़ाने के काम के साथ पूरा न्याय करती हैं ? पूरी मेहनत करती हैं गिनी चुनी।"

"भई और सब ठीक है। मैं कहती हूँ कि जितनी चाहो, कॉलेज से आकर मुहल्ला टाइप गॉसिप करो। कम-से-कम अपने साथ के लोगों को, अपनी कुलीग्स को तो बख्श दो।"

"किसकी बात कर रही हो तुम ?" शोभना अब गम्भीर हो गई थी। नीलिमा जो अब तक यूँ ही लेटी खिड़की के बाहर नजरें जमाए थी, कुसुम की बात सुनकर सचेत हो गई और उसका मुँह ताकने लगी। शोभना अब कुछ बात समझ रही थी। वह कुसुम को इशारा करना चाहती थी कि वह बात यहीं रोक दे। लेकिन कुसुम इस कदर अपनी रौ में थी कि वह किसी की ओर देख ही नहीं रही थी। शोभना ने फिर उसका

ध्यान बाँटना चाहा।

"थोड़ी देर के लिए हम यहाँ आराम से बैठे हैं। तुम भी क्या किस्सा ले बैठीं। चाय पियो कुसुम और रिलैक्स करो। देखो चाय ठीक बनी है या नहीं।"

"मेरा तो ये सब बातें सुन-सुनकर दिमाग भन्ना जाता है। क्या जहालत है भई! अकेली, नौकरी करने वाली लड़की को कभी उल्टियाँ नहीं होनी चाहिए वर्ना बिना किसी शक और गुंजाइश के मिसेज भटनागर कहेंगी कि जरूर वह प्रैगनेंट है। जैसे कि प्रैगनेंसी के अलावा और कभी इस तरह तबियत खराब नहीं हो सकती। अगर इसके साथ आपने दो तीन दिन की छुट्टी भी ले ली तो जरूर आपने अबार्शन करवाया है! इसके अलावा और कोई बात इन लोगों के दिमाग में आ ही नहीं सकती।"

पता नहीं कुसुम अपनी विशद जानकारी का सबूत दे रही थी या जानबूझकर इस बात को नीलिमा के सामने कह रही थी।

नीलिमा का मुंह सफेद पड़ गया। जैसे किसी ने उसका सारा खून निचोड़ लिया हो। शोभना स्थिति की गम्भीरता को समझ रही थी। उसने फिर कुसुम का ध्यान इधर-उधर करने की कोशिश की।

"हमें क्या करना है यार! स्टाफ रूम की बातों पर अगर इतना ध्यान दिया तो फिर खुदकुशी करनी पड़ेगी। क्यों बिना बात दिमाग खराब करती हो।"

"नहीं, मेरी राय है कि हमें प्रिंसिपल मैडम से बात करनी चाहिए। आखिर वे अपने ऑफिस में बैठकर ऐसी चर्चाएँ क्यों एंटरटेन करती हैं। खुद भी रस लेती हैं वह इन बातों में।"

"तुम्हें कैसे मालूम?"

"अरे मैंने खुद सुना। मैं सिग्नेचर करने गई थी ऑफिस में। हमारी मिसेज भटनागर और कमला शर्मा जुटी पड़ी थीं प्रवचन करने में। बीच-बीच में हमारी मैडम का सहयोग भी मिल रहा था उन्हें।"

शोभना अब कुछ नहीं बोली। चुपचाप चाय पीती रही। नीलिमा ने अपने दोनों हाथ आँखों पर इस तरह रख लिए, जैसे कि उसे रोशनी बुरी

लग रही हो।

शोभना ने चाय का खाली गिलास मेज पर रख दिया और खड़ी हो गई। वातावरण को हल्का बनाने के उद्देश्य से खिलंदड़े अंदाज़ में बोली।

"नीलिमा! अब किसी को मत बताना कि तुझे भी उल्टियाँ हो रही हैं आजकल। वर्ना तू भी मिसेज भटनागर की हिट लिस्ट में आ जाएगी।"

"अरे, मुझे तो कभी ठंड लग जाए तो फौरन उल्टियाँ होने लगती है। इसका मतलब कि जरूर हमारे साथ कुछ गड़बड़ है।" कुसुम अपने उसी तेवर में थी।

"ऐसा है कुसुम! शादी-शुदा औरतों की गड़बड़ी—गड़बड़ी नहीं कहलाती। वह उनकी खुशखबरी होती है।" शोभना मुस्कुराते हुए बोली। "मुसीबत तो हम छड़े लोगों की है कि मामूली बीमारी भी स्कैंडिल बन जाती है।"

"अच्छा नीलिमा, हम लोग चलते हैं।" कुसुम ने मेज के ऊपर रखा अपना पर्स उठा लिया। तुम्हारी तो कल तक की छुट्टी है न! ज़रूरत पड़े तो छुट्टी बढ़ा लेना।" वह चलने को तैयार थी।

नीलिमा चुप पड़ी हुई थी। कुछ क्षण कुसुम नीलिमा के बोलने का इंतजार करती रही। फिर उसने नीलिमा का हाथ हल्के से छूते हुए पूछा—

"बाय द वे, इलाज किसका करवा रही हो तुम?"

"इलाज तो इसका होम्योपैथी का चल रहा है।" जवाब दिया शोभना ने।

"हमारे खयाल से इसे एक बार अपना ठीक से पूरा चेकअप करवाना चाहिए। सारे टेस्ट करवाए। रत्ना के भाई की मदद ली जा सकती है।" कुसुम की बातों का अभी भी नीलिमा ने कोई जवाब नहीं दिया।

कुसुम कुछ खीझ गई।

"अब उठो भी यार! कब तक ऐसे पड़ी रहोगी आँखें मूँदकर। हम जा रहे हैं। जरा मुस्कुराकर विदा तो करो हमें।"

कुसुम ने चेहरे पर से उसका हाथ बरबस हटाया ताकि वह इन लोगों

को देख सके और कुछ बात हो सके लेकिन फिर हतप्रभ हो गई।

नीलिमा रो रही थी। उसकी आँखें भरी हुई थीं। कुसुम और शोभना परेशान-सी हो गईं। कुसुम तो बेहद सकपका गई।

"क्या हो गया तुम्हें नीलिमा?"

शोभना फिर नीलिमा के पास कुर्सी खिसकाकर बैठ गई।

"इतना परेशान मत हो नीलिमा! अगर ज्यादा तकलीफ है तो छुट्टी लेकर घर चली जाओ न! थोड़ा चेंज भी हो जाएगा।"

नीलिमा कुछ नहीं बोली। उसने अपना मुँह दूसरी ओर फेर लिया। लम्बे-लम्बे आंसू खामोशी से उसके गाल पर बहते रहे।

शोभना को कुसुम के ऊपर गुस्सा आ रहा था। क्या जरूरत थी सारी वाहियात बातें यहां दोहराने की। ज्यादा बोलने के शौक में लोग यह नहीं समझते कि बजाय सहानुभूति देने के, अपनी बेवकूफी और नासमझी से वह दूसरे को तकलीफ पहुंचा रहे हैं।

शोभना चुपचाप उसके बालों पर हाथ फेरती रही। फिर धीरे से बोली।

"चाहो तो तुम अपने घर वालों को खबर कर दो। कोई घर से आ जाएगा, तो तुम्हें अच्छा लगेगा। तुम्हारी मदद भी हो जाएगी। क्यों? कब से तुम घर भी नहीं गईं अपने।"

नीलिमा ने करवट बदलकर दोनों हाथों से शोभना का हाथ थाम लिया। मुँह तकिए में छिपाए पड़ी रही वह।

कुसुम खिसियाई हुई-सी अलग खड़ी थी। शोभना प्यार से नीलिमा का सर थपथपाते हुए उठ खड़ी हुई।

अच्छा तुम अब आराम करो। हम लोग चलते हैं। मैं कल सवेरे ही आऊँगी तुम्हारे पास।"

उस दिन कॉलेज से जाने के बाद सबसे पहले शोभना ने जो काम किया, वह था नीलिमा की माँ को तार देना। उसने बता दिया कि वह बीमार है इसीलिए वह तुरंत आ जाएँ।

स्टाफ क्वार्टरों में रहने वाली गैर शादी-शुदा अकेली टीचर्स के लिए

आए दिन इस तरह की चर्चाओं का चलना कोई नई बात नहीं थी। अगर यह कहा जाए कि इन चर्चाओं से आपस में दिलों में कड़ुवाहट आती या आपसी रिश्तों में फर्क आता, तो ऐसी बात भी नहीं थी। ये सिर्फ शगल के लिए होता। बतरस का स्वाद बदलने के लिए। कुसुम मित्तल एक वक्त खुद भी इस बतरस मंडली का हिस्सा हुआ करती थी। ढूंढ़-ढूंढ़कर वह सबके किस्से लाती। मिसेज माथुर क्यों प्रिंसिपल मैडम की प्रमुख दरबारी हैं और क्यों वे अपने विभाग की जूनियर टीसर्च को तंग करती हैं। मिसेज भटनागर क्यों इतनी सैडिस्ट हैं। दरअसल उनकी अपने पति से नहीं पटती। सुना है, उनके पति किसी दूसरी औरत के साथ इनवॉल्व हैं। यह खबर कुसुम ने ही सबसे पहले फोड़ी थी। उसके बाद स्टाफ रूम में लोगों ने मिसेज भटनागर से उनके पति की अतिरिक्त कुशल-क्षेम पूछना शुरू कर दिया था। मिसेज भटनागर के साथ चर्चा का विषय अब अक्सर उनके पति हुआ करते। कभी तो उनके मुंह से ऐसी बात निकलेगी, कभी तो कोई संकेत मिलेगा जिससे उनके बारे में सुनी गई बात का सत्यापन होगा।

मिस कुमार के बारे में लाख इधर-उधर की बातें स्टाफ रूम में होती रहीं। उनके बनाव-शृंगार से लेकर उनके बोलने के ढंग का मजाक बनता रहता। उनका तथाकथित मंगेतर दो-एक बार रात में उनके क्वार्टर में ही रहा—इस बारे में तो कई दिनों तक गर्म चर्चाएँ होती रहीं। लेकिन जब उनके साथ वह हादसा हुआ तो सचमुच हरएक दुःखी था। लेकिन सबने भगवान् का शुक्र मनाया कि वह ऐन मौके पर बरबाद होने से बच गईं।

नीलिमा के सामने भी स्टाफ रूम की बात की चर्चा करके शायद कुसुम अपनी अनमोल जानकारियों की सूचना देना चाहती थी। अपने तौर पर प्रिंसिपल ऑफिस तथा स्टाफ के बीच में उठाई गई बहुमूल्य जानकारियाँ वह दे रही थी और नीलिमा के साथ सहानुभूति कर रही थी लेकिन मामला उल्टा ही पड़ गया था।

× × ×

नीलिमा हॉस्पिटल में भर्ती हो गई। कॉलेज के पास ही एक प्राइवेट नर्सिंग

होम था। डॉक्टर विजय की सलाह पर वहीं आपरेशन ठीक समझा गया। अशरफ का ट्रांसफर हो चुका था। वह होते तो सिविल हॉस्पिटल में वह अपना इलाज करवाती। सरकारी अस्पतालों में अगर आपकी जान-पहचान है, कोई परिचित डॉक्टर है तब तो ठीक वरना ईश्वर ही मालिक है। यदि आप अति विशिष्ट नहीं हैं तो फिर पड़े रहिए बिस्तर पर तीन-तीन दिन। कोई पूछने वाला न होगा !

इस प्राइवेट नर्सिंग होम में पैसे का खर्च तो बहुत था लेकिन कॉलेज के पास होने की वजह से आने-जाने की सुविधा बहुत थी। फिर यहाँ के सर्जन विजय भाई के दोस्तों में थे इसलिए पूरी देखभाल का आश्वासन भी था।

जिस दिन नीलिमा का आपरेशन हुआ था, उससे एक दिन पहले कुसुम नीलिमा को देखने आई थी। पिछले कई दिनों से वह शहर से बाहर थी इसलिए लौटने पर जैसे ही उसे पता चला कि नीलिमा आजकल हॉस्पिटल में है, वह तुरंत उससे मिलने आई। बहुत जल्दी में थी वह। उसके पति तो सिर्फ शिष्टाचार के लिए औपचारिकता वश अंदर आए, और फिर बाहर टहलते रहे।

"सच नीलिमा, मैं तो तुम्हें देखकर उस दिन बहुत परेशान हो गई थी। चलो बीमारी पता तो चली।" नीलिमा धीरे से सिर हिलाकर मुस्कुरा दी।

"बैठो ! मित्तल साहब तो बाहर चले गए।"

"हाँ, जरा जल्दी में हैं हम लोग। तुम्हारी अम्माँ जी आ गई हैं, ये बहुत अच्छा हुआ। हैं कहाँ वह ?"

"आती होंगी। क्वार्टर तक गई हैं।"

"और कुछ जरूरत हो तो बताओ। शाम को खाने के लिए कुछ बनाकर भिजवा दूं। बोलो क्या पसंद करोगी ?"

"अरे कुछ भी नहीं। आजकल डैरट चल रहे हैं। बहुत पाबंदी है खाने-पीने पर।

"और किसी चीज़ की जरूरत हो तो बताओ।

"नहीं। थैंक्स अ लॉट ! और सब लोग कहाँ रह गए ? रोज तो एक

चक्कर लगाते थे। आज किसी की शकल ही नहीं दिखी।"

"तुम्हें मालूम नहीं। मुझे तो आते ही रत्ना ने खबर दी थी। कल मीना-हत्याकांड विरोधी अभियान है न। डिस्ट्रिक्ट मजिस्ट्रेट के कार्यालय के सामने प्रदर्शन है। सब लोग उसी की तैयारी में लगे हैं। रत्ना ने फोन किया था। बता रही कि भुजपुरा में तैयारी समिति की बहुत अच्छी मीटिंग हुई।"

"ओह यस!" नीलिमा को याद आया! तब उसने सोचा था कि प्रदर्शन वाले कार्यक्रम तक उसकी तबियत ठीक हो जाएगी और वह इन कार्यक्रमों में हिस्सा ले सकेगी। लेकिन बीच में ही दर्द का फिर उठना, उसका हॉस्पिटल में भर्ती होना तथा परीक्षणों का सिलसिला। "तुम लोग कल जुलूस निकालोगे, प्रदर्शन करोगे और मैं यहाँ बिस्तर में पड़ी रहूँगी।" नीलिमा ने उदास होकर किंचित क्षोभ से कहा।

भुजपुरा के मीना-कांड में नीलिमा भावात्मक रूप में खासी जुड़ गई थी। उनकी समिति ने भुजपुरा में कई मीटिंगें की। बड़ी मुश्किल से मीना के घरवालों को भी आगे बढ़कर कार्यवाही में हिस्सा लेने के लिए वह लोग राजी कर पाए थे। उन्हें विश्वास दिलाया कि जनजागरण समिति के लोग पूरी तरह साथ रहेंगे। कितना तो चंदा इकट्ठा करके दिया समिति के लोगों ने। लगातार सक्रिय रहने का एक नतीजा यह था कि कुछ नेता भी उनके अब साथ थे।

नीलिमा जब-जब उस कांड की याद करती या इस सिलसिले में भुजपुरा जाती, तो उसके सामने मीना का नुचा-कटा शरीर घूमने लगता। सिहर उठती वह। लेकिन अफसोस होता कि इतनी मेहनत, दौड़भाग के बावजूद वही ढाक के तीन पात।

पुलिस ने उन लड़कों को बहुत मुश्किल से पकड़ा। इतनी अखबारबाजी अगर न हुई होती और जनजागरण समिति ने इतना शोर न मचाया होता, तो वे लड़के पकड़े भी न जाते। फिर न जाने क्या घपला हुआ कि उन्हें जमानत पर छोड़ दिया गया और मुकदमा चलाने में इतनी देर की। मुकदमा भी क्या था, लगता कि जैसे घिसट रहा है। जनजागरण समिति के लोग मुकदमें की तारीखों में जाते रहे ताकि घर के लोगों और गाँव

में उनके समर्थकों की हिम्मत बनी रहे ।

अभी कुछ दिन पहले ये सुनने में आया कि उन बदमाश लड़कों के घरवाले मीना के परिवारीजनों से कुछ ले-देकर समझौते की बात चला रहे हैं। समझौते की बात चलने की खबर से समिति के लोग बेहद उत्तेजित थे।

"मैं तो कहती थी कि इन लोगों की मदद करने से कोई फायदा नहीं। ये लोग जिन हालातों में रहने के आदी हैं, उससे उन्हें कोई ऊपर उठा नहीं सकता।" कुसुम हमेशा की तरह आवेशित थी।

"कितना तो हम लोगों ने पैसा इकट्ठा किया। खुद अपनी पाकेट से कितना दिया।"

"मेरे तो हसबैंड कहते हैं कि तुम लोग अच्छी नेता हो। आजकल तो जो नेता बन जाता है उसकी जेबें ऊपर तक भरी होती हैं और तुम लोग हो कि अपनी जेबें खाली किए देती हो।"

"तुम हसबैंड वालों की यही तो मुश्किल है। ये बेचारे हसबैंड हर जगह आ टपकते हैं।" शोभना ने जैसे मिसेज अग्रवाल को चिढ़ाते हुए कहा।

"जी हाँ ! हसबैंड का कोआपरेशन न मिलने पर न तो कुसुम मित्तल और न ही मिसेज अग्रवाल कुछ कर सकती हैं। न नौकरी, न समाज-सेवा और न ही नेतागिरी।"

"अरे क्या फालतू बातें ले बैठे आप लोग।" नीलिमा का धैर्य चुकने लगा था।" ये तय करो कि आगे क्या करना है। इस तरह से मामला हुशअप होकर खत्म हुआ, तो हम सबकी फजीहत होगी। आगे किसी काम में लोग हमारे साथ नहीं आएँगे।"

"सही बात है। डिमॉरलाइज तो हम सभी होंगे। वैसे एक बात तो है। आगे हमें बहुत सोच-समझकर ऐसे लोगों की मदद करनी चाहिए। ये नहीं कि जो आया, हम उसी के साथ चल दिए। जरा देख-परखकर और नाप-तौलकर हमें मामले उठाने चाहिए।" मिसेज अग्रवाल की राय थी।

"कैसे ? क्या नाप तौल कर सकते हैं हम लोग ! भई वे हमारे पास

आए, उन्होंने हमसे रिक्वेस्ट की। हमारी समिति की मदद चाही। जवान लड़की की लाश वहाँ बुरी हालत में पड़ी थी। मामला रफा-दफा करने की कोशिशें हो रही थी। पुलिस का ड्रामा अलग चल रहा था। अब क्या कहती समिति। यह कि अभी हमें सोचने का समय चाहिए ! पहले हम नफा-नुकसान तौल लें, और सारा मामला देखकर यूं ही छोड़कर आ जाते।" रत्ना थोड़ा उत्तेजित हो गई।

"ये मेरा मतलब नहीं है। तुम बिना बात नाराज क्यों हो रही हो !"

"फिर क्या मतलब है बताओ।" रत्ना ने सायास अपना स्वर नीचा कर दिया।

"उनके घरवालों की भी मजबूरी है। सोचते होंगे कि आखिर रहना तो उन्हीं लोगों के बीच में है। हम लोगों की भी सीमाएँ हैं। हर वक्त उनके साथ थोड़े ही रह सकते हैं हम लोग।" नीलिमा ने समझाया।

"सही बात है। हमारा कॉलेज है। अपनी घर-गृहस्थी भी है। उसके बाद जो थोड़ा-बहुत समय मिलता है, उसी में हम लोगों की मदद कर सकते हैं।" मिसेज अग्रवाल सहमत थीं।

"मेरी राय है, हमें अपनी मेम्बरशिप बढ़ानी चाहिए। पॉलिटिकल पार्टियों के लोग हैं। उनके सक्रिय कार्यकर्ता हैं। उन्हें अपनी समिति में शामिल करें। उनके पास वक्त है। अपने पॉलिटिकल स्तर पर भी इन मामलों को उठा सकते हैं वे लोग।" कुसुम की राय थी।

"तब तो गई समिति आपके हाथ से। किसी पॉलिटिकल पार्टी का खिलौना बनकर रह जाएगी यह। जन-जागरण धरा रह जाएगा एक ओर। फिर तो जो उनका नेता कहेगा, वह होगा।" मिसेज अग्रवाल एकदम उचक गईं।

"खैर, हाथ में रहना या हाथ से जाना तो निर्भर करता है कि हम लोग सक्रिय हैं कि नहीं। इतना तो हमें करना ही चाहिए कि कोई भी इस तरह का मामला हो, उसमें हम हर तरह के लोगों की मदद लें।" शोभना ने गम्भीर होकर कहा।

"मेरी राय यह है कि हम लोग कम-से-कम अपना विरोध तो दिखाएँ।

लोगों के मन में यह तो उथल-पुथल हो कि इस तरह की ज्यादतियां हो रही हैं और कोई पूछने वाला नहीं। पुलिस, कचहरी, कहीं सुनवाई नहीं। सब अपना खेल-खेल रहे हैं।" रत्ना का सुझाव था।

"और इस काम में ज्यादा-से-ज्यादा लोगों की मदद ली जाए। दूसरे महिला संगठनों को शामिल करें। दूसरे कॉलेजों के छात्र-परिषदों से बात करें। अपने कॉलेज की तथा दूसरे महिला कॉलेजों की छात्राओं के अलावा टीचर्स को शामिल करें। आखिर एक लड़की का मामला है, जो कि स्टूडेंट भी थी। भले ही गांव के स्कूल में पढ़ती हो। इसके साथ ही पॉलिटिकल पार्टीज़ को भी आमंत्रित करें। जो जितना सहयोग दे। उन्हें भी अछूत क्यों समझें हम। ज्यादा-से-ज्यादा जितना दबाव हो सकता है, बनाने की कोशिश करनी चाहिए हमें।"

"मैं शोभना की बात से सहमत हूँ। मेरा खयाल है हमें इस बड़ी मीटिंग में भुजपुरा के लोगों को भी बुलाना चाहिए ताकि उन्हें पता चले कि कितने लोग उनकी मदद कर सकते हैं। उसके बाद फिर भुजपुरा में एक मीटिंग करके यहां से ज्यादा-से-ज्यादा लोगों को ले जाना चाहिए। वर्ना चिराग तले अँधेरा रहेगा। उसके घरवालों की हिम्मत भी बढ़ेगी। तब हम उन्हें समझा सकते हैं कि समझौते की बात करने वाले वह हत्यारे लड़के अब घबराए हुए हैं। इसके अलावा अब मुकदमा वापस लेना उनके हक में ठीक नहीं होगा। वर्ना फिर कभी किसी के साथ अगर कोई हादसा होगा, तो कोई उनकी मदद के लिए आगे नहीं आएगा। मैं समझती हूँ कि तैयारी समिति की मीटिंग देखकर उन्हें ये बात समझ में आ जाएगी।"

"बहुत सही और मेच्योर सुझाव है नीलिमा तुम्हारा।" रत्ना बोली। "तुरंत एक तैयारी समिति की बड़ी मीटिंग में सभी संगठनों और पार्टियों को बुला लें तथा एक बड़े प्रदर्शन का प्लान बनाकर उसकी तारीख तय कर लें।"

तैयारी समिति की मीटिंग बहुत सफल और उत्साहवर्धक रही। सारा कार्यक्रम तय हो गया। लेकिन भुजपुरा में होने वाली मीटिंग से पहले ही नीलिमा की तबियत ज्यादा खराब हो गई और उसे हॉस्पिटल में भर्ती

होना पड़ा।

बिस्तर में पड़ी-पड़ी वह कसमसाती रही। उसने पहली बार यह शिद्दत से महसूस किया कि उस लड़की मीना के न्याय की लड़ाई में उसे जरूर होना चाहिए। वह लड़की जिसका कसूर था तो सिर्फ यह कि वह एक लड़की थी, गरीब थी और अछूत थी ! पहली बार उसे किसी और के लिए, जो उसका कतई अपना नहीं था, उस जैसे लोगों से उसे संस्कार वश कोई हमदर्दी नहीं थी, बल्कि घृणा का भाव ही अधिक था, उसके प्रति वह इतनी तीव्रता से महसूस कर रही थी और बेचैन थी।

दूसरे दिन। सड़कों पर तख्तियाँ और झंडे लिए जनजागरण समिति की अगुवाई में एक विशाल भीड़ सड़कों पर नारे लगा रही थी तथा न्याय की गुहार कर रही थी। इस भीड़ में औरतें थीं। लड़कियाँ, छात्राएँ थीं, छात्र थे। राजनीतिक दलों के कार्यकर्ता थे। ऐसे समय नीलिमा ऑपरेशन थियेटर में थी। आपरेशन टेबल पर पड़ी नीलिमा को डॉक्टर ऐनीस्थिसिया दे रहे थे। बेहोशी के सफर में अँधेरी सुरंगों से गुजरती हुई नीलिमा मीना को ही याद कर रही थी।

"कैसी तबियत है मम्मीजी, नीलिमा की ?" सरोज अग्रवाल ने पर्दा उठाया और धीरे से कमरे में दाखिल हुई।

पलंग के पास बैठी सुमित्रा देवी उठ खड़ी हुईं और सरोज के लिए कुर्सी बढ़ा दी।

"ठीक है अब। होश तो कल ही आ गया था। रात भर बहुत बेचैनी रही। आज थोड़ा ग्लूकोज का पानी दिया है।

नीलिमा जो सो रही थी, उसने आँखें खोल दीं। कुछ निद्रा, कुछ तंद्रा और कुछ कमजोरी···ऐसा लगा कि पहचानने में थोड़ा वक्त लगा हो। फिर एक हल्की कठिन मुस्कान आ गई चेहरे पर।

सरोज ने उसका हाथ धीरे से थाम लिया और सहलाने लगी।

"देखो, कौन लोग आए हैं तुमसे मिलने के लिए।" सरोज ने दरवाजे की ओर इशारा किया। फिर खुद जाकर बाहर खड़े लोगों को लिवा

लाई।

उनकी प्रिंसिपल नंदा भाटिया थीं। साथ में कमला शर्मा और मिसेज भटनागर थीं। नीलिमा बिस्तर पर अवश पड़ी थी। उसने माँ की ओर देखा कि जैसा उचित हो, व्यवहार करो।

"नमस्ते माताजी, आप तो काफी पहले आ गई थीं नीलिमा के पास। चलिए अच्छा हुआ। आदमी जिंदगी अकेले काट ले लेकिन हारी-बीमारी में वह अकेले नहीं रह सकता।" नंदा भाटिया ने नीलिमा का सर सहलाते हुए कहा।

"सही कह रही हैं बहनजी आप।"

"मम्मी, ये मिसेज भाटिया हैं हमारी प्रिंसिपल साहिबा। आप मिसेज कमला शर्मा हैं और आप हैं मिसेज भटनागर।" तुरंत आगे बढ़कर सरोज अग्रवाल ने उन लोगों का परिचय कराया।

"ऑपरेशन तो ठीक हो गया। डॉ० माथुर ने किया होगा। बहुत अच्छे सर्जन हैं वे।" पूरी जिम्मेदारी से बताया मिसेज भाटिया ने।

"सब ईश्वर की कृपा है जी। आशीर्वाद है आप सबका। सब काम ठीक से हो गया।" सुमित्रा देवी ने हाथ जोड़ दिए। आप सब लोग खड़े क्यों हैं। बैठिए जी आप लोग।" एक कुर्सी प्रिंसिपल साहिबा की ओर बढ़ाकर वे दूसरी ओर रखी कुर्सी उठाकर लाने का उपक्रम करने लगीं।

"मैडम आप बैठिए न!" सरोज ने आग्रह पूर्वक मिसेज भाटिया को बिठाया। "मम्मी, आप परेशान न हों। मैं उठाकर ले आऊँगी कुर्सी।"

"किसी तरह की कोई परेशानी तो नहीं है, नीलिमा" कमला शर्मा ने नीलिमा की ओर देखते हुए पूछा।

"कल रात जरा तकलीफ रही। आज तो ठीक है। सब आप लोगों की मेहरबानी है जी।" सुमित्रा देवी ने, जब यह समझ में नहीं आता कि क्या बात करनी चाहिए, तो वह तुरंत हाथ जोड़ देतीं।

मिसेज भटनागर नीलिमा के पलंग पर बैठी हुई उसे एकटक देखे जा रही थीं। उसे इस अवस्था में पड़े देखकर उन्हें बहुत बुरा लग रहा था। वे उसके लिए कुछ करना चाहती थीं लेकिन समझ में नहीं आ रहा था कि क्या करें। कुछ समझ में नहीं आया तो उसका हाथ अपने हाथ में ले

लिया। मिसेज भाटिया नीलिमा की माँ से बतिया रही थीं और उनका खैर ठिकाना पूछ रही थीं।

नीलिमा ने धीरे से मिसेज अग्रवाल को इशारा किया। वह उनसे कुछ कहना चाहती थी। मिसेज अग्रवाल अपना कान उसके मुँह के पास लाई ताकि वह नीलिमा की फुसफुसाहट सुन सकें।

"वो जुलूस···डी० एम० के यहाँ ··क्या हुआ ?" मिसेज अग्रवाल ने नीलिमा की बात सुनकर आंखों से ही उलाहना देते हुए उसे थपक दिया फिर स्नेहिल झिड़की देते हुए धीरे से बोल पड़ी—

"रहने दे···जरा ठीक से बोलने लायक हो जा फिर बता देंगे कि क्या हुआ। बस समझ ले कि जो भी हुआ अच्छा ही हुआ।"

मिसेज़ अग्रवाल की बात सुनकर मिसेज भाटिया सहित सभी लोग उनकी ओर देखने लगे। बात का संदर्भ समझ में आने पर मिसेज भाटिया सुमित्रा देवी से कहने लगीं—

"हमारी इन यंग टीचर्स ने कल शहर में बहुत बड़ा जुलूस निकाला। पास के गांव की किसी लड़की का मामला था। हमारे कॉलेज की लड़कियों को भी ले गईं। मैंने कहा अपनी लड़कियों से कि जरूर जाओ। ये पुण्य का काम है। किसी दुखिया के प्रति अन्याय के लिए सबको लड़ना चाहिए।" अपनी बात खतम कर उन्होंने बारी-बारी से सरोज अग्रवाल फिर मिसेज भटनागर के चेहरों पर नजर डाली और अंतिम रूप से कमला शर्मा के चेहरे को देखने लगीं। कमला शर्मा ने तुरंत उनके मन माफिक अपनी प्रतिक्रिया जाहिर की।

"मैडम, आपका बहुत सहयोग रहा इसमें। आपकी वजह से ही कल इतनी लड़कियां जुलूस में शामिल हुईं। आपकी प्रेरणा से ही उनमें उत्साह था।"

'मैडम, आप तो खुद भी जातीं जुलूस के साथ, लेकिन आप कह रही थीं न कि तबियत ठीक नहीं आपकी।" मिसेज भटनागर भी पीछे रहने वाली नहीं थीं।

"माताजी, आपकी बेटी तो यहाँ पूरी नेता है।" कमला शर्मा बोलीं। जवाब में सुमित्रा देवी ने सिर्फ हाथ जोड़ दिए। जवाब दिया प्रिंसिपल

मैडम ने। शायद उन्हें नेतागिरी की बात ज्यादा पसंद नहीं थी।

"बस, नेतागिरी तो उतनी ही होनी चाहिए जितनी खुद से सध सके। हम औरतों की तो और बहुत जिम्मेदारियां होती हैं। घर है, बच्चे हैं। महिलाओं को वैसे भी फूंक-फूंककर कदम रखना होता है।"

"ये तो सही बात कह रही है आप मैडम ! हर आदमी के बस का नहीं होता है यह सब। हमें तो घर-गृहस्थी से ही कभी फुरसत नहीं मिलती।" मिसेज भटनागर ने नीलिमा की ओर देखते हुए मुस्कुराकर समर्थन किया।

खट-खट-खट-खट तेजी से नर्स कमरे में घुसी। उसके पीछे वार्ड बॉय था—हाथ में ड्रेसिंग की ट्रे थामे ! दरवाजे से ही घोषणा करती हुई वह अंदर आई।

"ड्रेसिंग करना है। गुड इवनिंग एवरी बडी। ड्रेसिंग होना है इनका।

मिसेज भटिया उठ खड़ी हुईं। उनके साथ ही और लोग खड़े हो गए।

"सिस्टर ! आप लोग बहुत देर से ड्रेसिंग करते हैं ?" सरोज ने पूछ ही लिया।

"मैडम ! सवेरे कुछ प्रॉब्लम था ! इसलिए आज थोड़ी देर हो गई ड्रेसिंग के लिए।"

"हम लोग चलते हैं। नीलिमा···डोंट वरी। छुट्टी के लिए परेशान मत होना। सब ठीक कर देंगे हम।" सुमित्रा देवी की ओर देखते हुए मिसेज भाटिया ने कहा। सुमित्रा देवी ने हमेशा की तरह हाथ जोड़ दिए।

"अच्छा नीलिमा। मैं कल आऊँगी अब ! रत्ना वगैरह आई थीं ?" सरोज अग्रवाल ने पूछा।

"आई थीं जी ! वे सवेरे आई थीं। कल रात भी आई थीं इसे देखने। बहुत लोग आए थे रात में। सब आप लोगों की प्यार-मुहब्बत है जी। रात जुलूस के बाद गाँव के भी बहुत लोग आए थे। ये तो दवा के असर में थी। सो रही थी। मुझे तो लगा कि जैसे पूरा जुलूस अस्पताल में ही आ गया हो।" किंचित गर्वित स्वर में बोलीं सुमित्रा देवी।

"मम्मी जी ! बहुत प्यार करते हैं सब लोग आपकी बेटी को। कल सब लोग पूछ रहे थे अपने नेता जी को।" मिसेज अग्रवाल ने मुस्कुराते हुए कहा।

सुनकर बहुत अच्छा लगा नीलिमा को।

× × ×

दरवाजे पर आहट-सी हुई। रात के नौ बज रहे थे। कौन हो सकता है इस समय। नीलिमा ने सोचा। यूँ तो प्राइवेट नर्सिंग है ही। आने-जाने की कोई रोक-टोक नहीं। अम्माँ थोड़ी देर पहले कुछ सामान लाने क्वार्टर तक गई थीं। अलसाई निद्रालु आँखें। उसने दरवाजे पर नजर टिकाने की कोशिश की।

"आ जाएँ ?" इजाजत लेने के साथ-ही-साथ भारी कदमों से विनय भैया अंदर आते दिखे। उनके साथ एक भारी बदन वाला, लगभग उन्हीं का हम उम्र एक और आदमी था।

"कहो, कैसी हो नीलिमा ?" विनय भैया उसके पलंग के पास ही खड़े हो गए। "ये हमारे दोस्त हैं मिस्टर भारद्वाज। एक्जीक्यूटिव इंजीनियर हैं आवास विकास में।" आहिस्ता से हाथ जोड़कर नमस्कार किया नीलिमा ने।

"सिर्फ दोस्त ही नहीं ! अब तो आपके पार्टनर भी हैं हम।" जोर से हँसा भारद्वाज !

हँसी में साथ देते हुए हाथ मिलाया विनय भैया ने भारद्वाज के साथ। हँसी के साथ ही हल्की बू का अहसास हुआ नीलिमा को। क्या चढ़ाकर आए हैं भैया ! ऐसी हालत में, और इस समय यहाँ आने की जरूरत क्या थी ? एक अनजान शराबी दोस्त को और ले आए जनाब। दूर रखी हुई कुर्सियों की ओर इशारा करके नीलिमा ने कहा।

"बैठिए, भैया आप लोग।"

"मम्मी ने बताया था कि तुम हॉस्पिटल में हो।"

"चाची तो आई थीं कल। चच्चा भी आए थे।"

"मैं तो सवेरे से आता-आता अब आ पाया हूँ। फुर्सत ही नहीं मिली। इस वक्त भी चला तो भारद्वाज साथ थे। मैंने सोचा कि अब तुम्हें देखता

ही चलूँ। वर्ना फिर कल के लिए टल जाएगा।"

"ऐसा भी क्या जरूरी था आना भैया। आपने नाहक इतनी औपचारिकता बरती।"

"बहनजी। ऐसी कोई औपचारिकता की बात नहीं है। जैसी आप विनय की बहन, वैसे ही हमारी बहन हैं। हमीं ने कहा कि चलो हम भी चलते हैं।" मुँह फाड़कर हँसा भारद्वाज। फिर एक तेज भभका।

नीलिमा को परेशानी महसूस होने लगी। शराबियों की उपस्थिति में खुद को असहज और असुरक्षित समझने लगती वह। शराबी का कोई भरोसा नहीं। कब क्या कर बैठे। क्या कह बैठे।

"चाची कहाँ हैं?"

"अभी आ रही हैं।" यहीं कहीं होंगी। नीलिमा ने टाल दिया।

"और बहन जी, हमारे लायक कोई सेवा बताएँ। डोंट हेजीटेट। कोई दवा-डॉक्टर-नर्स-कोई और चीज···" और फिर मुँह फाड़कर बेवजह हँस दिया भारद्वाज।

नीलिमा को उसकी शकल बर्दाश्त से बाहर होने लगी। उसने आँखें बंद कर लीं।

"सुधा ने कहा था कि पूछते आना अगर घर से कुछ लाना हो। कल सुबह आएगी वह।"

"नहीं भैया। सब कुछ ठीक चल रहा है।"

नीलिमा को आंखें बंद करके पड़ा देखा तो विनय और भारद्वाज दोनों ही उठकर खड़े हो गए।

"अच्छी बात है। तुम आराम करो। हम लोग चलते है अब।"

"हाँ, आप आराम करें बहिनजी। कभी कोई जरूरत हो तो याद करे। मैं डी० डी० भारद्वाज। आवास विकास में एक्जीक्यूटिव इंजीनियर, वहीं कालोनी में रहता हूँ। आप तो यहाँ अकेली रहती हैं न! याद करें कभी। हम फौरन आपकी सेवा में हाजिर हो जाएँगे।

नीलिमा ने कोई उत्तर नहीं दिया।

"चाची से नमस्ते कहना नीलिमा। मैं फिर आऊँगा।"

नीलिमा ने सिर हिला दिया धीरे-से और उन लोगों को चुपचाप जाते

देखती रही ।

दूसरे दिन सुधा भाभी नीलिमा के कमरे में हाजिर थीं । साथ में एक बड़ा-सा टिफिन कैरियर । डॉक्टर का राउंड हो चुका था । अम्माँ ने नीलिमा के कपड़े बदलवाकर उसे तैयार कर दिया था और क्वार्टर जाने की तैयारी कर रही थीं ।

"नमस्ते चाची जी ! कहो नीलिमा ! चंगी हो ?" परिहास किया सुधा ने ।

"ठीक हूँ भाभी ।" नीलिमा ने उठने का उपक्रम किया और सरक कर थोड़ा तकिए के सहारे उठ गई ।

"तुम्हारे खाने लायक कुछ बनाकर लाई हूँ । थोड़ी-सी खिचड़ी है और सूप ! कल विजय ने बताया कि डॉक्टर ने थोड़ा-बहुत खाने के लिए कह दिया है ।

"सुधा बेटी ! मैं तो घर जा रही थी इसके लिए । तुमने क्यों नाहक कष्ट किया ।

"कष्ट कैसा चाची जी । हम लोगों के यहाँ होते हुए अगर इतनी भी सुविधा न हुई तो क्या फायदा । सारी दुनिया के लिए तो इतना कर-कर के भेजते हैं । आप लोग तो अपने ही ठहरे । अभी पिछले हफ्ते डी०एम० की बीवी की डिलीवरी हुई थी । पूरे सात दिन खाना हमारे यहाँ से गया । और तो और, पंजीरी और मेवा भी भेजी । तुम्हारे भैया का बस चले तो सब कुछ लुटाकर रख दें औरों पर ··" सुधा भाभी का धारा प्रवाह चालू हो गया ।

"भाभी ! हम कोई वी०आई०पी० थोड़े है ।" नीलिमा ने धीरे-से कहा ।

सुधा झेंप गई ।

"अरे नहीं । मेरा मतलब है कि तुम्हारे भैया तो पीछे पड़ जाते हैं आब्लाइज करने के लिए । और चाची जी, आपका खाना भी मैं ले आई हूँ । मम्मी बोलीं कि आप कहाँ परेशान होंगी और पकाती फिरेंगी अपने लिए ।"

सुधा भाभी ने टिफिन कैरियर उठाकर मेज पर रख दिया और पैर

उठाकर आराम से कुर्सी पर आलसी पालथी मारकर बैठ गईं। वे बतियाने के मूड में थीं।

"और नीलिमा। तुम्हारी समिति के तो बड़े हल्ले हैं। अच्छी बड़ी खबर छपी है अखबार में।"

"सच! जुलूस वाली खबर होगी।" नीलिमा एकदम उत्साहित हो उठी।

"हाँ, जुलूस की खबर तो है। दो तस्वीरें भी हैं। अखबार ने यह भी छापा है कि डी० एम० ने दुबारा उस केस को चालू करने का आश्वासन दिया है और कहा है कि जल्दी उस पर कार्यवाही की जाएगी।"

"हम लोगों ने बहुत मेहनत की है भाभी इस केस पर। उस लड़की पर इतनी ज्यादती हुई और कोई सुनने वाला नहीं था।"

"तुम्हारे भैया कह रहे थे कि इन लोगों की समिति बहुत पावरफुल हो गई है। भीड़ लेकर जाती है और अधिकारियों से जो चाहे, करा लाती है। दरअसल तुम्हारे पास लड़कियाँ हैं न कॉलेज की! जहाँ चाहे ले आओ।"

नीलिमा चुप रही। क्या जवाब दे इस बात का।

"लड़कियाँ क्या भेड़ें हैं कि जहाँ चाहा हाँक दिया। फिर अधिकारी क्या लड़कियों की भीड़ देखकर डर जाएँगे? और भाभी! लड़कियों को ले जाना कोई आसान काम नहीं। कितने माँ-बाप हैं जो लड़कियों को इजाज़त देते हैं सड़कों पर आने के लिए! घर में जाकर कहा कि टीचर्स के साथ जुलूस में जा रहे हैं और चल दें इधर-उधर!"

"हाँ बेटी! लड़कियों की बड़ी जिम्मेदारी होती है। कुछ उल्टा-सीधा हो गया तो आपके सिर पर पड़ेगा। बाद को जवाब देते रहो।" सुमित्रा देवी से भी बोले बिना न रह गया।

"भाभी! असल चीज लड़कियों को काम का उद्देश्य समझाना है। हमने तो उन्हें यह बताने की कोशिश की कि यह घटना किसी भी लड़की के साथ हो सकती है। इसलिए उस लड़की की सहानुभूति में सबको हिस्सा लेना चाहिए। भाभी, एक तो लड़कियों को सामाजिक काम का महत्त्व समझाना और फिर उन्हें डिसिप्लीन में रखना···" नीलिमा ने

हँसकर दोनों हाथों से अपने कान पकड़ लिए, मानो तौबा कर रही हो।

सुधा सुनती रही और फिर हंस दी। नीलिमा भी चुप हो गई। फिर अचानक जैसे कुछ याद आया हो—

"ये डी० डी० भारद्वाज कौन है भाभी ? आवास विकास वाला !"

"अरे वो एक्जीक्यूटिव इंजीनियर। एक लफंगा है वह। तुम उसे कहाँ से जानती हो ?"

नीलिमा सोचती रही कि बताए या न बताए।

"कल रात भैया के साथ आया था यहाँ। मुझे देखने।"

"तुम्हें देखने ! तुम्हारे भैया के पास आजकल आवास विकास में ठेकेदारी का काम है न। इसलिए इन दिनों दोस्ती हो गई है उससे। एक नम्बर का पियक्कड़ है वह। सारा दिन पट्ठा हमारे यहाँ पड़ा-पड़ा पीता रहता है। इन्होंने भी कहा कि पी तू। देखता हूँ कि कितना पीता है।

"वह तो लग ही रहा था उसे देखकर।" नीलिमा बुदबुदाई।

"लेकिन तुम्हारे भैया को उसे लेकर यहाँ नहीं आना चाहिए था। यहाँ उसका क्या काम ?"

"हाँ बेटी। कल रात नीलिमा उसे देखकर काफी परेशान हो गई थी।"

कुछ सोचते हुए सुधा ने जैसे सफाई देनी चाही।

"दरअसल उसी से इनका काम अटका पड़ा है। तुम्हारे भैया यहाँ आ रहे होंगे, तो वह भी साथ लग लिया होगा। बहुत चिपकू है वह··· "सुधा ने हँसी में बात टालनी चाही।" लो देखो। कौन लोग आ गए हैं। तुम्हारे ढेर सारे मेहमान है नीलिमा !"

वाकई कई सारे लोग थे। रत्ना, शोभना, राजकुमारी सिंह। पीछे-पीछे सरोज अग्रवाल और मिसेज आशा चौहन भी थीं।

"मेहमान नहीं भाभी। इनके चाहने वाले हैं हम तो।" रत्ना ने हँसते हुए सुधा भाभी की बात का जवाब दिया।"

"हमारी नेता नीलिमा जिंदाबाद" नारा लगाने के अंदाज में शोभना बोली—

"सच नीलिमा। कल डी० एम० ने फिर बुलाया है हमारी समिति

के तीन-चार लोगों को। दुबारा केस की फाइल खोलने के बारे में विचार होगा। एस० पी० ग्रामीण तथा एस० एस० पी० भी मौजूद होंगे।"

"हमने तो कह दिया कि हमारी नेता तो नीलिमा हैं, जो फिलहाल स्वास्थ्यलाभ कर रही हैं। जल्दी ही हाजिर होंगी वह तलवार घुमाती हुई।" शरारत से रत्ना ने आंख मारी उसे देखकर

नीलिमा मंद-मंद मुस्कुराती रही। आत्म-संतोष की यह अनुभति—उसके लिए कदाचित यह नया अनुभव था। इस आनंद की धार में कल रात का क्षोम कब का बहकर गायब हो गया था। नीलिमा ने आँखें बंद कर लीं। वह इस सुख को आतमसात् कर लेना चाहती थी।

सुमित्रा देवी गांव में सब छोड़-छाड़कर यूं ही भागी चली आईं जब नीलिमा की बीमारी का तार मिला था। घर-बार और खेती-सम्बन्धी कई जरूरी इंतजाम जो करने चाहिए, वो भी नहीं किए। इसलिए अब नीलिमा के आग्रह के बावजूद उन्हें वापिस लौटना जरूरी था। जाने से पहले उन्होंने ईशू का जिक्र छेड़ा था और उसके साथ ट्रेन में हुई मुलाकात के बारे में बताया था।

नीलिमा चुप सुनती रही। फिर बोली—

"अबकी बार जब तुम आओगी अम्मां तब बात करेंगे इस पर। फिर जैसा तुम चाहोगी, करेंगे। अभी इस पर बात मत करो।" मानो अम्मां को फुसलाकार पीछा छुड़ना चाहती हो।

इतनी बीमारी—ऑपरेशन-तकलीफ, सारी परेशानियाँ थीं लेकिन माँ के रहते नीलिमा को लगा कि ये सब परेशानियाँ जैसे कुछ भी नहीं। अम्मां हैं तो सब सँभाल लेंगी। दो महीने का समय कैसे बीत गया, पता ही नहीं चला।

फिर वही हॉस्टल। वही कमरा। खिड़की के बाहर झांको तो वही मैदान। वही गुलमोहर के पेड़। दूर दीखता आँख के अस्पताल के पास गड्ढे नुमा तालाब। उसमें पसरी हुई भैंसे। क्वार्टर के पिछवाड़े मेहतरों की बस्ती। उसमें होती हर वक्त की चखचख और झांय झांय। फिर

अपनी पुरानी दुनिया में लौट आई थी वह।

कॉलेज से ही आज नीलिमा बाजार चली गई थी। एक जमाने से शॉपिंग नहीं की थी। लौटने में देर हो गई। आकर बैठी ही थी कि दरवाजे पर किसी ने दस्तक दी। देखा तो दरवाजे पर मिस सुजाता कुमार थीं। सजी-धजी तैयार।

"अभी तक सो रही हैं—एँ आप ?

"आइए मिस कुमार। बस, अभी जरा शॉपिंग करके लौटी हूँ। क्यों, टाइम हो गया क्या ?"

"अरे। छः बज रहे हैं। सब लोग पहुँच रहे होंगे—एँ।"

"मिस कुमार, आप चलें। मैं तैयार होकर अभी निकलती हूँ दस मिनट में। जरा नहा-धोकर तैयार हो जाऊँ।"

"ठीक है। जल्दी आइएगा। हाँ—आँ।"

मिस कुमार अमेरिका जा रही थीं। उन्हें वहाँ किसी यूनिवर्सटी की सेमिनार में अपना पेपर पढ़ने का आमंत्रण मिला था। बहुत खुश थीं वह। शादी वाले हादसे से उबरने में उन्हें खासा वक्त लगा और अंततः किसी पुराने पहने हुए कोट की तरह उन स्मृतियों को उतार फेंका था उन्होंने हमेशा के लिए। एक बार जब कोट उतर गया, तो वह पहले की तरह सहज हो गईं। हाँ, अपने को सहज और तनावमुक्त दिखाने की अति-रिक्त चेष्टा में उनका नकियाकर बोलना ज्यादा बढ़ गया था। लगता था जैसे किसी शोख कॉलेज गर्ल की तरह इतरा रही हों। कॉलेज में स्टाफ के लोग भी जैसे उस पूरे घटनाक्रम को बिलकुल भूल गए थे। इसीलिए मिस कुमार के बनाव-शृँगार की, उनके इतराने और इठलाने की फिर से आलोचना होने लगी थी। उनके स्टाफ रूम में घुसने पर एक दूसरे को देखकर कंधे उचकाने और मुँह बनाने शुरू हो गए थे।

नीलिमा को उनकी अतिशय सहजता कृत्रिम लगती। उसे लगता कि मिस कुमार का आहत अंतर्मन जरूरत से ज्यादा सावधान है। उसने एक बार इसका जिक्र भी किया लेकिन लोगों ने उसकी बात को हँसी में उड़ा दिया। उसे लगा कि हो सकता है, यह उसका ही भ्रम हो। बहरहाल ये अच्छी बात थी कि उन्होंने खुद को पढ़ने-लिखने के काम में बुरी तरह

व्यस्त कर लिया था। उनकी वह सहेली मिनोती बनर्जी अब भी नियमित रूप से उनके पास आती। मिनोती दिल्ली के एक कॉलेज में पढ़ाती थी। कॉलेज के दिनों से उन लोगों की दोस्ती थी। हम उम्र सहेलियाँ उम्र के उस पड़ाव पर थीं जहाँ से ढलान का रास्ता शुरू होने लगता है। छुट्टियों में ज्यादातर दोनों साथ रहतीं। या तो मिस कुमार दिल्ली चली जातीं उसके पास या फिर मिनोती आ जाती उनके पास।

मिनोती अब भी उनके पास आती रहती। बल्कि अक्सर वह सप्ताहांत में भी आने लगी थी। मिस कुमार अब दिल्ली कम जा पातीं। उन्होंने अपनी जिंदगी के लक्ष्य तय कर लिए थे—अपना अध्ययन और मिनोती का संगसाथ।

मिस कुमार का गम्भीर अध्ययन तो नतीजे दे रहा था। जब कि मिनोती का बढ़ता हुआ साथ और अंतरंगता उनके परिचित दायरे में हमेशा की तरह आलोचना का विषय बन रहा था। इस तीव्र होती आलोचना का कारण उनकी अकादमिक उपलब्धियाँ भी हो सकता था। स्टाफ क्वार्टरों में रहने वाले लोग कहते कि मिनोती आ जाती है तो दोनों कमरा बंद करके घंटों पड़ी रहती हैं। मिनोती का जिक्र आने पर मुँह दबाकर हँसने लगते सब लोग।

इसके बावजूद न सिर्फ नीलिमा बल्कि और बहुत से लोगों को खुशी थी कि मिसकुमार ने एक गम्भीर काम का सिलसिला शुरू किया है और इसमें उन्हें कामयाबी मिल रही है। इनके रिसर्च पेपर स्वीकृत होने की जब खबर आई तो सबने उनसे दावत माँगी।

दावतें माँगना और दावतें देना—स्टाफ रूम की एक विशेषता थी। यहाँ छोटी-छोटी बातों पर अगर दावत नहीं, तो चाय-समोसों के आयोजन तो हो ही जाते। बहुत अच्छी साड़ी पहनी है, चाय पिलाओ। बेटे को स्कॉलरशिप मिला है या बेटी को कहीं यूनिवर्सटी में दाखिला मिल गया है, तो मिठाई खिलाओ। बेटा या बेटी इंजीनियरिंग या मेडिकल के कोर्स में आ गए हैं या उनकी नौकरी लग गई है, तो हो जाय चाय-समोसों की दावत। किसी नए स्टाफ मेम्बर की नियुक्ति के दो साल बाद उसका स्थाईकरण हो गया, तब तो पूरी दावत का अवसर। मिस कुमार के शोध

पत्र के स्वीकृत होने तथा उन्हें अमेरिका आकर पेपर पढ़ने का जब आमंत्रण मिला तो सिर्फ चाय समोसों पर कौन मानता। सबने उनसे शहर के प्रसिद्ध इंद्रधनुष रेस्तरां में दावत की फरमाइश की। आश्चर्य तो यह कि पैसा-पैसा दांत से पकड़ने वाली मिस कुमार शरमाते हुए तुरंत तैयार हो गईं।

इस अवसर पर नीलिमा को जाना ही था। मिस कुमार के जाने के बाद वह तुरंत उठ खड़ी हुई और झटपट तैयार होकर इंद्रधनुष पहुँच गई। मिस कुमार की इस उपलब्धि ने उनके आत्मविश्वास को आसमान छूता हुआ बना दिया था। दावत में भी दिल खोलकर उन्होंने खर्च किया।

रेस्तरां के बाहर मिस मिनोती बनर्जी आने वालों का स्वागत कर रही थीं।

"मिनोती जी, आप नहीं जा रही हैं मिस कुमार के साथ अमेरिका।" सुनंदा लाल ने मुस्कुराते हुए चुहल की।

"ये एकदम बेवफा है। अकेले जाने में इसको आनंद आता है। अब अपन भी देखेंगे इसे···" मिनोती ने बिना बुरा माने हँसते हुए जवाब दिया।

लौटते समय प्रिंसिपल मैडम और कमला शर्मा साथ-साथ थीं। प्रिंसिपल मैडम ने अपनी गाड़ी में उन्हें लिफ्ट दी थी कि वे उन्हें घर पहुँचा देंगी। आपस की बातचीत में कुछ याद आया कि नीलिमा को आवाज दी कमला शर्मा ने।

'नीलिमा चल रही हो न तुम परसों इलाहाबाद" कमला शर्मा गाड़ी से बाहर निकल आईं।

"हाँ मिसेज शर्मा, आपको शक क्यों हो रहा है? मेरी बात क्या भरोसे लायक नहीं है?"

"नहीं, नहीं! मैंने सोचा कि कहीं जोश में यूँ ही तो नहीं कह दिया तुमने।"

"नहीं। मैं पूरी तैयारी के साथ आपके साथ इलाहाबाद चलूंगी। आप निश्चिंत रहें।"

कुछ दिन पहले प्रिंसिपल ऑफिस में चर्चा हो रही थी। मिसेज़

भाटिया को कॉलेज की ग्रांट के सिलसिले में शिक्षा निदेशक से मिलने इलाहाबाद जाना था। मिसेज भाटिया क्योंकि खुद जाने में असमर्थ थीं इसलिए तय हो रहा था कि उनकी जगह पर मिसेज शर्मा चली जाएँ। वरिष्ठता क्रम में पहले नम्बर पर होने की वजह वही कार्यकारी प्राचार्या भी हुआ करती थीं। प्रिंसिपल मैडम उनसे कह रहीं थीं कि वे अगर अकेली न जाना चाहें तो किसी को भी अपने साथ ले जा सकती हैं। इस बात को सुनकर नीलिमा अचानक कह बैठी—

"चलिए! मैं चलती हूँ आपके साथ इलाहाबाद! कुछ लोग मेरी जान-पहचान के हैं डाइरेक्टर ऑव ऐजूकेशन के ऑफिस में। आपका काम आसान हो जाएगा।"

"अरे हाँ!" मिसेज भाटिया प्रसन्न हो गईं। "नीलिमा भी तो इलाहाबाद की पढ़ी है। ठीक है, आप दोनों चले जाइए।"

इलाहाबाद का यह दौरा नीलिमा के लिए एक नई स्फूर्ति का माध्यम बन गया। शापग्रस्त सोती सुंदरी के अनन्तकाल की निद्रा के शाप को जैसे इलाहाबाद के स्पर्श ने समाप्त कर दिया हो। एक नए उत्साह और नई योजना को लेकर लौटी वह।

शिक्षा निदेशक के यहाँ काम पूरा होने में पूरे चार दिन लग गए। कभी डायरेक्टर हैं तो फाइनेंस ऑफिसर नहीं। कभी फाइनेंस ऑफिसर मौजूद हैं तो अकाउंटेंट छुट्टी पर हैं तो कभी डाइरेक्टर साहब खुद ही नदारद। इसके बाद भी अंतिम कागज हाथ में आने में एक दिन की अतिरिक्त देरी और हुई क्योंकि वहाँ दफ्तर में सुविधा शुल्क किसे दिया जाए···कैसे दिया जाए, यह बात उन महिलाओं की समझ में नहीं आई। उन्हें बहुत गुस्सा आया कि वे लोग यह जरूरी बात चलते वक्त प्रिंसिपल मैडम से पूछकर क्यों नहीं आए। बहरहाल एक दिन अतिरिक्त बर्वाद हो गया लेकिन काम हो गया।

अपने इस इलाहाबाद दौरे का भरपूर फायदा उठाया नीलिमा ने। वह अपने शोध कार्य को फिर से चालू करने का पूरा मन बनाकर गई

थी। लगभग दो साल जो कुछ काम उसने किया था, वे सारे कागज उसने ढूंढ़-सहेजकर रखे और अपने साथ लेकर गई। अपने पुराने रिसर्च गाइड प्रोफेसर सक्सेना से मुलाकात की। बड़ी मुश्किल से वह उन्हें यह विश्वास दिला पाई कि वह फिर से काम करना चाहती है। दो दिन लगातार उनके घर पर हाजिरी दी और मिसेज सक्सेना के साथ लम्बी बैठकें की। अंत में वह सर्वप्रथम मिसेज सक्सेना का हृदय द्रवित करने में सफल रही। इसके बाद प्रोफेसर सक्सेना को भी सहमत होना पड़ा। उन्होंने उससे वायदा किया कि वे उसके रिसर्च के काम में मदद करेंगे बशर्ते वह कोई नया काम शुरू करे। नीलिमा ने भी पलटकर उनसे वायदा किया कि वह वापिस जाकर महीने भर में नया प्रोजेक्ट बनाकर भेजेगी। नीलिमा ने तो उनसे यह भी कहा कि अगर प्रोफेसर सक्सेना उसके लिए हजार-डेढ़ हजार की छात्रवृत्ति का इंतजाम कर दें तो वह तीन साल की छुट्टी लेकर आ जाएगी और जुट जाएगी काम में।

नीलिमा लौटकर आई तो बहुत थकी हुई थी। रात भर का सफर और वह भी बिना रिजर्वेशन के। कमला शर्मा को उसने कॉलेज का काम पूरा होते ही रवाना कर दिया था। खुद वह अपने काम की वजह से रुक गई थी। एक हफ्ते बाद लौटने पर उसका कॉलेज जाना और प्रिंसिपल मैडम से मिलना जरूरी था। ऑफिस में जाने से पहले ही कमला शर्मा मिल गईं।

"नीलिमा ! बहुत दिन लगा दिए तुमने तो। खैरियत तो रही।"

"हाँ मिसेज शर्मा। क्या करूँ, मजबूरी में रुकना पड़ा।"

"अरे इलाहाबाद में तुम्हारी क्या मजबूरी थी भई ! हम तो समझे कि तुम कहीं किसी मुसीबत में न पड़ गई हो।"

"नहीं, हमारे पुराने रिसर्च गाइड थे। उनकी वाइफ बहुत बीमार थीं। वे मेरी मदर के समान हैं। वहीं उनकी सेवा करने के लिए रुक गई थी मैं…कोई था नहीं, हॉस्पीटल में उनकी देखभाल करने के लिए।" नीलिमा इतनी सफाई से झूठ बोल गई कि खुद उसे अपने पर ताज्जुब हुआ।

"ओह ! तो समाज-सेवा का काम वहाँ भी शुरू कर दिया ! प्रिंसिपल

मैडम को बता दिया ? छुट्टी की एप्लीकेशन दे देना उन्हें।"

"जी हां। अभी जा रही हूँ उनके पास।"

इस तरह झूठ बोलने के अलावा नीलिमा के पास कोई और उपाय भी नहीं था। मिसेज शर्मा को अगर उसके रिसर्च प्रोजेक्ट तथा प्रोफेसर सक्सेना से मुलाकात का विवरण मालूम हो जाता, तो तुरन्त वे मिसेज भाटिया से जाकर चुगली खातीं। मिसेज भाटिया पहले से ही हर सम्भव व्यवधान की तैयारी करके रखतीं। ऐसा टीचर जो उनका दरबारी न हो, पत्र-पुष्प अर्पण करना तो दूर की बात है, जो घर पर हाजिरी भी न देता हो, उसे एक ऐसी सुविधा मिले जिससे उसके कैरियर में फायदा हो, भविष्य में आगे बढ़ने के अच्छे अवसर बनें, यह बरदाश्त करना बहुत मुश्किल था। इसीलिए जब तक प्रोजेक्ट स्वीकृत न हो जाता तथा गुजारे लायक छात्रवृति की व्यवस्था नहीं होती, पूरे मामले को गुप्त रखने में ही भलाई थी।

बहुत सोच-विचार कर नीलिमा ने तय किया कि वह मीना के गांव को आधार बनाकर अपना प्रोजेक्ट बनाएंगी। गाँव की कुल आबादी की संरचना के साथ हरिजन बस्ती का रूप···बस्ती के लोगों की आकांक्षाएँ··· उनकी क्षमता···उपलब्धियाँ···इनको केंद्र में रखते हुए उन लोगों का दूसरे वर्गों के साथ सामाजिक प्रक्रिया का स्वरूप ! यह विषय दिलचस्प रहेगा। जनजागरण समिति में काम करने का उसका अनुभव मूल्यवान् था। समस्याओं और उनके विषयों की कमी नहीं है। यह समाज तो नित नई समस्याओं के समुद्र में डूब रहा है। कहीं से कोई कतरा उठा लो। बुद्धिजीवी तो वह जीव है, जो दूसरों की समस्याओं और तनावों को भी भुना लेता है। इसीलिए नया प्रोजेक्ट बनाने में उसे कोई परेशानी नहीं होगी। उसके मन में तीव्रता से यह इच्छा उठने लगी कि जल्दी-से-जल्दी वह इलाहाबाद चली जाय और नए सिरे से अपना काम शुरू करे। उसे शिद्दत से यह अहसास होने लगा कि वह अब इस कॉलेज में ऊब रही है। ज्यादा दिन यहाँ रहना उसके लिए मुश्किल होगा।

इलाहाबाद का यह दौरा नीलिमा को बहुत पीछे उड़ा ले गया। उसकी अपनी युनिवर्सिटी, उसका विभाग। उसके परिचित लम्बे शालीन

गलियारे। आमंत्रण देती ऊँची गम्भीर छतें। चिरस्मरणीय क्षणों से सराबोर क्लास रूम। पूरे जीवन की स्मृतियाँ जुड़ी थीं उनसे।

वहाँ पहुँचकर एक बारगी ऐसा लगा था, जैसे कि अपने घर वापिस लौट आई हो। अब तक की जिंदगी किसी लम्बे पथरीले रेगिस्तान की यात्रा जैसी थी, जिसने उसे भीतर तक थका दिया था। वहाँ आकर उसे सवेरे की हवा जैसी ताजगी का अहसास हो रहा था। "हे भगवान्— यह ताजगी, यह निश्चितता किसी तरह मेरी आगे की जिंदगी का एक हिस्सा बन जाय—" वह मन ही मन सोच रही थी।

यूनिवर्सिटी से निकल रही थी वह। तभी एक सफेद रंग की नीली बत्ती लगी सरकारी एमबेसेडर गाड़ी झपाके से गेट के अंदर घुसी। कोई महिला बैठी थी पीछे की सीट पर। ऐसा ही आभास हुआ था उसे।

किसी वी०आई०पी० की गाड़ी होगी यह। जिलाधीश की गाड़ी भी हो सकती है। जरूर उसकी बीवी होगी यह महिला। यूनिवर्सिटी में अपनी पढ़ाई के सिलसिले में आई होगी। ठीक उसी की तरह। कितना दुरुपयोग करते हैं ये लोग सरकारी गाड़ियों का।

ईशू कम पसंद करता था कि उसकी बीवी छोटे-मोटे कामों के लिए सरकारी गाड़ी में घूमती रहे। जरूरत से ज्यादा आदर्शवाद दिखाता था वह। कभी-कभी तो लगता कि जैसे नाटकबाजी कर रहा हो। वह भी बिना बात झक्-झक् करने के, अक्सर रिक्शा ले लेती या पड़ोस में ए०डी०एम० की बीवी के साथ उनकी गाड़ी में शॉपिंग के लिए चली जाती। ये दूसरी बात है कि इसके लिए उसे अन्य अधिकारियों की बीवियों के मजाक का पात्र बनना पड़ता। लेकिन उसे अच्छा लगता था ईशू का इन मामलों में झगड़ा करना और आदर्शवाद दिखाना। भेड़-चाल से अलग था वह बहुत-सी बातों में।

ग्यारह

नीलिमा को अक्सर ऐसा महसूस हुआ कि उसके जीवन में जो उलट-पुलट हुई उसकी जड़ में यही सरकारी गाड़ी का बवाल था। साधारण और अति साधारण बनने की अस्वाभाविक कोशिश का ही नतीजा था कि उसे एक विचित्र अपमानजनक स्थिति का सामना करना पड़ा, जिसके घर्षण से उठी चिनगारी ने दावानल का रूप धारण कर लिया। समाज के जिस स्तर पर आपका निर्धारण हुआ है, उससे एकाएक ऊपर उठने या एकदम नीचे गिरने का प्रयास ही जीवन को असंतुलित करके अजनबी परिस्थितियों में डाल देता है। दुनियाँ को त्यागने पर ही यह सम्भव है।

नीलिमा को बाजार जाना था। ईशू का दिन-भर का बहुत व्यस्त कार्यक्रम था। मुख्यमंत्री को उस दिन आना था। यूं अक्सर घर का सामान ईशू का अरदली लाता, लेकिन ईशू का कहना था कि विशिष्ट पोशाकें पहने इन अरदलियों से दुकानदार नाममात्र की कीमतें लेते हैं और इस प्रकार अधिकारियों का कृपापात्र बनने का हक हासिल कर लेते हैं। नीलिमा ईशू से उलझ जाती कि ये दुकानदार ही कौन से ईमानदार हैं। जब जैसा सौदा पट जाय, मनमानी कीमतें वसूल करते हैं।

नीलिमा अपनी माँ के लिए एक स्वेटर बुन रही थी। उसकी ऊन खत्म हो गई थी। पहले तो वह सोचती रही कि ऊन कल मँगा लेगी। फिर सोचा कि क्या हर्ज है अगर वह खुद ही चली जाय। उसने न तो ईशू की गाड़ी का और न ही उसके अरदली का इंतजार किया और रिक्शा करके बाजार चली गई।

उस दिन छोटी-मोटी शॉपिंग तो की उसने, इसके साथ ही खूब घूमी। और तो और, बड़ा बाजार में नुक्कड़ वाली दुकान पर उसने चाट भी खाई। उसे अपने कॉलेज के दिन याद आ रहे थे। कभी-कभी साधारण-पने में भी खूब आनंद आता है। भीड़ का हिस्सा बनकर गैरविशिष्टता बोध भी सुख देता है। उसे रोमन हॉली डे फिल्म की राजकुमारी याद आई।

लौटते समय फिर रिक्शा लिया। दीवाली के आसपास का समय था। मौसम सुहावना था। उसे तेज भागते रिक्शे में अच्छा लग रहा था। ताजगी महसूस कर रही थी वह। कितना तेज रिक्शा चला रहा है यह रिक्शेवाला। नौजवान लड़का है। उम्र का जोश है, उसने सोचा और मुस्कुरा दी। कोठी के गेट से अंदर पहुँचकर वह पीछे के रास्ते से गई। आगे का हिस्सा ईशू का ऑफिस था।

"आप साहब के घर से हैं ?" सकुचाया हुआ वह रिक्शेवाला पूछ रहा था।

—"हाँ, क्यूं ? क्या बात है ?" पर्स में से पैसे निकालते हुए पूछा नीलिमा ने।

"आप ईश्वर चंद्र जी की मिसेज हैं ?"

"हँय" चौंकी नीलिमा। अजीब बत्तमीज आदमी है। जरा ठीक से बात का जवाब क्या दे दिया, एकदम ही सर पर चढ़ा चला आ रहा है। हिम्मत तो देखो इसकी। नीलिमा ने कुढ़कर उसे उपर से नीचे तक देखा। बीस-बाईस साल का नौजवान। कुर्ता-पाजामा पहने। बहुत साफ झकाझक नहीं तो चीकट मैले भी नहीं। पैरों में हवाई चप्पल। पक्का रंग। कंधे पर पड़े एक मटमैले रंग के अंगोछे से वह अपना मुँह पोंछ रहा था। आँखों में भरी कौतूहल तथा संकोच की सलाखें जिसके पीछे से अव्यक्त परिचय की लहरें उछाल मार रही थीं। लहजा एकदम गँवार नहीं था। जोर से डाँटने की इच्छा होते हुए भी डाँट नहीं पाई वह। स्वर सामान्य होकर रह गया।

"ऐसे कैसे नाम ले रहे हो तुम साहब का। जानते नहीं कि कौन हैं वह ?"

"हमारी तरफ के हैं ! साहब, हमारे गाँव के ही हैं।" मेम साब का रोष पहचान कर जल्दी से सफाई दी उसने। नीलिमा सोच में पड़ गई।

"तुम्हारी तरफ के? कौन हो तुम? कहाँ के हो?" नीलिमा के माथे के बल और गहरे हो गए। वह सकपका गया। गांव का लड़का जरूर था लेकिन ऐसी घुड़की से डर जाने वाला भी नहीं था। फिर जब बात यहाँ तक आ ही गई है तो पूरी बात ही क्यों न हो जाय।

"जी मेम साब ! हमारी तरफ के हैं वह। यहीं फतेहपुर के पास खुशीपुर गांव है हमारा। उन्हीं के नाम के भरोसे मैं शहर आया था।" उसने पैसे जेब में रखकर मानीखेज नजर नीलिमा के ऊपर डाली मानो कुछ तौल रहा हो। नीलिमा को लगा कि वह मुस्कुरा रहा है।" एक कुटिल मुस्कुराहट। थोड़ी दूर पर चौकीदार मुस्तैदी से खड़ा मेम साहब के हुकुम का इंतजार कर रहा था। नीलिमा का दिल चाहा कि वह रामजीलाल से कहे कि इस बेहूदे को दो हाथ मारे और धक्के मार के बाहर निकाल दे।

लेकिन इस तरह बात का बतंगड़ बनता। चौकीदार को या अंदर से हरिया को बुलाने का मतलब था कि वे लोग भी इसकी बकवास सुनते। वह अभी तक सामने खड़ा अपनी बात का असर नीलिमा के चेहरे पर देखना चाहता था। उसकी नजरें नीलिमा के शरीर के भीतर प्रवेश करती बिजली-सी प्रवाहित कर रही थीं। "खतरनाक आदमी लगता है यह—" नीलिमा की जैसे छठी इंद्रिय बोल रही हो। नीलिमा के हाथ-पैरों में कमजोरी-सी होने लगी। अब तो मुक्ति नहीं। सब कुछ जानना ही होगा।

"किसके भरोसे? कैसी उल्टी-सीधी बात कर रहे हो तुम? तुम्हारा क्या मतलब है उनसे?" नीलिमा ने साड़ी की चुन्नट ठीक करते हुए पूछा, मानो वह चुन्नटें ठीक करने के लिए ही ठहर गई हो। वर्ना उसके पास यह सब बकवास सुनने का वक्त कहाँ था। साड़ी का पल्ला सँभालती हुई वह अंदर जाने का उपक्रम कर रही थी।

"मेरे मामाजी हैं वह मेम साब !" अबकी-सोच समझकर तुरुप चाल चली उसने।

पूरे विश्वास के साथ वह खड़ा था, जैसे उसे अब कोई जल्दी न हो। अकस्मात् मिला यह मौका, वह चूकना नहीं चाहता था। पिछले कई महीनों से वह शहर में था और रिक्शा चला रहा था। ईसुरी साहब से बात करना तो दूर, इस कोठी में झांकने की भी हिम्मत नहीं होती थी। आज अचानक यह अवसर उसकी झोली में आ पड़ा था इसीलिए अपनी बात तो कहनी ही थी। क्या पता, मेम साहब ही सहायक हो जाएँ। दूर खड़ा चौकीदार उसे लगातार घूर रहा था। उसने अपनी बात जल्दी लेकिन जल्दी कही।

"सरपंच जी ने बताया था मेम साब कि मामा जी बहुत बड़े आदमी हैं। कलक्टर हैं, वे यहाँ के। मैंने सोचा कि अगर मामाजी कुछ मदद कर देंगे, तो मेरी नैया पार लग जाएगी।"

नीलिमा भौंचक खड़ी उसका मुँह ताक रही थी। उसके मुँह से कोई बोल ही नहीं फूटा। रिक्शेवाला समझा कि मेम साब अपनी सहृदयता-वश उसकी बातें पूरे ध्यान से सुन रही हैं। वह और उत्साहित हो गया।

"मेम साव ! मैं दसवीं पास करके आया हूँ। किसी दफ्तर उफ्तर में चपरासी, चौकीदार, कुछ भी लगवा दें। हमारा तो कोटा वाली नौकरी में हो जाएगा। आप मामा जी से कहकर···"

"कौन से कोटा में ?" नीलिमा की आवाज जैसे किसी अँधेरी खोह में से निकल रही थी। "तुम लोग बामन नहीं हो क्या ?"

रिक्शावाला नीलिमा का चेहरा देख रहा था। नीलिमा को लगा कि एक शरारतपूर्ण मुस्कान उसके चेहरे पर खेल रही है। जिले के सबसे बड़े अधिकारी की ठसकेवाली बीवी, जो रोबदाब में खुद को किसी रानी-महारानी से कम नहीं समझती, उसे आसमान से नीचे गड्ढे में पटककर एक अनिर्वचनीय सुख का अनुभव कर रहा था शायद वह। उसे लिफ्ट देकर सचमुच नीलिमा ने बड़ी भूल की। उसे लगा कि अब वह कुछ नहीं कर सकती। जिंदगी-भर कुम्भीपाक में जलना उसकी नियति थी। सामने खड़ा शनीचर उसे नरक की ओर खींचकर ले जाना चाहता था।

'ईश्वरी मामा को तो पंडज्जी गोद ले लिए थे। हमें कौन गोद लेवेगा।" दांत दिखाकर हँसने लगा वह।

इससे आगे सुनने और बरदाश्त करने की सामर्थ्य उसमें नहीं थी। कब चौकीदार ने दरवाजा खोला। कब हरिया भीतर से आया और उसने मेम साहब के हाथ से सामान ले लिया, कब वह कमरे में गई और पलंग पर जाकर पड़ गई, उसे पता ही नहीं चला। उसकी तंद्रा टूटी, जब हरिया दरवाजे पर दस्तक दे रहा था। दोपहर के तीन बजे थे। उसने खाना अभी तक नहीं खाया था।

समुद्री तूफान के बारे में सिर्फ सुना था और पढ़ा था नीलिमा ने। आज ऐसे ही तूफान से घिर गई थी वह। धाड़...धाड़...धाड़... हवा के निर्मम दैत्याकार प्रहार उसके सिर, और छाती पर हो रहे थे। दिमाग भाँय-भांय करता असीमित गति से भाग रहा था। सन्निपात की-सी अवस्था में थी वह। कुछ घंटे पहले का घटनाचक्र उसके दिमाग में घूम रहा था और हर पल उसकी चेतना को क्षतिग्रस्त कर रहा था।

क्या कह रहा था रिक्शेवाला! ईशू उसका मामा है? उस मैले-कुचैले रिक्शेवाले का मामा। यानी उसकी माँ का भाई। और, वह खुद। सरकारी कोटे से नौकरी का दावेदार! शुद्ध भाषा में अछूत! हे भगवान्! इतना बड़ा धोखा। इतना अनर्थ! कोई सोच भी नहीं सकता कि किसी की जिंदगी के साथ ये खिलवाड़ भी हो सकता है। एक बारगी चांद निकलना बंद हो जाए—सूरज पश्चिम से निकल जाए लेकिन इतना बड़ा धोखा—कोई नहीं कर सकता।

नीलिमा को लगा कि उसे बुखार चढ़ रहा है। इसीलिए अचानक कमजोरी महसूस होने लगी। हाथ-पैरों की ताकत जैसे किसी ने बाहर खींच ली हो। खाना मेज पर लगा, हरिया जब मेम साब को बुलाने आया तो वह घबड़ा गया। मेम साब सूनी आँखों से दीवार ताकती हुई निढाल पडी थीं और कोई जवाब नहीं दे रही थीं। वह डॉक्टर साहब को फोन करने के लिए दौड़ पड़ा।

बेचारे डॉक्टर साहब क्या कर लेते। उसके अंदर तो ऐसा मंथन हो रहा था कि सारा बिष जैसे किसी ने बिलोकर नसों में प्रवाहित कर दिया हो। दिल और दिमाग उबल रहे थे। जब तक भीतर का कलुष, सारा विष वमन न हो जाता, नीलिमा स्वस्थ नहीं हो सकती थी। एक-एक

घड़ी जैसे मन-मन भर का पत्थर बन गई हो। समय अपाहिज बना घिसट रहा था। अच्छा ही हुआ जो डॉक्टर साहब नहीं मिले।

उस दिन बहुत देर से लौटा था ईशू। रोज की तरह सीधे स्टडी रूम में गया। नीलिमा ने इन दिनों फिर से अपनी पढ़ाई शुरू कर दी थी। ईशू का आग्रह था कि नीलिमा अपना बचा हुआ काम पूरा करके पी-एच० डी० की डिग्री हासिल कर ले। अभी कौन-सी लम्बी-चौड़ी गृहस्थी है। इसलिए आराम से वह अपना रिसर्च का काम पूरा कर सकती है।

नीलिमा वहाँ नहीं थी। उसके कागज वगैरह मेज पर फैले थे।

"हरिया, मेम साब कहाँ हैं ?"

"सो रहीं हैं साब ! उनकी तबियत ठीक नहीं है।"

"अरे ! डॉक्टर साहब को बुलाया था !"

"जी, पहले तो साब मिले नहीं। फिर मेमसाब ने मना कर दिया।"

क्या हुआ नीलिमा को ! सवेरे तक तो ठीकठाक थी। ईशू बेडरूम में गया और उसने बत्ती जलाई। नीलिमा दीवार की ओर मुँह किए निश्चल पड़ी थी। ईशू का सामना करने की हिम्मत नहीं थी उसमें। हिम्मत होती तो बिना एक शब्द बोले सीधे उसका गला दबा देती···दबाती रहती जब तक कि उसकी आँख के ढेले, उसकी जीभ, उसका दिल, उसकी आत्मा, सब बाहर न निकल आते। वही एक उचित बदला हो सकता था। कम-से-कम उसकी आत्मा तो शांत होती। लेकिन नीलिमा में तो सुई की नोक के बराबर भी ताकत नहीं थी। वह पड़ी थी और उसकी बेबसी आँखों से आँसुओं के रूप में बह रही थी।

"नीलू ! क्या बात है ? क्या हुआ ?" ईशू ने उसके कंधे पर हाथ रखकर उसका मुँह अपनी ओर घुमाना चाहा।

नीलिमा के मन की तरह उसका शरीर भी जिद्दी था। बर्फ का ढेर हो रही थी नीलिमा। सर्दी से कांप रही थी। लेकिन भीतर-ही-भीतर ज्वालामुखी फटा पड़ रहा था। ईशू के हाथों का स्पर्श। जोर से झुरझुरी चढ़ने लगी उसे।

ईशू के हाथों का स्पर्श हमेशा उसके भीतर सिहरन पैदा करता और उसके भीतर का एक-एक अणु जीवंत हो उठता। उमड़ते हर्ष का आवेग

संचारित होने लगता। वह स्पर्श मात्र उँगलियों का छूना नहीं होता। ईशू की समस्त संवेदना उसके स्पर्श से तरंगित हो उठती और उसका भीतर-बाहर भी अनुप्राणित हो उठता। इन्हीं तरंगों के साथ उतरते-चढ़ते वे समर्पण की सम्पूर्ण उँचाइयों तक पहुँच एकाकार हो जाते जहाँ सीमाएँ पिघलकर बह जातीं और रह जाता अटल विराट् एकाकार मानस। जहाँ अवर्णित आह्लाद और तृप्ति का आलौकिक आनंद होता। इससे और आगे सिर्फ शून्य हो सकता था, ब्रह्मांड जैसा असीमित शून्य। ईशू का स्पर्श···उसकी देहगंध, इसी परमानंद का संवाहक थी। उसके व्यक्तित्व की ऊर्जा उसकी उँगलियों के पोरों से नीलिमा के शरीर में प्रवाहित होकर उसके पूरे स्नायुतंत्र को आवेशित कर देती थी। उसकी देह काँपने लगती और वह सिहरती-मचलती, सिमटकर ईशू के व्यक्तित्व में समा जाती थी।

लेकिन इस वक्त यह सिहरन प्रेम की उदात्त भावना की प्रतिक्रिया नहीं थी। यह बिलखता ताप प्रेम की एकात्मकता का संवाहक नहीं था। यह तो घृणा से उपजा दावानल था, जो धू-धू करके नीलिमा का दिल और दिमाग, सब जला रहा था। इस राक्षसी दावानल ने उसके भीतर की सारी हरियाली जलाकर राख कर दी थी। उसके भीतर नंदन वन के पाले-सेते कलरव करते पक्षी, हिरन, खरगोश चीत्कार करते हुए भाग रहे थे और दम तोड़ रहे थे। यह लगातार बढ़ती आग अब पास बैठे नीलिमा के कंधे पर हाथ रखे ईशू को भी छूने लगी। असामान्यता के उस माहौल में सर्वग्राही दावानल की लपटों का ताप ईशू ने महसूस किया।

"क्या बात है ? ये तबियत अचानक कैसे खराब हो गई। सवेरे तो कुछ नहीं कहा तुमने ?" दिनभर की भाग-दौड़ से परेशान उसके थके हुए स्वर में झाँक रही खीझ स्पष्ट थी।

"क्यों ! तबियत क्या पहले से खब्र देकर खराब होती है। बैठे ठाले आदमी दुनिया छोड़कर चल देता है। मेरी तबियत खराब हो गई तो इसमें इतना गुस्सा करने की क्या बात है ?" नीलिमा के दिल के कोने से आवाज आई कि थका-हारा आया है। पहले खाना खा ले फिर फैसला

होगा। इस पार या उस पार।

ईशू झेंप गया। शायद उसका स्वर तीखा हो गया था। सवेरे से झकमार रहा था वह मुख्यमंत्री जी के साथ, जो सिर्फ तीन घंटे लेट आए थे। खैर, देर-सबेर तो चलता रहता है। पूरा दिन तनावपूर्ण और थका देने वाला था। मुख्यमंत्री का फूलों के हार और गुलदस्तों से स्वागत करने वालों के अलावा काले झंडे दिखाने वालों के कार्यक्रम की सूचना भी प्रशासन को थी। चुनाव नजदीक आ रहे थे। हर विरोधी दल अपने विरोध की मुखरता और तीव्रता का प्रदर्शन करने का कोई अवसर चूकना नहीं चाहता था। वेतनमान में वृद्धि के लिए पूरे प्रदेश में प्राइमरी शिक्षकों के आंदोलन के असफल हो जाने के बाद शिक्षक-नेतृत्व का एक वर्ग मुख्यमंत्री का घोर विरोधी हो गया था। उनका कहना था कि मुख्यमंत्री ने अपने शिक्षक एजेंटों द्वारा हड़ताल खत्म करवाई। कुछ विरोधी दलों के साथ मिलकर शिक्षकों ने मुख्यमंत्री के सामने काले झंडे लेकर प्रदर्शन करने की योजना बना रखी थी।

कोई और समय होता तो यह विरोधी कार्यक्रम सख्ती से दबा दिया जाता लेकिन वक्त की नजाकत को देखते हुए मुख्यमंत्री जी चाहते थे कि उनका अपमान न हो, लेकिन इसके साथ ही कानून और व्यवस्था की स्थिति भी बनी रहे। ज्यादा सख्ती होने से एक तो शिक्षकों का मामला, दूसरे विरोधी दलों का उनको सहयोग, अखबार वाले खबरें ले उड़ते और मुख्यमंत्री का आगमन आलोचना के घेरे में आ जाता। स्थिति गड़बड़ होने पर उसका सारा दोष जिला प्रशासन पर आता और ईश्वर चंद्र उसके लिए दोषी ठहराए जाते।

दिन-भर की थकान के अलावा ईशू मानसिक रूप से भी त्रस्त था। वह जल्दी-से-जल्दी अपने ठिकाने पर पहुँचकर तनावमुक्त हो आराम करना चाहता था। लेकिन यहाँ, उसके ठिकाने की चिर-परिचित अपेक्षित गर्माहट और नरमी गायब थी। उसका खीझना स्वाभाविक था। नीलिमा को क्या हो गया? कैसा उल्टा-सीधा बोल रही है। फिर उसे खयाल आया कि शायद उसकी तबियत ज्यादा ही खराब है। उसे नीलिमा की बात का बुरा नहीं मानना चाहिए। अपनी दिनभर की परेशानी की वजह

से शायद उसने नीलिमा पर ध्यान नहीं दिया।

"···सॉरी नीलिमा ! मैं दरअसल···" वह नीलिमा को अपनी सफाई देना चाहता था। दिनभर के हालात बयान करके हल्का होना चाहता था। लेकिन उसके कुछ कहने से पहले ही गोला दागकर नीलिमा ने युद्ध की पहल कर दी।

"आज एक रिक्शेवाला आया था। तुम्हारा भांजा था वह।"

"रिक्शेवाला ? कौन रिक्शेवाला ? मेरा कौन भांजा है भई।" ईशू चकरा गया। यह लड़ाई का कौन-सा धरातल है ? आकाश में रहने वाले पक्षी को जैसे समुद्रतल पर खींच लाया जाए, युद्ध के लिए।

"मुझे नहीं मालूम ! तुम्हें अपना मामा कह रहा था। खुशीपुर गाँव से आया था।" नीलिमा अब सीधी हो गई थी और ईशू की आँखों में आंखें डालकर सवाल दाग रही थी।

"ओह ! तो यह है तुम्हारी बीमारी।" बुदबुदाया ईशू। उसका चेहरा गुस्से के मारे भिच गया। वह हर हाल में युद्ध टालना चाहता था। खिड़की के बाहर, लॉन की घनी झाड़ियों में अटके रोशनी के धब्बों को ताकता हुआ वह सहज होने का कठिन प्रयास करने लगा।

"हरिया एक गिलास पानी तो लाना।" ईशू को याद आया कि उसका गला सूख रहा है।

हरिया पानी लेकर आया। उसने पानी पिया और हरिया से खाना लगाने के लिए कहा। हरिया 'जी साब' कहकर वापिस चला गया। ईशू अब सहज था। हंस पड़ा वह।

"बस, इतनी-सी बात। परेशान हो गईं तुम ? हमारे गाँव का ही कोई आदमी होगा। अरे भाई, गाँव के रिश्ते से कोई किसी का चाचा, मामा हो जाता है तो कोई मौसी या ताई लग सकती है। इसमें जाति या धरम कुछ भी आड़े नहीं आता। गाँव के रिश्ते तो ऐसे ही बनते हैं। कभी-कभी ये मुँह बोले रिश्ते इस विश्वास से निभाए जाते हैं कि खून के रिश्ते भी उसके सामने बौने नजर आते हैं।"

नीलिमा को लगा कि ठीक ही कह रहा होगा ईशू। भगवान करे ऐसा ही हो। लेकिन तभी उसे रिक्शेवाले की वह मानीखेज मुस्कुराहट

और अपने बात की सच्चाई का विश्वास दिलाने की वह मुद्रा याद आ गई।

"झूठ बोलते हो तुम ! मैं भी गाँव का जीवन जानती हूँ। हमारे साथ तो किसी ने ऐसे रिश्ता नहीं जोड़ा। किसी की हिम्मत, जो इस तरह बात करे ! हमारा अपमान करे ! नो बडी कुड डेयर···कुड थिंक ऑफ इट। कोई सोच भी नहीं सकता।"

नीलिमा का तो जैसे रूपांतरण हो गया हो। सटासट प्रहार कर रही थी। ईशू हतप्रभ था लेकिन हिम्मत नहीं हारी थी उसने और न ही अभी हथियार उठाए थे।

"तुम लोग जमींदार थे न ! तुम लोगों के चाबुक, हंटरों की गाँव वालों को पीढ़ी-दर-पीढ़ी याद रही होगी। इसलिए हिम्मत नहीं कर सकते थे। हम ठहरे मामूली आदमी। साधारण परजा। गाँव के रिश्ते भी बराबरी में चलते हैं। अब लाख तुम लोग उजड़ गए···लेकिन नाम तो पुरानी जमींदारी से ही चलता होगा, क्यों !" परिहास के स्वर में किंचित् मुस्कुराता ईशू उठ खड़ा हुआ।

"चलो यार ! इस पर फिर बहस करेंगे। बहुत थक गया हूँ। आज तो। खाना खाएँगे, आओ—" और हौले से उसके सर पर हाथ रख उसके बालों को थपथपा दिया उसने।

नीलिमा ने उसका हाथ हटाकर दूर कर दिया। मानो उसके स्पर्श से भी उसे गुरेज हो।

यह व्यवहार अप्रत्याशित था। ईशू की कल्पना से परे था। क्या करे वह। सब कुछ दाँव पर लगा नीलिमा जीवित बम बनी हुई विस्फोट की आग धू-धूकर बिखेर रही थी।

"झूठे हो तुम ईशू ! तुमने धोखा दिया है मुझे। तुम···तुमने अपनी जाति छिपाई। हमेशा छिपाते रहे। तुम भी रिजर्व कोटा वाले थे। छोटे लोगों में से थे। तुमने सबको धोखा दिया···" नीलिमा चीखना चाहती थी लेकिन उसका गला रुँध गया। आवाज ने साथ छोड़ दिया।

जबरदस्ती आग में झोंक दिया गया ईशू जलने लगा। तड़तड़-चटाख-चटाख उसका बाहर-भीतर—सब चटख रहा था। अब तो अग्नि परीक्षा

थी। भागने का कोई अवसर नहीं था। युद्ध अब टाला नहीं जा सकता था। ईशू जानता था कि अगर महाभारत शुरू हो गया तो उसके बाद कोई जीवित न बचेगा। वह नितांत अपरिचित औरत जिसका नाम नीलिमा था, अपने आदिम संस्कारों के तरकस से निकालकर युगों पुराने विष बुझे बाण लगातार चला रही थी। ईशू अब तैयार था प्रहार सहने और प्रयुत्तर देने के लिए। अपरिचय का मटमैला सागर दोनों के बीच फैला उन्हें दो अलग धरातलों पर धकेल रहा था।

"मैंने कुछ भी धोखा नहीं दिया। जो था, जैसा था, तुम्हारे सामने था मैं।"

'तुमने छिपाया अपने बारे में। अपने घर, परिवार, अपनी जात के बारे में। गाँव में हमारे घर-खानदान वालों को मालूम होता तो···तो···" उसकी आवाज गुस्से के मारे फटने लगी।

"तो क्या कर लेते। फाँसी दे देते। भूल जाओ अब वे दिन। फिर जितना तुमने जानना चाहा, वह मैंने बताया। जिन बातों का मेरे लिए कोई महत्त्व नहीं, उसकी कहानी क्यों सुनाता मैं? तुम्हें जरूरत थी तो तुम जातीं और मेरे बारे में खोजखबर करतीं। मुझे कोई जरूरत नहीं थी।" ईशू चट्टान बन गया था। समय के लम्बे प्रवाह में कितनी लहरें आईं और टकराकर लौट गईं। चट्टान अपनी जगह अटल रही।

"हम लोगों के संस्कार होते हैं। सामाजिक मान्यताएँ, नियम होते हैं। लोगों को मालूम होगा तो क्या मुँह दिखाऊँगी मैं।" नीलिमा धार-धार होकर बही जार ही थी, जैसे उसे कोई कूल-किनारा नहीं मिल रहा हो।

"मुझे मालूम है तुम लोगों की असलियत! रस्सी जल गई लेकिन ऐंठन नहीं गई। सारी जमींदारी जुए और अय्याशी में उड़ा दी। गांव में हवेली के भीतर की असलियत भी मैं देख आया हूँ। ढहती छत और भरभराती दीवारों के अलावा वहाँ है क्या? ठन-ठन ठनकते खाली संदूक और ठक-ठक बजतें नंगे फर्श।"

नीलिमा ने ईशू का यह रूप तो कभी नहीं देखा था। इतना निर्मम और असंपृक्त। नंगे बदन पर जैसे कोड़े बरसा रहा हो। उसका दिल

चाहा कि उसके हाथ से यह कोड़ा छीनकर फेंक दे। लिपट जाए उसके बदन से और ढूंढ़ निकाले पुराने ईशू को, जो सिर्फ प्यार करता है। लेकिन मैदाने-जंग से इस मुकाम पर भागना असम्भव था। या तो ईशू हार मान ले। अपनी गलती स्वीकार कर क्षमायाचना करे। युद्ध अब निर्णायक बिंदु पर था। भरपूर वार ही अस्तित्व बचा सकता था।

"लाख उजड़ गया लेकिन नाम तो है। खानदान तो है। इसी से समाज मान-सम्मान देता है। समाज की मान्यताएँ, अपने नियम होते हैं। समाज के नियम बदले भी जाते हैं—लेकिन तोड़-फोड़कर भ्रष्ट नहीं किए जाते। हमारे संस्कार जुड़े हैं खानदान से..."

"ऐसा कौन-सा तोप है तुम्हारा खानदान ! पूरे हिंदुस्तान को छोड़ दो। सिर्फ इस प्रदेश में तुम्हारे जैसे सैकड़ों होंगे। तुमसे भी ऊँचे...और ऊँचे होंगे। कौन पूछता है उन्हें ! कितनों के नाम जानते हैं लोग ! क्या दिया है तुम्हारे खानदानों ने समाज को—किसी को भी !" ईशू जिस तेजी से टहल रहा था, लगता था कि आँख बंदकर के दौड़ रहा है। "और नाम ! तुमने नाम के आगे राजपूत लगा लिया तो क्या लार्ड गवर्नर हो गईं...। तुम्हें हज़ारों सिंह और राजपूत दिखा दूं, इसी शहर में। यहाँ बालमीकियों का नेता सुंदर लाल चौहान है। वह भी तो अपने को पृथ्वी राज चौहान का वंशज बताता है। एक और चमारों का नेता राजवीर सिंह चंदेल है। तुम नीलिमा राजपूत कैसे अपनी ऊँची जात अलग करोगी। तुम्हारी हवेलियों की ऊँची दीवारों के पीछे और रेशमी पर्दों के भीतर खून में क्या-क्या मिलावटें होती रही हैं, ये कौन जाने !"

नीलिमा तो भरभरा गई। ईशू—इतना क्रूर और हिंसक ! नीलिमा का मुर्दा शरीर एक ओर पड़ा था और दिमाग बर्फीला सुन्न होकर दूसरी ओर छिटका हुआ था। दिल ज्वालामुखी बनकर कहीं और उबल रहा था और शब्द...लावा बनकर न जाने किधर बह रहे थे। एक मुर्दा अहसास उसे चारों ओर से जकड़ रहा था और अजगर की तरह उसके चारों ओर लिपटकर उसकी हड्डियाँ तोड़ने पर आमादा था। उसका दम घुटने लगा। उसने हटाना चाहा उस कस रहे बंधन को। उसे लगा कि जब तक यह चट्टान यहाँ पर जमी रहेगी वह मुक्त नहीं हो पाएगी और...

मेज पर रखा पेपरवेट उछाल दिया उसने ईशू की ओर।

ईशू पेपरवेट का वार बचा गया तो सीधा ड्रेसिंग टेबल से टकराया।

दोनों ही चैतन्य हुए। दोनों के हाथों में टूटी हुई तलवारें थी। सर्वनाशी महाभारत चरमसीमा पर आ चुका था। न जाने कितना रक्त बह चुका था और उसके साथ ही जीवन का तत्त्व भी बहकर धूल में मिल रहा था।

ईशू वापस अपनी दुनिया में लौट आया। उसने अपनी तलवार फेंक दी। देखता रहा वह चारों ओर। सामने सफेद चेहरा लिए मुर्दा लाश-सी नीलिमा थी।

"बस! बहुत पागलपन हुआ। आराम करो तुम।" धीरे से उसका हाथ पकड़कर उसे बिस्तर पर लिटा दिया। उसका माथा सहलाकर थपकते हुए बोला—"सचमुच तुम्हारी तबियत खराब है। वरना इतना उधम न मचातीं तुम।"

कमरे की बत्ती बुझाकर खामोशी से चला गया। वह मजबूर था। युद्ध जबरन उस पर थोपा गया था।

ईशू समझता था कि नीलिमा का अहम् क्षत-विक्षत हुआ है। उसके अपने संस्कार थे। हजार वर्षों के संस्कारों के गर्वित इतिहास का यूं अचानक धराशायी हो जाना किसी भूचाल से कम नहीं हो सकता। ऐसे ही भूचाल में घिर गई थी वह। उसने नीलिमा को कुछ समय के लिए अकेला छोड़ दिया था। ताकि वह पूरे हालात पर फिर से सोच सके। अपने आपको, अपने मन-मस्तिष्क को व्यवस्थित कर सके।

यह उसकी भूल थी। वह उसे अकेला भूकम्प में घिरा छोड़कर चला गया था। ऐसी स्थिति में हर कोई भागता है और बचने की कोशिश करता है। वे विडोलित क्षण गहन विचारविमर्श के नहीं बल्कि जान बचाकर भागने के होते हैं। नीलिमा को भी जिधर राह दिखी, वह दौड़ ली। उसे नीलिमा के पास बने रहना चाहिए था। आखिर इस पूरे भूचाल का नियामक तो वही था।

दरअसल ईशू खुद भी भीतर तक हिल गया था। जिन अँधेरी खौफनाक गलियों के मुँह वह विशाल पत्थरों से बंद कर आया था, नीलिमा उन पत्थरों को हटाकर उसे फिर उन्हीं अँधेरों में धकेलने का प्रयास कर रही थी। वहाँ वापस लौटने का अर्थ ईशू के लिए आत्महत्या होता। वह आत्महत्या नहीं कर सकता था। वह उस दुनिया को बहुत पीछे छोड़ आया था जहाँ रोज मरना और रोज जीना मजबूरी होती है। उसने अपने हर कदम के लिए चट्टान तोड़ी थी। सिर्फ इसलिए कि ऐसे माँ-बाप से जन्मा था जिन्हें छू भर लेने से लोग इंसान नहीं रह पाते। ऐसे माँ-बाप उसे इस दुनियाँ में लाए थे जिनके हिस्से में समाज अपनी जूठन और तलछट ही फेंकता है। ईशू सिर्फ अपने खुद के किए का जिम्मेदार था। अपने जन्म का कतई नहीं। जिस बात का जिम्मेदार वह खुद नहीं, उसके लिए उसकी जबावदेही कैसी ? उसने तो कभी किसी का अहित नहीं किया। कुछ अतिरिक्त नहीं माँगा। फिर किस अपराध के लिए वह अपनी गर्दन बलिवेदी पर रख देता ! वह अँधे कानून को नहीं मान सकता था।

जिस बलिवेदी से उठकर वह भागा था, एक नई राह बनाकर इस ऊँचाई तक पहुँचा था, नीलिमा फिर उसे वध-स्थल की ओर धकेलना चाहती थी। उसके चौड़े कंधों और तने हुए सिर को फिर घुटनों तक पहुँचाना चाहती थी। ईशू इसकी इजाजत किसी को नहीं दे सकता था। इस सृष्टि के नियंता साक्षात् ईश्वर भी आ जाते और उससे यह माँग करते, तो वह उन्हें क्षमा नहीं करता बल्कि कोने में बिठा देता।

नीलिमा ने आगे बढ़कर उसका हाथ थामा था और जीवन-यात्रा में स्नेह और ममत्व की छाँह दी थी। उसके कंधों पर सिर रखकर जब यह आँख मूंद लेता, तो उसे लगता कि उसकी दुनिया का हर कोना रोशन हो गया है। उसके संकल्प आकाश छूने लगते। नीलिमा उसकी ताकत थी।

फिर अचानक ढलते सूरज की तरह अपना सब कुछ समेट वह किस अँधेरे में खो गई। वह कैसा सूरज थी कि अपनी रोशनी की कीमत में उसे अंधकार के ताउम्र अँधेरी गुफाओं में भटकने के लिए छोड़ देना चाहती

थी। न ! यह असंभव था।

× × ×

ईशू ने किसी के सामने अतीत की सख्त जमीन के नीचे दफन हुई स्मृतियों को फिर से उकेरने में कभी कोई दिलचस्पी नहीं रखी। उसे मालूम था कि यदि बंद पिटारी खुलेगी तो उसमें से बरसों पुरानी गठरियाँ निकलेंगी—जैसी उसकी अम्माँ की कुठरिया में रहती थी। सड़ती-गंधाती, अपमान, क्षोभ और हताशा की गठरियाँ। उन्हें खोलकर वह फिर अवसाद के गर्त में डूबना नहीं चाहता था और न ही किसी की दया का पात्र बनना चाहता था। उसे मालूम था कि जिस दिन वह खुद पर दया करने लगेगा, उस दिन से वह मुकम्मिल इंसान नहीं रह सकेगा। हमारे समाज में खानों में बँटा हुआ टुकड़ा-टुकड़ा इंसान ही मिलता है। आदमी का स्वरूप, उसकी शक्ल-सूरत, रंग, उसका स्वभाव और व्यवहार, सब कुछ उसकी जाति, उसका धर्म और वर्ण ही निर्धारित करते हैं। ये आदमी की जाति उसके दिल और दिमाग, उसकी आत्मा पर प्रेत की तरह हावी हो जाती है। अजीब जादू की छड़ी है यह। आदमी की जाति बदल दो, सारी दुनिया बदल जाती है। वही उसकी शक्ल-सूरत, रंग, व्यवहार—सब सहज स्वीकार्य हो जाता है।

जाति के चीथड़े से खुद को सजाने की कोशिश उसने कभी नहीं की। अपनी जिंदगी के रास्ते में वह इस चीथड़े को नोच-नोचकर फेंकता रहा। परीक्षा की घड़ी थी जब उसने प्रशासनिक सेवा की प्रतियोगी परीक्षा में बैठने का निश्चय किया। अब तक वह इस लालच से बचता चला आया था। अपनी योग्यता और क्षमता पर हमेशा भरोसा रहा। लेकिन भारतीय प्रशासनिक सेवा की यह प्रतियोगिता उसके जीवन के लिए निर्णायक थी। अपनी जाति के आधार पर यदि वह परीक्षा फार्म भरता तो उसकी सफलता सौ फीसदी निश्चित थी।

लेकिन फिर वही दोहरापन ! उसका सोच, उसके आदर्श खोखले होकर उसकी आत्मा के ऊपर पर्त दर पर्त चढ़ जाते और वह जिंदगी भर यह बोझ ढोता रहता। दूसरी ओर रास्ता बहुत कठिन था। सफलता की गारंटी भी नहीं थी लेकिन अंततः जीत उसके आत्मबल की हुई। सुरक्षित

कोटा की बजाय उसने सामान्य श्रेणी से आइ० ए० एस० की परीक्षा दी और सफल भी हुआ।

अपने जातिगत विशेषाधिकार को अस्वीकार करना तथा सामान्य लोगों की तरह परीक्षा की दौड़ में शामिल होकर सफल होना, जिंदगी में एक बड़ी नैतिक विजय थी। इस विजय ने उसके भीतर डांवाडोल होते साहस को चट्टान जैसी मजबूती दी तथा उसके आत्मविश्वास को उठाकर पहाड़ की चोटी पर स्थापित कर दिया था। सफलता के सूर्य से जग-मग करता उसका आत्मबल जीवन में उसको संबल देगा, इसका उसे अब पूरा भरोसा था।

यही भरोसा उस पुण्यात्मा ने उसे दिलाया था जिसके सहारे चलकर बचपन का वह ईसुरी आज ईश्वर चंद्र बनकर उस मुकाम पर पहुँचा था जहाँ पहुँचना बड़े-बड़े लोगों को स्वप्न होता है। वह उस ऊँचाई पर खड़ा था जहाँ उसकी निकटता और सम्बन्धों के लोग आकांक्षी होते हैं। ईशू को इस स्थिति का पूरा अहसास था। आत्मानुभूति के क्षणों में वह पंडित रामचंद्र हेड मास्टर जी को मन ही मन प्रणाम करता था। पंडितजी की कृपा और स्नेह के साथ-साथ उसे पंडितानी का दिया हुआ वह टाट का टुकड़ा भी याद आता, जो बरसों उसका आसन रहा था। टाट के टुकड़े से शुरू हुई यात्रा का अंतिम पड़ाव शासन की यह कुर्सी थी।

एक लम्बी, कठिन यात्रा तय की उसने। अक्सर उसे लगता कि अँधेरी, दुर्गम, अन्तहीन सुरंग में चलता हुआ वह थक रहा है ''अब आगे नहीं चल सकेगा। कभी-कभी वह भाग्यवादी हो निराश हो जाता, लेकिन हर पड़ाव पर सचमुच उसे कोई-न-कोई देवता जैसा मददगार मिलता रहा। कहीं-न-कहीं से सांत्वना, आश्वासन, प्रेम जैसे जीवन के संबल मिलते ही रहे।

× × ×

यह जीवन अपने आपमें एक बड़ी पाठशाला है। जरूरत उसके पाठों को समझने और उनसे सीखने की है। सभी से यथासंभव सीखा उसने।

पहली सीख देने वाली उसकी जन्मदात्री माँ थी। उसे याद है, बहुत छोटा था वह। घर में कुछ नहीं था खाने के लिए। माँ ने मुट्ठी भर

चावल पका लिए थे और नमक मिलाकर उसकी माँड़ पीने को दी थी। बचपन की नादानी, उसने कटोरा खिसकाकर दूर रख दिया। उसे रोटी चाहिए थी, जो नहीं थी। उस दिन, जिन घरों में माँ काम करती थी, कहीं रोटी नहीं मिली थी। माँ बहुत देर तक देखती रही उसे चुपचाप। फिर यह कहकर बाहर चली गई—

"बबुआ, रोटी तो कभी-कभी मिलती है। यूँ लंघन करेगा तो जान ही ना रहेगी सरीर में। पहले अपने देह की रच्छा कर। देह बचेगी तो रोटी की आस भी रहेगी···"

बहुत बड़ा जीवन-रहस्य समझा गई वह अपढ़ गँवार औरत! जीवन का मंत्र फूंक दिया था उसके कान में। लेकिन देह की रक्षा का मंत्र देने वाली उसकी माँ अपने देह की रक्षा खुद नहीं कर सकी।

नन्हें ईसुरी ने कभी अपने बाप को नहीं देखा। वह गाँव में ठाकुर सत्य नारायणसिंह के खेतों में मजूरी करता था। इसके अलावा मालिक के कोठार की देखभाल और बाग की रखवाली भी करता था। माँ ने कभी उसके बाप के बारे में एक शब्द भी नहीं कहा। "जो चला गया इस संसार से, उसे क्या याद करना—" कहकर वह चुप हो जाती।

गाँव के पंडित रामचंद्र हेड मास्टर के घर पर उसकी माँ काम किया करती। भैंस का गोबर उठाने और सफाई करने से लेकर अनाज बरसाने फटकने और बनाने तक का काम था माँ के जिम्मे। माँ के साथ पीछे-पीछे वह भी लगा रहता। पंडितजी से पढ़ने के लिए घर पर बच्चे आया करते थे। वह दूर से टुक-टुक देखा करता और बच्चे जो पढ़ते उसे साथ-साथ दोहराने लगता। पढ़ाई-लिखाई में उसकी रुचि देखकर पंडितजी ने उसे गाँव की पाठशाला में भर्ती करा दिया।

गाँव की पाठशाला में उसका प्रवेश···किसी के लिए सुखद नहीं था लेकिन पंडितजी वहाँ हेडमास्टर थे इसलिए उसका वहाँ घुसना संभव हो सका था। वह तो सबके पीछे, जमीन पर बैठकर भी संतुष्ट था। थोड़े दिनों बाद ही पंडितजी रिटायर हो गए। इसी के साथ कभी फीस जमा करने में देरी के कारण तो कभी झगड़ा-टंटा करने का आरोप लगाकर उसे स्कूल से निकाल दिया गया। ईसुरी फिर जहाँ था वहीं पहुँच गया।

इसके साथ ही एक और आघात उसकी प्रतीक्षा कर रहा था।

पंडितजी दो दिन के लिए गाँव से बाहर गए थे। पंडितानी घर में अकेली थी। पंडितजी ने ईसुरी से कह दिया था कि वह उनके घर के बाहर दालान में सो जाय। इसमें भला ईसुरी या उसकी माँ को क्या एतराज हो सकता था। ईसुरी तो वैसे भी ज्यादातर पंडितजी के घर पर बना रहता।

उसी रात उसकी माँ के अकेलेपन का, उसके औरत होने की मजबूरी का फायदा उठाने न जाने कौन लोग उसकी झोपड़ी में घुस आए थे। उसकी माँ कैसे-कैसे देर तक उनसे जूझती रही, यह उसकी लुटी-पुटी देह को देखकर पता चलता था। भविष्य की खातिर देह-रक्षा को धर्म मानने वाली उसकी माँ का धर्म उसके पड़ोसियों ने ही नष्ट कर दिया था। जब वे उस पर हावी न हो सके, तो उन्होंने उसकी गला दबाकर हत्या कर दी।

इस घटना के बाद से पड़ोस का बनवारी गायब था। बनवारी रिश्ते में ईसुरी का चाचा लगता था। पहले भी कई बार वह रिश्ते की आड़ में माँ से हँसी-ठिठोली किया करता। पहले तो उसने इन बातों को हँसी में ही लिया लेकिन जब वह हद से आगे बढ़ने लगा तो वह उसे झिड़ककर फटकार लगा देती। एक बार ईसुरी ने माँ को बड़बड़ाते सुना था—

"ये मुआ बनवारिया तो हाथ धोके पीछे पड़ गया है।"

"तू कहे तो मैं इसका सर फोड़ दूं···" ईसुरी ने समाधान सुझाया। वह देर तक उसका मुंह ताकती रही और मुस्कुराकर बोली।

"हाथ-पांव से निबटना आसान नहीं है रे। तू पढ़ जा खूब··· तब देखेंगे एक-एक को।"

उसके पढ़ने-लिखने का रास्ता क्या आसान था? लेकिन माँ को भरोसा था। वह बहुत आशावादी थी। पंडितजी ने उसे भरोसा दिला दिया था।

"अरे नथिया, कैसे ही पढ़ जाए तेरा यह लौंडा। अब तो सरकार बहुत मदद कर रही है तुम लोगों की। कहीं-न-कही चपरासी-उपरासी लग ही जाएगा।"

एक बार उसकी मां ने बनवारी की शिकायत अपने बुजुर्गों से की थी। बनवारी की खूब लानत मलामत हुई। लेकिन नतीजा क्या रहा ? महीने भर के अंदर ही बनवारी ने बदला ले लिया।

उसे अकेला और बेसहारा देखकर ऐसा लगता था कि पंडितानी और पंडितजी अपने आपको कहीं भीतर से अपराधी महसूस करते हैं। पंडितानी बार-बार कहती—"अरे ईसुरी ! मुझे क्या मालूम था कि यह अनर्थ हो जाएगा। अपने ही घर पर रहता तो महतारी की हिफाजत करता···।" उसके बाद वह पंडितजी और पंडितानी के घर का होकर ही रह गया। बिना किसी ऐलान के उसकी जिम्मेदारी उन्होंने ले ली थी।

गांव की पाठशाला में पंडितजी फिर उसे लेकर गए थे, उसका नाम लिखाने। वहाँ नए हेडमास्टर ने उसका नाम लिखने से मना कर दिया।

"पंडितजी, काहे को इसके पीछे पड़े हो। इस नथिया के लोंडे को कब से सतनारायण सिंह बुला रहे हैं अपने खेतों में। इसका बाप भी उनका हलवाहा था। अरे काम करने दो इसे। जिंदगी बन जाएगी वहाँ।"

"नहीं मिसिर जी, इसकी जिम्मेदारी को हम स्वीकारे हैं। अब ऐसे नहीं छोड़ेंगे, बीच अधर में।"

"पंडितजी, ढोर-डंगर सबको पढ़ाई में लगा दोगे तो जमीन पर काम कौन करेगा। रीत न बिगाड़ो तुम ! बुजुर्ग होकर भी मामूली-सी बात नहीं समझते। यही हाल रहा तो हलवाहे-मजूर चिरौरी करने पर भी न मिलेंगे। सब बाबू बनकर बैठ जाएँगे।"

"मिसिर जी, नए जमाने की हवा नहीं देख रहे हो तुम ! समय की चाल नहीं पहचान रहे। तेज दिमाग का लौंडा है ये ईसुरी, जरा मौका मिले तो···"

"पंडितजी, अब मैं क्या करूँ। गांव के लौंडे इसे देख उठकर भाग जाते हैं। उनके घर वाले मुझसे शिकायत करते हैं···" नए हेडमास्टर ने पंडित जी की पूरी बात सुनना भी गवारा नहीं किया। पंडित जी बहुत खिसिया गए।

"खैर, ऐसेई सही । हम भी देखेंगे ।"

वह भी उनके पीछे-पीछे वापिस आ गया । पंडित जी ने इसे अपनी व्यक्तिगत हतक समझी । वे घर पहुँचे । भीतर से एक मोटा टाट लेकर आए और उसके सामने डाल दिया मानो भविष्य का कोई महत्त्वपूर्ण दस्तावेज उसके सामने रख रहे हों ।

"चल ईसुरी । बैठ अपनी पटिया लेकर । हम पढ़ाएँगे तुझे । इन गाँव वालों की नाक में गू नहीं लगाया तो मेरा नाम रामचंद्र नहीं ।" और विश्वामित्र जैसा ही संकल्प लिया उन्होंने । इस संकल्प में ईसुरी कितना था और कितना पंडित जी का आहत अहम्—यह कहना मुश्किल है, लेकिन नन्हें ईसुरी का भाग्य और पंडित जी का पुरुषार्थ-प्रदर्शन—दोनों एक ही रेखा में बँधे थे ।

पंडित जी का वह दालान और वह टाट का टुकड़ा उसके जीवन अनुभव की एक महत्त्वपूर्ण पीठिका बनी । यहाँ उसने प्रेम का पाठ पढ़ा था । नफरत से घृणा करना सीखा था । हर अच्छाई और बुराई का भागीदार इंसान को ही देखा था । इंसानों के बीच की लकीरों को मिटा कर उसने एक ही लाइन में इंसानों का नाम लिखना सीखा था । पंडित जी ने उसे अक्षरदान दिया था । अब वह अक्षरों की दुनिया में प्रवेश कर जिंदगी के रास्ते तलाश कर रहा था । उसे उजाले के रास्ते की तलाश थी जो उसे एक बेहतर इंसान बनाती, उसे उसकी मंजिल तक पहुँचाती ।

ईसुरी से ईश्वर चंद्र तक का मुकाम उसने इसी रास्ते से तय किया था । यह रास्ता यदि वह न स्वीकारता तो हमेशा अँधेरों में उलझता, इधर-उधर टकराता गिरता । वह अँधेरा उसे चाहत और नफरत की धूपछाँह में भ्रमित कर देता और बजाय खुले साफ रास्तों के, वह एक के बाद एक बंद पिंजरों से होता गुजरता रहता । वह किससे प्यार करता है और किससे नफरत करता है—यह कभी तय नहीं कर पाता ।

लोग कहते थे कि उसका बाप बड़े भूस्वामी सत्यनारायण सिंह की जमीन पर मजूरी करता हुआ काम करते-करते मर गया । उसे सत्यनारायण सिंह से नफरत होनी चाहिए थी । हर बड़े आदमी से, जमीन

वाले से नफरत होनी चाहिए थी।

उसके पड़ोसी बनवारी चाचा ने उसकी माँ का शोषण करना चाहा और अंत में उसे मार डाला। उस बेचारी ने बनवारी चाचा का कुछ भी नहीं बिगाड़ा था। वह मेहनत-मजूरी करके अपना और बेटे का पेट पाल रही थी। बनवारी तो उसी की जाति-बिरादरी का था। उन्हीं की तरह गरीब और बेजमीन वाला था। उसने क्यों जान ले ली, उसकी माँ की। हमेशा-हमेशा के लिए उसे अनाथ कर दिया। उसे बनवारी से भी नफरत थी। अपनी ही जाति का सही, हर उस आदमी से नफरत थी, जो उसकी माँ जैसी औरतों को जीने नहीं देते थे।

वह पढ़ना चाहता था। मिसिर जी ने उसे गाँव की पाठशाला से निकाल दिया। उसे पढ़ाकर गाँव का एक हलवाहा कम नहीं करना चाहते थे। उसे मिसिर जी जैसे लोगों से घृणा थी जो उस जैसों को हमेशा कीचड़ में ही देखना चाहते थे। जो नन्हें ईसुरियों के लिए ज्ञान के दरवाजे बंद रखना चाहते थे। लेकिन, नफरत का पहाड़ अपने भीतर रखकर वह मन के किस कोने में पंडितजी और पंडितानी की स्मृतियों को संजोए रखता। हाथ में घृणा की कटार लेकर वह कैसे उनके चरण स्पर्श करता जिन्होंने उसे जीवनदान दिया था।

गाँव के स्कूल से आठवीं पास करने के बाद पंडित जी ने उसे शहर भेज दिया और वहाँ कॉलेज में उसका नाम लिखा दिया। वहाँ के प्रिंसिपल बच्चा बाबू पंडितजी के परिचित थे। नेता टाइप आदमी थे। खासा बड़ा मकान था उनका। उन्होंने ईसुरी के लिए वजीफे की व्यवस्था कर दी और साथ ही अपने मकान के बाहर की एक-कोठरी में रहने की जगह भी दी। वह उनका भी ऋणी था और उनके प्रति मन में आदर और प्रेम रखता था। वहाँ रहकर उसने सीखा कि इस दुनिया में सिर्फ मिसिर जी नहीं बल्कि बच्चा बाबू जैसे लोग भी हैं।

हाई स्कूल फर्स्ट डिवीजन में पास किया उसने। पंडित जी और पंडितानी के चरणस्पर्श करने तथा उन्हें यह सूचना देने वह गाँव आया। उसने पंडित जी के हाथों में अपना रिजल्ट रख दिया। मोटा चश्मा होने के बावजूद पंडित जी की नजर अब कमजोर हो गई थी। हाथों में रिजल्ट

थामकर नजर गड़ाए बहुत देर तक देखते रहे वह।

"ए ईसुरी। ये ईश्वर चंद्र कौन है रे!"

थोड़ा झिझका वह।

"पंडित जी, क्षमा करना। अपने बाप को हमने देखा नहीं। आप तो हमारे पिता से भी बढ़कर रहे हमेशा। सो, आपके नाम का हिस्सा ले लिए हम। आप को बुरा लगा हो तो···माफी दे दें।"

उसे लगाकि पंडित जी कहीं उसे गरियाने और उसे उसकी औकात बताने न लगें। वह सिर झुकाए बैठा था।

पंडित रामचंद्र हेडमास्टर चुप लगा गए। उनको मौन देखकर उसने मुँह ऊपर उठाया। पंडित जी की आँखों से आँसू बह रहे थे। उन्होंने उसे गले से लगा लिया। देर तक थपकते रहे उसे। ऊँच-नीच, जाति-पांत की डोरियों को स्वतः तोड़कर फेंक दिया था उन्होंने। दालान के कोने में बिछाए जाने वाले उसके टाट के रेशे बिखरकर आँसुओं के साथ दूर बह गए थे।

निपूते पंडित जी और पंडितानी को एक पुत्र मिला था। वह दिन गंगाजल से भी ज्यादा पवित्र था। उस दिन उनका पूत वचन देकर आया था कि वह कलक्टर बनकर दिखाएगा। पंडित जी का यही सपना था। उनके आँसुओं को अंजुरी में भरकर संकल्प किया था कि वह उनका सपना पूरा करेगा। उनके नाम का अंश जो उसके साथ पितृ-ऋण के रूप में जुड़ गया था, उसका वह पूरा निर्वाह करेगा।

इसके बाद, पंडित रामचंद्र हेडमास्टर का मानस पुत्र ईश्वर चंद्र कैसे रिजर्वेशन और जातिगत विशेषाधिकार के कुचक्रों में फँसकर अपने संकल्पों को कैद कर देता। वह अपने जन्मदाता बाप को नहीं जानता था। अपनी कोखधारिणी माँ की केवल धुँधली स्मृति ही शेष थी, जिसने उसे पंडित जी की झोली में डाल दिया था। उसी में से निकल कर उसका दूसरा जन्म हुआ था। इसी रूप में उसने अपने को पहचाना था। इसी रूप में उसने समाज से अपना देय लिया था। यह सब वह नीलिमा को कैसे समझाता! क्या वह ईशू के इस मनोजगत् को देखने-समझने की कोशिश करती? इस बिंदु पर मानो वे दो अलग-अलग ग्रहों

के वासी थे। नितांत अपरिचित···परस्पर खौफजदा।

× × ×

पंडित जी बहुत इंतजार नहीं कर सके। बी० ए० पास करने के बाद वह फिर गाँव आया था। पंडित जी तब बहुत बीमार थे। पंडितानी दो बरस पहले ही चल बसी थीं। अपने किसी रिश्तेदार के परिवार के साथ रहते थे वह।

उसने बहुत आग्रह किया कि वे उसके साथ शहर चलें। गाँव में इलाज की विशेष सुविधा नहीं थी।

"पंडित जी, अब मुझे बड़ा वजीफा मिलता है। दोनों जने रह लेंगे मज़े में। आपका इलाज भी ठीक से हो जाएगा।" पंडित जी ने सुना और आँखें बंद कर लीं मानो कुछ सोच रहे हों। फिर आँखें खोलकर काँपती आवाज में बोले—

"चार साल! हूँ···लगभग चार साल।"

उसकी समझ में नहीं आया कि क्या कह रहे हैं।

"कलक्टर···कलक्टर···कम-कम···चार-पाँच साल·····" उनका सवाल उसके सामने अटक गया।

"जी हाँ, पंडित जी।" सुनकर जैसे हताश होकर फिर आँखें बंद कर लीं उन्होंने।

"अभी तो आप रहेंगे। बिल्कुल ठीक हो जाएँगे। बिना आपके आर्शीवाद के कैसे कुछ बन पाऊँगा मैं।" उसका गला भर आया। पंडित जी ने प्रयास करके अपने दोनों हाथ ऊपर उठाए मानो आशीर्वाद दे रहे हों, अंतिम आशीर्वाद।

अपने वजीफे से बचाई हुई जमा पूंजी हमेशा की तरह उनके चरणों के पास रखकर चला आया था वह।

बारह

नीलिमा ने अपने शोध का प्रोजेक्ट बनाकर भेज दिया था। प्रोफेसर सक्सेना का उसका प्रोजेक्ट पसंद आया और उन्होंने उसकी तारीफ की। सिर्फ तबदीली यह की कि उसका कार्यक्षेत्र इलाहाबाद के आसपास के क्षेत्र से सम्बन्धित कर दिया। अब उसका रिसर्च प्रोजेक्ट पास के शेखूपुरा गांव के लोगों के बीच था जहाँ के रहने वाले वह खुद थे। नीलिमा को क्या एतराज हो सकता था। उसे काम करने से मतलब था। अब उसे छुट्टी मिलने में ज्यादा आसानी हो जाएगी, सोचा उसने।

इसके बाद इंतजार···और इंतजार। सालभर बीत गया। नीलिमा ने अंत में रिसर्च की बात को भूल जाना ही ठीक समझा। मानो उसने ऐसी कोई योजना बनाई ही न हो। बीच में दो-तीन बार प्रोफेसर सक्सेना को पत्र भी लिखे। उनका हर बार दो लाइन वाला औपचारिक जवाब आ जाता—कि प्रयास चल रहे हैं। आशा है प्रोजेक्ट स्वीकृत हो जाएगा।

और···एक दिन अचानक उसके पास यूनिवर्सिटी से सूचना आई। उसका प्रोजेक्ट स्वीकृत हो गया था। प्रोफेसर सक्सेना के साथ उसे काम करना था। उसे तीन महीने का समय मिला था, इलाहाबाद विश्वविद्यालय जाकर अपना कार्यभार ग्रहण करने के लिए।

नीलिमा की कल्पना को मानो पंख लग गए। वह आँखें मूंदकर इलाहाबाद पहुँच गई, अपनी पुरानी जगह···पुरानी यादों में। आँखें खोलते ही वह जमीन पर आ जाती। उसे मालूम था कि तीन साल की छुट्टी स्वीकृत कराना आसान काम नहीं है। वह सोच में पड़ गई। बिना

कोई पुख्ता योजना बनाए उसे रिसर्च के लिए छुट्टी शायद ही मिले। खैर''' अभी तो तीन महीने हैं। देखेंगे आराम से। जल्दबाजी करने की जरूरत नहीं—उसने सोचा।

उसका बहुत दिल चाहा कि वह कम से कम रत्ना और शोभना को इस प्रोजेक्ट के स्वीकृत होने के बारे में बता दे। लेकिन फिर जब्तकर लिया। अगर बात फैल गई तो बस ! पहले जरा प्रिंसिपल मैडम के साथ माहौल बनाकर उनसे बात करेगी। उनका रुख अनुकूल होने पर ही आगे बात बन सकती है।

अपने स्वभाव के विपरीत नीलिमा ने इस मामले में बहुत धैर्य दिखाया। शांत दिमाग से कदम-ब-कदम काम करती गई और अपनी होशियारी पर खुश होती रही। लगभग पंद्रह दिन बाद वह मिसेज नंदा भाटिया के पास शोध स्वीकृति पत्र लेकर पहुँची।

"मैडम, एक खुशखबरी सुनानी थी आपको। ये इलाहाबाद यूनिवर्सिटी में मेरा रिसर्च प्रोजेक्ट मंजूर हो गया है। अभी पत्र आया है'''" उसने पत्र उनकी ओर बढ़ाने की कोशिश की।

"रिसर्च प्रोजेक्ट ! कैसा रिसर्च प्रोजेक्ट !" उनकी भौहों में बल पड़ते देख वह नर्वस होने लगी। "तुमने मुझसे फारवर्ड कराया था क्य।।'

"जी मैडम ! पिछली बार मिसेज कमला शर्मा के साथ इलाहाबाद गई थी, तभी वहाँ अपने विभाग में बात हुई थी मेरी। हमारे प्रोफेसर साहब चाहते थे कि मैं अपना एक अलग प्रोजेक्ट बनाकर रिसर्च का काम करूँ।" उनके चेहरे के उतार-चढ़ाव देख रही थी वह। मैडम आप भूल रही हैं शायद। आपने ही तो फारवर्ड किया था। "नीलिमा सफाई से झूठ बोल गई। उसे अच्छी तरह से याद था कि मिसेज भाटिया की थनुपस्थिति में उसने मिसेज कमला शर्मा से उसे अग्रसारित करवाया आ।

"हूँ।" सोचने लगीं मिसेज भाटिया। "कांग्रेचुलेशन्स— नीलिमा ! वेरी गुड !" काफी सोच-विचार के बाद उन्होंने बधाई दी।

"लेकिन, तीन साल का प्रोजेक्ट है। छुट्टी तो मिल जाएगी न मैडम !" खासी मासूमियत में बोली वह।

"छुट्टी—इ ई ई ई ! अरे भाई। मेरे हाथ में थोड़े ही है छुट्टी। अप्लाई कर दो। मैनेजमेंट की मीटिंग में रखेंगे। देखो क्या होता है।"

नीलिमा ने तीन साल की छुट्टी के लिए अर्जी दे दी। लेकिन इतने से ही काम नहीं बनना था। एक महीने से ज्यादा का समय साधना ही कहेंगे इसे, उसमें खप गया। हर दूसरे-तीसरे दिन प्रिंसिपल मैडम के ऑफिस में बैठना। उनकी हँसी के साथ हँसना। उनके संजीदा होने के साथ खुद भी संजीदा हो जाना। अक्सर चाय-नाश्ते के आयोजन करना। स्टाफ असोसियेशन की गतिविधियों में भी वह इन दिनों सक्रिय नहीं थी।

नीलिमा अपने स्वभाव और आत्मसम्मान के विरुद्ध यह सब कर रही थी। वह सोचती थी कि यही एक मौका है। अब अगर छुट्टी नहीं मिली तो कभी यहाँ से नहीं निकल पाएगी। इस कॉलेज की और अपने क्वार्टर की चार दिवारी में कैद हो प्रेतनी बनकर रह जाएगी। यह अवसर किसी तरह हाथ में नहीं जाने देना है। अगर छोटी-छोटी बातों से ही कोई संतुष्ट हो जाता है। तो उसमें अपना क्या हर्ज है—नीलिमा अपने को तसल्ली देती।

प्रिंसिपल मैडम के साथ उसकी नियमित बैठकों को देखकर स्टाफ रूम में फुसफुसाहट और गुनगुनाहट शुरू हो गई थी। स्टाफ रूम में जोर-शोर से चल रही बहसें, आलोचना-प्रत्यालोचना, परनिंदा कथाएँ, प्रिंसिपल पुराण के चल रहे प्रसंग अब उसे देखकर खामोश होने लगे थे। उसकी उपस्थिति में भी लोग अब सावधानी से बातें करने लगे थे।

यह परिवर्तन उसके साथियों ने भी महसूस किया और लगातार किया। एक दिन शोभना ने पूछ ही लिया—

"क्या बात है नीलिमा ! आजकल मिसेज भाटिया से तुम्हारी बहुत छन रही है। विशिष्ट दरबारियों में तुम्हारा भी शुमार होने लगा है। चक्कर क्या है ?"

नीलिमा मुँह ताकती रह गई उसका। और लोग कहें तो कहें—ये अपनी शोभना भी ?

"बुरा मत मानना। परसों राजकुमारी जी भी यही कह रही थीं मिसेज अग्रवाल से। दरअसल वहाँ मैडम के सामने बैठकर लोग जिस

तरह की बातें करते हैं, जिस स्तर की परनिंदा करते हैं उसे कोई कायदे का आदमी तो बरदाशत कर नहीं सकता।

"बस करो शोभना। मुझे क्या बता रही हो। मैं नहीं जानती क्या !"

"फिर !"

"फिर क्या ! छुट्टी भी तो चाहिए मुझे। तुम जानती हो, छुट्टी मिलने में सारे अड़ंगे लग जाएंगे और बहाना होगा कि मैनेजमेंट ने नहीं दी। क्या करूं ! जब तक छुट्टी का मामला तय नहीं होता, दरबार में सिटिंग तो देनी पड़ेगी।"

"और चाय भी वहां पीनी पड़ेगी और पिलवानी पड़ेगी।" ठहाका लगाया शोभना ने। "अच्छा छोड़ो इन बातों को। मुझे तुमको यह बताना था कि आज शाम अपनी जन-जागरण समिति की जो मीटिंग होने वाली थी, वह नहीं होगी।"

"क्यों ? आज तो अगले प्रोग्राम भी तय करने थे।"

"क्या किया जाए। रत्ना बाहर गई है। कुसुम के बेटे के पेपर्स चल रहे हैं। मिसेज अग्रवाल के यहां कथा हो रही है। घर में मेहमान भी हैं। वे उसमें व्यस्त हैं।"

"बच गए हम और तुम, दो छड़े और हमारे जैसे ही दो चार और लोग।"

"मुझे तो नीलिमा, कभी-कभी लगता है कि हम औरतें बहुत कुछ करना चाहती हैं, करती भी हैं, लेकिन किसी मुकाम पर नहीं पहुंच पातीं। घर-पति-बच्चे, सास-ससुर, ननद-देवर···कितने सारे दायरे हमारी जिंदगी को बांध देते हैं। इन घेरों से बाहर निकलकर ही कुछ काम किया जा सकता है।"

"आज की मीटिंग तो मिसेज अग्रवाल के मुहल्ले में होनी थी न !

"हां, और कुसुम से कहा था कि वे डॉ॰ रश्मि को लेकर आएं। अब वह हफ्ते भर घर से बाहर नहीं निकल सकती, जब तक बेटे के इम्तिहान न हो जाएं। मिसेज अग्रवाल अपने मुहल्ले में मीटिंग नहीं करा सकतीं क्योंकि उनके घर मेहमान आए हुए हैं। रत्ना अपनी कज़िन के साथ दिल्ली चली गई है, उसकी शादी की शॉपिंग करवाने। ये काम एडजस्ट

भी तो किए जा सकते थे। तीन-चार घंटों का समय तो निकाला ही जा सकता था।"

"इसलिए अगर समाज-सेवा करनी है या राजनीति में काम करना है, तब या तो वहुत अमीर बाप की या किसी राजनेता की पत्नी या बहू-बेटी होना जरूरी है या हम लोगों की तरह अकेले छड़े हों।" नीलिमा ने हँसते हुए शोभना का मूड हल्का करना चाहा।

"हम मिडिल क्लास के लोगों के लिए तो अकेले होना और ऐसे समाज-सेवा के काम करना···ये भी कम खतरे से खाली नहीं है माई डियर। आपको वक्त बेवक्त आना-जाना पड़ता है। दस लोगों के बीच उठना-बैठना भी पड़ता है। उन लोगों में अच्छे-बुरे, हर तरह के लोग हो सकते हैं। इसीलिए हर तरह की बात सुनने के लिए भी आपको तैयार रहना चाहिए।"

"ये तो मिडिल क्लास कल्चर है शोभना। इस पर ध्यान दें तो आप और काम तो छोड़ दीजिए, अपने तरीके से रह नहीं सकतीं। अपनी नौकरी भी नहीं कर सकतीं। भाग जाना पड़ेगा सब कुछ छोड़कर।"

"सही कहती हो। क्या कहते हैं उसे···राजा जनक की तरह बनना पड़ेगा। पानी में कमल की तरह। तभी हम जैसे साधारण लोग अपना मनचाहा कुछ सार्थक काम कर सकते हैं।"

"अच्छा अब मनचाहा तो बाद में करना। पहले तुम्हें मनचाही कॉफी पिलवाती हूँ। ग्राइंडेड कॉफी का एक पैकेट मिला है मुझे।"

"अरे वाह! चलो! मजा आ गया!"

"अब देखो। क्या ये हम लोगों की खास खूबी नहीं है कि छोटी-छोटी बातों से ही हम लोग कितने प्रसन्न हो जाते हैं। कॉफी पीने के खयाल से हम लोग कितने खुश हो गए।"

"बहुत बोलने लगी है अब तू—"शोभना ने स्नेह से नीलिमा की पीठ पर धप लगाई और दोनों क्वार्टर की ओर चल दीं।

प्रिंसिपल मैडम को अनुकूल तो बना लिया नीलिमा ने, लेकिन बाकी दौड़धूप में भी कोई कसर नहीं छोड़ी। उसकी सहेलियों की भी यही राय थी कि कहीं से कोई कमी नहीं छोड़नी चाहिए। सेक्रेटरी, प्रेसीडेंट

से लेकर कमेटी के अन्य सदस्यों तक उसने सभी के यहाँ दौड़ लगाई और अपना केस समझाया।

मेहनत सफल हुई। मैनेजिंग कमेटी की मीटिंग में उसकी आठ साल से ऊपर नौकरी को देखते हुए तीन साल की छुट्टी शोधकार्य के लिए स्वीकृत की गई। साथ में शर्त लगा दी गई कि छुट्टी के बाद वह पुनः इसी विद्यालय में काम करेगी और कम-से-कम तीन साल तक कहीं नहीं जाएगी। यह शर्त प्रिंसिपल मैडम की शिकायत पर लगाई गई थी। उनका कहना था कि कॉलेज इस टीचर को छुट्टी देकर उसकी जगह पर दूसरी टीचर रखेगा, उसकी तनखा का भार वहन करेगा। लेकिन यह सम्भव है कि नीलिमा इलाहाबाद यूनिवर्सटी से पी-एच०डी० करने के बाद वापिस कॉलेल न आना चाहे। किसी दूसरी जगह नौकरी करे ले। इस स्थिति में कॉलेज बिना बात दूसरी टीचर का खर्च क्यों उठाए। यह बात सभी की समझ में आ गई और तीन साल के सर्विस बांड का प्राविधान कर दिया गया।

दूसरे दिन छुट्टी स्वीकृति की खबर सबसे पहले नीलिमा को मिसेज भाटिया ने ही सुनाई।

"बधाई नीलिमा! अब मिठाई-दावत का इंतजाम करिए। पूरे तीन साल की छुट्टी दिलवा दी हमने आपको।"

"रियली मैडम! काम हो गया?

"जी हाँ। होता कैसे नहीं। झगड़ा करना पड़ा हमें मैनेजिंग कमेटी से। प्रेसीडेंट तो बोलते नहीं हैं। सेक्रेटरी ने बहुत अड़ंगा लगाया। कहने लगे कि मिसेज भाटिया, आप तो इसकी छुट्टी के लिए इतना शोर मचा रही हैं। देखिएगा, ये पी-एच०डी० करके यहाँ वापिस लौटकर नहीं आएँगी। हमने कहा कि वापस क्यों नहीं आएँगी। कोई सर्विस थोड़े छोड़ देगी। कहने लगे कि वहीं इलाहाबाद युनिर्वसिटी में अपना जुगाड़ फिटकर लेगी। बिना बात इनकी जगह पर जो आएगा उसे हम तनखा अपनी जेब से दें। बड़ी मुश्किल से पी-एच०डी० के बाद तीन साल के बांड पर राजी हुए कमेटी के लोग।"

"थैंक्यू मैडम। आपकी मेहरबानी से हो भी गया वर्ना···"

"अरे भाई हम तो हमेशा अपने स्टाफ का खयाल करते हैं। लड़ते भी हैं उनके लिए। आप स्टाफ के लोग ही हमें अपना न समझें तो हम क्या कर सकते हैं।"

"नहीं मैडम ! बहुत किया आपने। बिना आपकी मदद के कुछ भी नहीं हो सकता था।"

फिलहाल नीलिमा के दिमाग में छुट्टी के बाद तीन साल की अनिवार्य सेवा जैसी शर्त की कोई बात नहीं थी ! उसे रिसर्च करने के लिए छुट्टी मिल गई, यही बहुत था उसके लिए। कॉलेजों में, खास तौर से महिला कॉलेजों में इन छोटी-छोटी बातों पर कितना झंझट होता है, यह किसी से छिपा नहीं। विश्वविद्यालयों में इस तरह के झंझट नहीं होते। एक तो छोटे कॉलिज, उस पर से औरतों वाली बात ! लगता, जैसे कोई बहुत बड़ा अहसान किया गया हो। बहरहाल इस वक्त वह बहुत खुश थी। बाद की बाद में देखी जाएगी। ढेर सारे काम पड़े थे निबटाने के लिए और वक्त मुश्किल से दो हफ्ते का था।

नीलिमा ने तुरंत विश्वविद्यालय को तथा प्रोफेसर सक्सेना को सूचित किया कि वह अगले महीने की पहली तारीख को जॉइन करेगी। फिर अम्माँ को लम्बा पत्र लिखा। कॉलेज छोड़कर तीन साल के लिए वह फिर इलाहाबाद जा रही थी। लेकिन अभी वहाँ कोई ठिकाना निश्चित न था। इसलिए उसने लिख दिया था कि वे उसे पत्र न लिखें।

इतने सालों में खासी गृहस्थी जुड़ गई थी उसकी। इसलिए ले जाने लायक जरूरी और छोड़ने वाला गैर जरूरी सामान भी अलग करना था। उसे समझ ही नहीं आ रहा था कि क्या रखे और क्या छोड़े। गृहस्थी समेटने की नौबत आज तक कभी आई नहीं। ईशू के घर से भी एक अटैची लेकर आई थी वह। ठीक है ! अब भी सिर्फ एक अटैची और एक बिस्तरबंद लेकर जाएगी। सारा सामान यहीं क्वार्टर में बंद रहेगा। आखिर लौटकर तो यहीं आना है।

इन दिनों नीलिमा तनावमुक्त और प्रसन्न थी। स्टाफ रूम में चाय समोसों की दावत हो चुकी थी। जरूरी शॉपिंग कर चुकी थी वह। जन जागरण समिति के सदस्यों की इस महीने की मीटिंग उसके क्वार्टर में तय

हुई थी। मीटिंग के बाद चाय-पानी की दावत की बात भी उससे कही गई, जो उसे सहज स्वीकार्य थी।

मीटिंग में आगामी कार्यक्रम की रूपरेखा तय करने के बाद सभी ने उसे शुभकामनाएँ दीं। उसके बाद वे लोग रसगुल्लों और दालमोठ के साथ न्याय करने में व्यस्त थे कि दरवाजे पर जोरदार खटखटाहट हुई। सभी सदस्य तो वहाँ मौजूद हैं। फिर कौन हो सकता है। रत्ना ने उठकर दरवाजा खोला।

"आप? नमस्ते! आइए-आइए! नीलिमा देखो कौन आया है। प्लेजेंट सरप्राइज टू यू।"

दरवाजे पर सुमित्रा देवी थीं।

"कैसी हो रत्ना बेटी।" वे थकी हुई लग रही थीं!

"ठीक हूँ अम्माँ जी।" और उसने उनके हाथ से अटैची ले ली। नीलिमा भी कमरे से बाहर आ गई थी।

"हाय, अम्माँ तुम! कितनी अच्छी हो अम्माँ तुम जो आ गईं—जाने से पहले।" पैरों के पास झुकी हुई नीलिमा के सर पर हाथ फेरते हुए उन्होंने उसे कंधे से लगा लिया और अंदर आ गईं।

"ओ हो! तो यहाँ दावत हो रही है। तुम लोग बैठो। खड़े क्यों हो गए।"

"अम्माँ जी, नीलिमा कल जा रही है न, इसीलिए हम लोग आज उसे विदाई गान सुनाने आए हैं।" शोभना हँसते हुए बोली।

"बहुत अच्छा है! तुम लोग खाओ-पिओ। मेरी वजह से परेशान मत हो। नीलिमा, थोड़ा पानी गरम करने को रख दो बेटी, मैं नहा-ऊँगी जरा···" और वे कमरे से बाहर आ गईं।

सब लोग जा चुके थे। सुमित्रा देवी तैयार होकर आ गई थीं और हल्का महसूस कर रही थीं।

"माँ बिस्तर में बैठ जाओ तुम। ठंड हो गई है।" और कंबल उनके ऊपर डाल दिया उसने।

सुमित्रा देवी बेहद गम्भीर थीं। माथे पर पड़ी गहन रेखाएँ उनकी चिंता दर्शा रही थीं।

"अब बताओ अम्माँ। कैसे अचानक आना हुआ ? न कोई चिठ्ठी न खबर ! एक दिन बाद आतीं तो मैं मिलती भी नहीं।

"क्यों ? तुम्हारा तो कल रात का रिजर्वेशन है न ! यही तो लिखा था तुमने।"

नीलिमा ने सिर हिलाया। उसकी नजरे अम्माँ के चेहरे पर जमी थी।

"बेटी, तुम कल इलाहाबाद नहीं जाओगी। हम दोनों बनारस जाएँगे पहले। इसीलिए मैं भागी-भागी आई हूँ।

"क्यों। अचानक ये बनारस में क्या काम पड़ गया ?

"बेटी, ईशू बनारस में है। एक आदमी उसका संदेश लेकर गाँव आया था मेरे पास। वह अस्पताल में पड़ा है। नाजुक हालत है उसकी।"

नीलिमा आँखें फाड़े अम्माँ का चेहरा ही देखती रह गई। उसकी समझ में नहीं आया कि अचानक ये ईशू कहाँ से आ गया। वह तो उसका नाम लगातार अपने जेहन से पोंछ-पोंछकर साफ करती जा रही थी। इलाहाबाद जाने के नाम पर भी बार-बार वे स्मृतियाँ उभरकर ऊपर आतीं जिन्हें वह लगातार विस्मृति के जंगल में धकेल देती थी। यही उसकी परीक्षा का समय था जिसके लिए वह लगातार परिश्रम कर रही थी, लेकिन अब खुद उसकी अम्माँ ने उसे जीता-जागता उसके सामने खड़ा कर दिया था।

"नहीं अम्माँ ! मैं कैसे जा सकती हूँ। नहीं-नहीं···" वह बुदबुदाई।

"हाँ बेटी, हाँ ! हमें जाना है वहाँ !" सुमित्रा देवी ने जैसे अंतिम निर्णय सुना दिया था और अब बहस की गुंजाइश न थी।

बारह घंटे का सफर। पूरी रात ट्रेन में गुजरनी थी। गनीमत कि एक रिजर्वेशन इलाहाबाद तक था।

दूसरा दिन ज्यादातर लोगों के आने-जाने में निकल गया। दोपहर का खाना पड़ोस में सुनंदा लाल के यहाँ था। नीलिमा की तबियत ठीक

नहीं है, जानकर उन्होंने टिफिन कैरियर भरकर भिजवा दिया। शाम को भी सारी चिंता सामान लगाने और सफर की थी। नीलिमा के गले में भी दो कौर पड़ जाए इसलिए सुमित्रा देवी अपनी थाली लगाकर बैठीं। नीलिमा को देखकर लगता था कि सारी ताकत जैसे निचोड़ ली हो किसी ने। कुछ भी सोच पाने में असमर्थ वह, सब कुछ जैसे यंत्रवत कर रही थी। दिल का यह हाल कि लगता था, निकलकर बाहर आ गिरेगा।

एक उत्तेजना थी। ईशू से सामना होगा। दिल के किसी कोने में दबी-ढकी आकांक्षा के ऊपर से राख का ढेर यकायक हट गया था, जिसने हवा देकर आग को दहका दिया था और यह ताप उसके सम्पूर्ण व्यक्तित्व में भर गया था। ना! इस दहकन से कहीं ज्यादा उसके भीतर कुछ और था—जमा हुआ, ठोस! एक भीषण शर्म! ग्लानि का पहाड़ जैसा बोझ। यह शर्म का बोझ ढोते-ढोते उसका मस्तिष्क कुचलकर चेतनाशून्य हो गया था। हृदय सुन्न पड़ गया था, जैसे सुन्न पड़े रहना ही उसकी पीड़ा का एकमात्र इलाज हो। आज साक्षात्कार के इस अवसर से ऐसा लगा मानो वह पहाड़ उसके मन और मस्तिष्क से किसी ने हटा दिया हो। लगातार मौजूद रहने वाले इस बोझ के अचानक हट जाने से एक गहन शून्यता उसके भीतर भर गई थी। अतल शून्य में तैरता-उतराता··· चेतना विहीन···दूसरे ही लोक का वासी उसका व्यक्तित्व। नई परिस्थितियों से संचालित एक नई दुनिया में भटकता हुआ।

शून्यता के सागर में तैरता हुआ उसका व्यक्तित्व यथार्थबोध की कड़ी चट्टानों से भी लगातार टकरा रहा था और उसके भौतिक होने का अहसास करा रहा था। अपने ही स्व के एक अंश को वह सरे बाजार निर्वस्त्र कर आई थी। चीख-चीखकर उसने ईशू के व्यक्तित्व का जैसे पोर-पोर दागा था। उस दिन उसने अपने को पूरी तरह जस्टीफाई किया था। यही उसका स्वयं का समर्थन नीलिमा की शेष यात्रा का संबल था, उसका जीवनआधार और उसकी मजबूती था। फिर क्यों आज उसका आधार उसके हाथों से फिसल रहा था। जन्म जन्मांतर की संचित आस्था विकृत होकर बिखर रही थी। संस्कारों की शक्ति कमजोर पड़ रही थी। उसका अवश मन आत्मबल की खिल्ली उड़ाता पड़ा हुआ था।

हर बीत रही घड़ी उसके दिल की धड़कन बढ़ा रही थी।

वह सचमुच बीमार हो गई थी। सारे रास्ते मुँह ढाँपे पड़ी रही। न जाने कैसी यात्रा थी कि समाप्त होने पर नहीं आ रही थी। उसे लगा कि जब लोग मरते होंगे, उस समय अंतिम खिंचते क्षण ऐसे ही त्रासदायी होते होंगे।

सारे रास्ते ऐसी ही तंद्रा में रही वह। जब सुमित्रादेवी ने उसे हिलाया और उठने को कहा तब उसने आँखें खोलीं। अम्माँ ने अकेले ही सारा सामान सहेज और समेट लिया था। स्टेशन आने पर खिड़की से बाहर झांकते हुए एक अपरिचित को देखकर अम्माँ ने ताली बजाई। वह अपरिचित लपकता हुआ आया और डिब्बे के अंदर चढ़कर सामान उतारने लगा।

"नमस्ते माताजी, कोई तकलीफ तो नहीं हुई रास्ते में ?"

"नहीं भैया, बहुत मजे में आ गए।" कंधे पर शाल को ठीक करते हुए सुमित्रा देवी ने कहा।

"माताजी, गाड़ी बाहर खड़ी है। आप चाहें तो पहले गेस्ट हाउस चलें। चाय-नाश्ता ले लें।"

सुमित्रा देवी कुछ सोच में पड़ गईं। नीलिमा का हाथ उन्होंने ऐसे पकड़ रखा था, जैसे कि मेले की भीड़ में छोटे बच्चे का हाथ थाम लेते हैं। नीलिमा उस आदमी को देखकर हैरान थी कि वह कौन है। अम्माँ उसे कैसे जानती हैं ? क्या अम्माँ को सब कुछ मालूम है ? उसे तो कोई खबर नहीं। उसे पुन: शून्य की स्थिति महसूस होने लगी। खड़े रहना मुश्किल लगने लगा और सर घूमने लगा। उसे अम्माँ से गहरी ईर्ष्या होने लगी। ये अम्माँ कौन होती हैं, हमारे बीच में पड़ने वाली। मुझे हुकुम देकर अपनी मर्जी पर चलाने वाली। हू हज शी ! नो···नो···और उसने अपना हाथ झटकने की कोशिश की।

सुमित्रा देवी ने नीलिमा की ओर देखा। उन्हें लगा कि नीलिमा फिर असहज हो रही है। उन्होंने तुरंत निर्णय लिया।

"नहीं भैया। इतना वक्त नहीं। तुम्हारे साहब के पास हम जल्दी ही पहुँचना चाहते हैं। यहीं स्टेशन से ही हम चलेंगे।"

"तो ठीक है माताजी। मैं अभी वेटिंग रूम में इंतजाम करके आता हूँ। आप वहीं तैयार हो जाएँ।"

"नीलू बेटी। तुम ठीक तो हो न ! बटी हम एक मरीज को देखने जा रहे हैं। मरीज बनकर नहीं आए हैं। समझदारी से काम लो। छोटी बच्ची नहीं हो तुम।" अपने स्वर की तल्खी को उन्होंने छिपाने की कोशिश नहीं की। अप्रत्यक्ष रूप से जैसे उन्होंने किसी शैतान बच्चे को सीधे खड़े होने का आदेश दिया हो।

नीलिमा ने भी एक मासूम बच्चे की तरह आज्ञा का पालन किया। उसे लगा कि शुतुमुर्ग की तरह जब तक रेत में मुंह छिपाकर वह आंखें बंद करने की कोशिश करेगी, तब तक उसे परेशानी होती रहेगी। धड़कते दिल से उसने पूछा—

"क्या वह सचमुच इतना बीमार है माँ ?"

"हाँ बेटी। उसका यह आदमी मेरे पास गाँव आया था। उसका संदेश था कि वह मिलना चाहता है। मेरे अकेले उससे मिलने का कोई तुक नहीं था। जाहिर है कि वह तुमसे ही मिलना चाहता होगा। इसीलिए मेरे पास उसने संदेश भेजा···इतनी दूर···"

नीलिमा के पेट में फिर हौला उठने लगा। हाथ-पैर ठंडे होने लगे। ईशू सचमुच क्या इतनी बुरी हालत में है ! कहीं मर तो नहीं रहा है वह ! अगर वह मर गया तो ! यह विचार सर्द लहर की तरह उसके शरीर के भीतर दौड़ गया।

"चल नीलू, हमें झटपट तैयार होना है।"

सामने वही अपरिचित अटैची उठाए खड़ा था। उस अपरिचित के पीछे, अम्माँ के साथ चलते हुए उसे फिर गुस्सा चढ़ने लगा। वह तो कीड़ा-भुनगा है न ! यूँ ही चली आई है पीछे-पीछे। इस नाजुक मौके पर याद भी किया तो अम्माँ को। कहीं एक कोने में धँसे गांव में आदमी जा सकता है और उसके लिए एक लाइन लिखकर नहीं भेजी गई। लेकिन नीलू रानी ! वह तुम्हारे लिए क्यों कर संदेश भेजता ! तुम छोड़कर आई थीं उसका घर। तुमने जवाब नहीं दिए उसके पत्रों के ! वह क्या जाने कि तुम कहाँ हो···खुद सवाल-जवाब करती हुई वह वेटिंग रूम में कब

पहुँची, किस सोच में डूबी वह तैयार हुई, कैसे उल्टा-सीधा नाश्ता किया …उसे पता नहीं। उसी आदमी के साथ वे दोनों स्टेशन से बाहर आए जहाँ सफेद एम्बेसेडर खड़ी थी—जिलाधीश वाराणसी—की लाल रंग की प्लेट लगी हुई।

एक खलिश-सी महसूस हुई दिल में और माँ के साथ वह गाड़ी में बैठ गई। जल्दी ही हॉस्पिटल के बाहर थे वह लोग।

हॉस्पिटल की खास सुपरिचित गंध। वह चैतन्य हुई। खास किस्म का माहौल। वह अपने को आगे आने वाली परिस्थितियों के लिए अंदर से तैयार कर रही थी। मन में कुछ वाक्य…संवाद…गढ़ने की कोशिश कर रही थी।

स्पेशल वार्ड का वी०आई०पी० कमरा था। बाहर दो सिपाही खड़े थे। साथ में एक वर्दीधारी अर्दली दो अन्य लोगों के साथ खड़ा था। 'विजिटर्स नॉट अलाउड' की पट्टी लगी हुई थी। उसके कदम ठिठक गए। साथ के आदमी ने एक सिपाही से कहा—"साहब का फेमिली मेम्बर है। साहब ने खुद बुलवाया है…।"

सलाम करता हुआ वह सिपाही खड़ा हो गया। उन लोगों को बाहर छोड़कर वह पंजों के बल आहिस्ता कदमों से भीतर गया और कुछ क्षण बाद ही बाहर आ गया।

"आइए माताजी, आप लोग अंदर आ जाइए।"

धड़कते दिल और बहकते कदमों से नीलिमा अम्माँ के पीछे-पीछे अंदर दाखिल हुई।

बाहर के सर्द मौसम के विपरीत अंदर गुनगुनी गर्मी थी। कमरा वातानुकूलित था। इसके बावजूद नीलिमा को झुरझुरी चढ़ने लगी। उसका दिल जोर-जोर से धड़कने लगा मानो साँस चढ़ रही हो।

सामने पलग पर ईशू था। पैर से लेकर ऊपर कंधों तक कंबल पड़ा था। छाती के ऊपरी हिस्से पर बंधी पट्टी दिख रही थी। खून चढ़ रहा था। पास खड़ी नर्स खून की बोतल ठीक कर रही थी। वहीं कुर्सी पर बैठा एक डॉक्टर नब्ज देख रहा था।

अगर मालूम न होता तो पहली नजर में नीलिमा उसे पहचान न

पाती। लगभग दस वर्षों का अंतराल। किसी व्यक्तित्व रूपांतरण के लिए खासा लम्बा समय। शरीर पहले की तरह छरछरा नहीं, थोड़ा भारी हो गया था। चेहरा खासा परिपक्व। अनुभवजन्य आत्मविश्वास की मजबूती चेहरे पर और गहरी हुई थी। वर्ष-दर-वर्ष उम्र अपने निशान छोड़ जाती है। ईशू उससे अछूता कैसे रहता। फिर इस वक्त की यह स्थिति। चेहरे पर कमजोरी साफ झलक रही थी। उन लोगों की उपस्थिति से असंपृक्त डॉक्टर ने धीरे से थपकी दी ईशू के हाथ में—

"फाइन मिस्टर चंद्रा।"

ईशू ने आँखें खोली। सामने नीलिमा थी, सुमित्रा देवी थीं। एक चमक उसकी आँखों में कौंध गई। सुमित्रा देवी आगे जाकर उसी कुर्सी पर बैठ गईं जिस पर से अभी वह डॉक्टर उठा था।

"कैसी तबियत है बेटे। यह सब क्या हो गया!" और धीरे से उसके सिर पर हाथ फेरा उन्होंने। "देखो, मेरे साथ कौन आया है!" उन्होंने नीलिमा की ओर इशारा किया।

ईशू ने सावधानी से नीलिमा की ओर देखकर मुस्कुराने का प्रयास किया। उसके दाएँ हाथ की नस में खून चढ़ रहा था। बायाँ हाथ मुक्त था लेकिन कंधा और बाँह पट्टी की लपेट में थे। उसने धीरे से बायाँ हाथ हिलाया, मानो कहना चाहता हो कि आओ, बैठ जाओ। नीलिमा किसी बावले की तरह उसे ताक रही थी। ईशू के हाव-भाव, व्यवहार, उसकी नजर, किसी में कोई फर्क ही नहीं था। एक युग का समय... लेकिन वह तो ज्यों-का-त्यों लग रहा था। तनावमुक्त...नजर में कहीं कोई गिला-शिकवा नहीं...कोई शिकायत, कटुता नहीं। क्या अभिनय कर रहा है? लोगों के सामने क्या साबित करना चाहता है? खुद को कोई देवता या सर्वश्रेष्ठ मानव! नीलिमा की समझ में नहीं आ रहा था कि उसे क्या करना चाहिए! एक बार तो उसका दिल किया कि वह दौड़कर लिपट जाय ईशू से। आखिर है तो उसकी बीवी। अपने अभिमान की खोल उतार फेंके। बिना किसी मुखौटे या ओढ़ी हुई दुनियादारी के, अपने असली रूप में उसके सामने बरस पड़े। जमी हुई ठोस चट्टान जलधारा में टूटकर, बिखर कर बह जाएगी। सारा अवरोध दूर हो जाएगा। वर्षों के बाद के

साफ स्फटिक से चमकते आकाश-सा निर्मल मन लेकर वह उसके दोनों हाथ थाम ले…लेकिन उससे कुछ न हुआ। मूढ़ की तरह खड़ी देखती रही वह। उसे लगा कि उसके पैर काँप रहे हैं। पास पड़ी हुई कुर्सी का हत्था पकड़कर वह धीरे से बैठ गई, नितांत एक अपरिचित की तरह, जो थोड़ी-सी जान-पहचान वाले किसी मरीज को महज औपचारिकता वश देखने आया हो।

तभी कमरे में तीर की तरह एक सीनियर डॉक्टर भीतर घुसे। उनके साथ दो डॉक्टर तथा मेट्रन थीं। उन्होंने भीतर घुसते ही घोषणा जैसी की—

"होम मिनिस्टर साहब आ चुके हैं, मिस्टर चंद्रा। सिस्टर नाथ!" और उन्होंने नर्स को प्रश्नवाचक दृष्टि से देखा।

"एवरी थिंग इज फाइन डॉक्टर" सिस्टर ने उन्हें आश्वस्त किया। वह ईशू के सर के नीचे तकिया ठीक कर रही थी।

"और! मिस्टर चंद्रा कैसा महसूस कर रहे हैं आप? फाइन!" ईशू की वही चिरपरिचित मुस्कुराहट चेहरे पर फैल गई। जैसे वही जवाब हो!

"डॉक्टर मेहरा, हाउ इज ही?" धीरे से उन्होंने वहाँ खड़े डॉक्टर से पूछा।

"इंप्रूविंग डॉक्टर। आज थोड़ा फीवर हो गया है बस! अदरवाइज ही इज़ बेटर।"

"खैर! ठीक हो जाएगा। वी आर डूइंग अवर बेस्ट। आपकी दोपहर तक ड्यूटी है यहाँ।"

"जी हाँ!"

उनका अमला बाहर निकला ही था कि हॉस्पीटल सुपरिटेंडेंट के साथ मिनिस्टर साहब समेत चार पाँच लोग वहाँ नमूदार हुए। नीलिमा उठकर खड़ी हो गई और माँ को इशारा करके बाहर आ गई। पीछे-पीछे सुमित्रा देवी भी आ गईं।

ठंडी हवा का झोंका उसके चेहरे से टकराया। वह कॉरीडोर की खिड़की के पास खड़ी हो गई। यूँ तो पूरे कॉरीडोर की खिड़कियाँ

बंद थीं लेकिन उस खिड़की का शीशा टूटा हुआ था। टूटी खिड़की से हवा सीधे चेहरे पर लग रही थी। ठंडी सिहरन पूरे शरीर में दौड़ गई। बादल हो गए थे इसलिए ठंड भी बढ़ गई थी। उसे लगा कि पूरी साँस में यह चुभती ठंडी हवा अपने अंदर भर ले। इससे दिमाग तो चैतन्य रहेगा!

कॉरीडोर की खिड़की से दूर जनरल वार्ड का एक हिस्सा दिख रहा था। जमीन पर बिछे गद्दे पर एक मरीज पड़ा था। हाथ-पैर धीरे-धीरे झटक रहा था, मानो हाथ-पैरों की कोई तकलीफ, कोई दर्द इस तरह झटकने से दूर हो जाएगी। उसे सिर्फ मरीज दिख रहा था। कोई तीमारदार नहीं था शायद उसके साथ। अकेला ही था वह। कभी निढाल होकर पड़ रहता। थोड़ी देर बाद फिर हाथ-पैर झटकने लगता।

इतनी देर हो गई। क्या कर रहे हैं मंत्री जी! वहाँ तो सब बड़े लोग हैं—विशिष्ट। मंत्री जी खास हस्ती हैं। उनके चपरकनाती भी खास हैं। डॉक्टर, नर्स, सब विशिष्ट हैं। ईशू भी वी०आई०पी० है। वही एक नामालूम-सी खड़ी है बाहर! इस जनरल वार्ड में जमीन पर पड़े मरीज की तरह। लेकिन वह उठकर बाहर आई क्यों? उसे तो कायदे से अंदर होना चाहिए था। ईशू के पलंग के पास। वहीं, उसी जगह।

एक गहरी साँस ली उसने और फिर कॉरीडोर के बाहर देखने लगी वह। गूंजता—भिनभिनाता-सा शोर कमरे से बाहर निकला और धुंधलाता-सा चला गया। मिनिस्टर साहब और डॉक्टरों का दल जा चुका था। अब जब आदेश होगा तभी जा पाएँगे अंदर, उसने सोचा।

"मैडम, अंदर आ जाइए।" वही आदमी उसे बुला रहा था।

"अम्माँ कहाँ गईं?" चारों ओर देखा उसने।

"माताजी तो अंदर ही हैं।"

अम्माँ अंदर ईशू के पास बैठी उसका हाथ थामे हुए थी। उसे देखते ही वह उठ गई और वह कुर्सी नीलिमा के लिए छोड़ दी।

"आओ नीलिमा इधर बैठो।" अम्माँ ने जैसे आदेश दिया हो। वे खुद थोड़ी दूर पर बैठ गईं।

यंत्रवत उसने आदेश का पालन किया। फिर वही मौन जम गया

था, उसके और ईशू के बीच में। हे भगवान्! कौन तोड़ेगा इस पहाड़ को। युगों पुरानी जमी हुई बर्फ कैसे पिघलेगी?

ईशू ने मुस्कुराने का प्रयास किया। नीलिमा ने गौर किया कि उसकी मूछें कुछ गहरी हो गई हैं। ईशू ने अम्माँ की ओर इशारा किया तो उन्होंने भी अपनी कुर्सी धीरे से उसके पास सरका ली।

"अम्माँ जी, आपकी बेटी को डर है कि कहीं उसे फिर से छूत न लग जाए।" धीरे से फुसफुसाया वह।

"नहीं ईशू बेटे। कैसी बातें करते हो। यह तो तुम्हारी तबियत का हाल सुनकर खुद बीमार जैसी हो गई है।"

"सच!" ईशू न नजरें नीलिमा के चेहरे पर गड़ा दीं।

"दो दिन से कुछ खाया नहीं है इसने।" सुमित्रा देवी जैसे सब कुछ बता देना चाहती थीं।

"अम्माँ!" नीलिमा ने माँ को चुप करना चाहा। अब न जाने क्या कहने लगें अम्माँ ईशू से उल्टा-सीधा! लेकिन अम्माँ ने उसकी बात का कोई असर नहीं लिया।

"तुम ठीक हो जाओ ईशू बेटे! अब सब ठीक हो जाएगा। नीलिमा अब कहीं नहीं जाएगी। यहीं रहेगी! मैं तो हूँ यहाँ! सब ठीक हो जाएगा बेटे।" वे शायद स्वयं को भी आश्वस्त कर रही थीं।

ईशू ने कोई जवाब नहीं दिया। वह सिर्फ नीलिमा के चेहरे की ओर देख रहा था। समय अंतराल के बीच उग आए घने जंगल के पीछे से वह पुरानी नीलिमा को खोजकर लाना चाहता था। नीलिमा के भीतर के सतत संघर्ष और उठते-गिरते थपेड़ों के निशान उसके चेहरे पर स्पष्ट थे और उसकी चुगली खा रहे थे। अम्माँ जी जो कुछ कह रही थीं, उन शब्दों की स्वीकृति शायद वह उसके चेहरे पर देखना चाहता था। उसकी चिर-परिचित चपल मुखर नीलिमा की जगह यह खामोशी की ढेर बनी औरत उसके लिए नितांत अपरिचित थी।

सिर्फ अम्माँ बोल रही थीं। नीलिमा ईशू की नजरें बरदाश्त नहीं कर पा रही थी। उसे गुस्सा चढ़ने लगा। अम्माँ कौन होती हैं उसके फैसले लेने वाली। इतनी बड़ी बात उसने कह कैसे दी। उसका चेहरा

तनने लगा। वह दूर देखने लगी, ईशू के पलंग से सटी दीवार को भेदर्त उसके पार !

ईशू ने गर्दन घुमाकर सीधी कर ली, जैसे कि थक गया हो और सोना चाहता हो। कमरे में यकायक फिर सन्नाटा भर गया। गति से सिर्फ खून की बूँदें थीं जो बोतल से नली में टपकती थीं और फिर धीरे धीरे दौड़ती हुई उसकी नसों में प्रवेश कर जाती थीं। कुछ क्षण बा उसने आँखें खोलीं और दूर खड़े अपने उसी अर्दली को आँखों के इशा से बुलाया, जो सवेरे से नीलिमा और उसकी माँ की सेवा में था। उस फुसफुसाकर कुछ कहा। सम्भवत: कुछ आदेश दिए थे।

"माताजी ! चलिए गेस्ट हाउस। साहब को इंजेक्शन लगना है साहब सोएँगे अब। आप लोग भी थोड़ा आराम कर लें। साहब ने शा के लिए आने को बोला है।"

तेरह

सरकारी गेस्ट हाउस ! सभी सुविधाओं से सम्पन्न । नीलिमा अब पहले की अपेक्षा काफी सामान्य थी । ईशू से सामना होने की कल्पना से दुविधा का जो पहाड़ उसके सामने खड़ा हुआ था, उसे उसने लाँघ लिया था इसलिए हल्का महसूस कर रही थी । जिस असहाय और घायल अवस्था में वह था, वह चिंताजनक थी । इस समय उसके ठीक हो जाने का विचार ही सर्वोपरि था । उसके भीतर धँसा हुआ शर्म का नुकीला अहसास इस चिंता के सामने कहीं नहीं टिकता था । इसके अलावा ईशू ने जिस तरह तुरंत अम्माँ को बुलवाया था, वह संदेश परोक्ष रूप से उसके लिए भी था, वह अब मुनमईन थी । इसने उसके भीतर एक विजय का, अपनी अहं की संतुष्टि का भाव भी पैदा किया, वह इससे इनकार नहीं कर सकती थी । ईशू की ओर से अब भी कोई कमी नहीं थी । पूरा खयाल, भरपूर सम्मान ! लगता था, दस वर्ष पूर्व जो कुछ उनके बीच घटा था, उसकी छाप ईशू के मन में कहीं नहीं थी । जैसे वह हमेशा था, वैसा ही सहज लग रहा था । हो सकता है अपनी महानता सिद्ध करना चाहता हो । बहरहाल जो भी था, उसको राहत देने वाला था । सुमित्रा देवी के लिए भी यह बहुत संतोष की बात थी ।

पूरी जटिलताओं के बीच सुमित्रा देवी को आशा की किरण दिखाई दी थी । बेटी ने नादानी की थी । क्यों की ? किसके लिए की ? वह लगभग अनभिज्ञ थीं । कभी अनुमान लगाने की कोशिश की, लेकिन सारे शक-सुबहे गलत साबित हो गए थे । ईशू से ट्रेन पर मुलाकात । उसका

पूरा व्यवहार। अब, इस हालत में उनके गांव तक आदमी भेजकर उन्हें बुलवाना·· यह सब ईशू की ओर से संदेहों को गलत साबित कर रहे थे।

उन्हें नीलिमा की चिंता थी। आखिर कब तक ये अकेलापन ठेलेगी वह। उसने कभी यह कोशिश भी नहीं की कि ईशू से तलाक ले। हमेशा के लिए कानूनी तौर पर अलग हो जाए। सिर्फ मुँह छिपाकर भागती रही। क्यों इधर-उधर मुंह छिपाती रही है वह? अपनी गलती पर या ईशू की गलती पर? इस तरह उनकी बेटी इस दुनियां की विकट यात्रा को अकेले तय कर पाएगी! यह निपट अकेलापन! और अकेलापन भी खुद का ओढ़ा हुआ। जिंदगी का जो रास्ता अपनाना हो, कम-से-कम उसे निश्चित तो करना ही चाहिए। यह क्या कि आंखें मूंदकर चले जा रहे हैं। जिधर पैर पड़ जाए, उधर की ही डगर पकड़ ली।

उन्हें लगा कि अब इस निर्णायक मौके पर उन्हें चुप नही बैठना चाहिए और न बेटी की नादानी को शह देनी चाहिए। निर्णय लेकर आगे का रास्ता उन दोनों के लिए उन्हें ही तय करना होगा।

खाना खाने के बाद नीलिमा पलंग पर पैर ऊपर करके बैठ गई। थोड़ा आराम करना चाहती थी। अब वह पहले की अपेक्षा स्वस्थ थी।

"क्या सोच रही हो बेटी?"

"सोच रही हूँ कि एक झपकी ले लूं। कितने बजे आएगा वह आदमी?

"चार-पांच बजे के बीच आने को कह रहा था।"

नीलिमा चुप हो गई। घुटनों के बीच उसने सिर टिका रखा था। खिड़की के बाहर नजरें गड़ाए इतने गौर से न जाने क्या देख रही थी।

"नीलू बेटी! क्या खयाल है। ईशू ठीक तो हो जाएगा!" नीलिमा ने सर नहीं घुमाया। लम्बी चुप्पी के बाद सोचते हुए बोली—

"क्यों नहीं। ऐसा कोई खतरा तो नहीं है। डॉक्टर साहब कह रहे थे कि अब खतरे की बात नहीं है। मैंने नर्स से पूछा था, वह भी यही कह रही थी।"

अम्मां चुप हो गईं। शायद उनकी समझ में नही आ रहा था कि अपनी बात कैसे शुरू करें।

"और, तुम्हारा क्या इरादा है! कब तक इस तरह ईशू से अलग

होकर रहोगी ?"

नीलिमा चुप रही। अबकी उसने जवाब देने की कतई जरूरत नहीं समझी।

मेरी समझ मे नहीं आता कि आखिर तुम चाहती क्या हो ? क्या किया ईशू ने ? जो इतना अच्छा था, देवता समान था, अचानक वह इतना खराब हो गया कि रातोरात उसका घर छोड़कर भाग आई तुम ! अगर उसकी कोई गलती थी, उसने कोई अपराध किया था, तो उसे सबके सामने उजागर होना चाहिए। सब लोगों को बताना चाहिए ताकि उसकी लानत मलानत हो सके। जरूरत पड़े तो उस पर कानूनी कार्य-वाही हो सके। ये क्या कि चोरों की तरह मुँह छिपाकर भाग आई और···"

"चिल्लाओ मत अम्माँ।" नीलिमा चिहुँक पड़ी। "तुम्हें अगर अस-लियत मालूम हो तो फिर···फिर इस तरह भाषण नहीं दोगी।" नीलिमा जैसे शब्दों को तौल रही थी।

"मैं भाषण नहीं दे रही हूँ बेटी।" सुमित्रा देवी ने उसके सिर पर हाथ फेरते हुए जैसे उसे शांत किया। "लेकिन तुम्हें अपना भविष्य देखना है। सारी जिंदगी अगर ऐसे ही काटनी है, तो बात दूसरी है।"

"क्यों ? क्या तुमने नहीं काटी सारी जिंदगी अकेले ?"

"मेरी क्या कहती हो बेटी ! हम भी कोई इंसान थे। गाय-बैलों से भी बदतर। जैसी जिंदगी दूसरे लोगों ने तय कर दी, वैसी निभा ली।" अम्माँ ने एक निःश्वास छोड़ा। "हमसे अपनी तुलना मत करो बेटी। चौदह साल की उम्र में शादी हो गई। ससुराल में पहुँचने के बाद ड्योढ़ी का मुँह नहीं देखा। तुम्हारे ताऊ जी और पिताजी में जैसे होड़ थी कि कौन ज्यादा-से-ज्यादा पैसा बहा सकता है। बिना नशे के तुम्हारे पिता को देखने और बरतने के लिए जैसे तरस गई थी मैं। तुम्हारे पिता और ताऊजी में झगड़ा हुआ तो जायदाद बँट गई। मैं समझी कि शायद अब वे सँभल जाएंगे और कुछ काम सँभालेंगे। लेकिन सँभालते क्या ! जायदाद के नाम पर थोड़ी-सी जमीन बची थी। बाकी सब कर्ज की भेंट चढ़ गई। हाँ, शान बरकरार थी, तो पुश्तैनी हवेली के जरिए। हवेली जरूर बिकने

से रह गई। सो उसी की बदौलत तुम्हारे पिताजी छोटे कुँवर का खिताब सँभाले रहे। वरना तीस-पैंतीस बीघा खेत क्या होते हैं। एक अच्छा भला किसान भी इससे ज्यादा खेत रखता है।" माँ बोलते-बोलते जैसे कहीं खो गई।

नीलिमा अम्माँ का मुंह ताकने लगी। उसने अम्माँ की दुखती रग को छेड़ दिया था। नीलिमा चिरकृतज्ञ थी अम्माँ की। वह कायल थी उसकी हिम्मत की, उसके बूते की और संघर्षशीलता की। उसे लगा कि उसने अम्माँ का दिल दुखा दिया है। वह उसे कतई दुखी नहीं करना चाहती थी।

"अम्माँ !! मैंने शायद तुम्हें दुखी कर दिया है। मेरा यह मतलब कतई नहीं था। मैं सिर्फ ये कह रही थी कि क्या जिंदगी में किसी आदमी का, यानि एक अदद पति का होना जरूरी है ? क्या अकेले जिंदगी नहीं काटी जा सकती ?"

जरूर काटी जा सकती है, अगर मजबूरी हो तो। बहुत बार ऐसे हालात होते हैं कि पति का न होना ज्यादा सही होता है। कभी-कभी बुरे हालातों में हम कुछ न कर पाने की असहाय स्थिति में होते हैं। लेकिन अगर कोई अपना बनाबनाया घर खुद ही उजाड़ दे, अपने हाथों से अपनी बनाई हुई दुनिया में आग लगा ले, तो उसे क्या कहेंगे ! अपने पैरों में खुद कुल्हाड़ी मार लेना और जिंदगी भर लँगड़ाते हुए चलना··· इसे आत्महत्या कहते हैं बेटी !"

"अम्माँ !" फिर उत्तेजित हो गई नीलिमा। "तुम्हें जब कुछ नहीं मालूम तो क्यों बिना बात मुझे गलत ठहरा रही हो। तुम जानती हो कि उसने···"

"हाँ ! मैं यही जानना चाहती हूँ कि उसने किया क्या ?"

"उसने धोखा दिया मुझे। बहुत बड़ा धोखा दिया। सिर्फ मुझे नहीं, हम दोनों को। झूठ बोला उसने।" और कहते-कहते उसने अपना मुँह घुटनों के बीच छिपा लिया।

सुमित्रा देवी एकदम चुप पड़ गईं। झूठ ! धोखा !! क्या धोखा हो सकता है।

"कैसा धोखा ! क्या···वह पहले से शादी-शुदा था ?"

नीलिमा वैसे ही नीचे सिर दिए बैठी रही। उसने सिर हिलाकर इंकार किया।

"फिर ! उसके क्या किसी और से सम्बन्ध थे ?"

"अम्माँ ! अब मैं क्या बताऊँ तुम्हें !" नीलिमा जैसे घिर गई थी कंटीले बाड़े में। सुमित्रा देवी खामोशी से नीलिमा के चेहरे पर नजर जमाए उसके जवाब का इंतजार कर रही थीं।

"वह हमारे बराबर का नहीं अम्माँ ! वह ठाकुर नहीं है लेकिन वह ब्राह्मण भी नहीं है। वह बहुत छोटे लोगों में से है। वह उन लोगों में से है जिनके हाथ का पानी तुम गाँव में शायद आज भी न पी सको। उसने हमेशा हमें धोखे में रखा अम्माँ···" एक ही साँस में कह गई वह। उसकी आवाज भर्रा गई थी और आँखों में आँसू थे। कितनी कोशिश करके आज ये शब्द उसके मुँह से निकले थे। इतने वर्षों तक भारी चट्टान के नीचे दबा यह तथ्य ! उसकी यातना की अभिव्यक्ति। बहुत मशक्कत करनी पड़ी उसे चट्टान खिसकाने में। सच्चाई को शब्दों के रास्ते उसने निकालकर रख तो दिया, लेकिन फिर थककर जैसे निढाल हो गई हो। अपमान-बोध से उपजी अब सिर्फ बेबसी थी उसके भीतर, जो आँसुओं के रूप में झर रही थी। बरसों के संचित आँसू थे।

सुमित्रा देवी ने उसे रोकने का कोई प्रयास नहीं किया। वे गहन सोच में थीं। एक मौन था उनके बीच में, जो पूरे कमरे में धुँए की तरह फैल गया था।

फिर जब बारिश थम गई तो धुँए के बादल बैठने लगे। सुमित्रा देवी उठकर पलंग पर बैठ गईं, नीलिमा के पास। उसके झुके हुए कंधे उठाकर उसे सीधा किया और चेहरों से आँसुओं को पोंछते हुए उसे गले से लगा लिया। छाती से चिपकाकर मानो वह उस छोटी नादान बच्ची को आश्वस्त करना चाहती थीं।

"बेटी, मैं तुमसे सिर्फ एक बात पूछना चाहती हूँ। तुम्हारे और ईशू के बीच···तुम्हारे आपसी रिश्तों में तो कोई कमी नहीं थी ? वाकई चाहती थीं न तुम उसे।" नीलिमा ने कोई जवाब नहीं दिया।

"तुम कहती थीं कि वह बहुत होशियार है। सीधा-सादा और भला आदमी है, सबकी मदद करता है और सबका खयाल करता है। शादी के बाद भी तुम कहती थीं कि वह तुम्हारी मर्जी बगैर कुछ नहीं करता। तुम्हें बहुत चाहता है, इतना कि तुम उसे छोड़कर गाँव नहीं जा सकतीं। शादी के बाद तुम मेरे पास चार दिन भी गाँव में नहीं रहीं···है न !" उन्होंने नीलिमा का मुंह ऊपर उठाकर अपनी बात की स्वीकृति चाही—"बोलो !" नीलिमा को स्वीकृति में सिर हिलाना पड़ा।

"तो ! इतनी सारी बातें एक तरफ और सिर्फ एक बात कि वह जाति का छोटा आदमी है, एक तरफ ! तुमने दोनों पलड़े बराबर कर दिए ! बल्कि सारी अच्छाइयाँ खत्म करके तराजू पर सिर्फ उसकी जाति रख दी !"

"अम्माँ !" चिहुँक पड़ी नीलिमा। "क्या कह रही हो तुम ? यह क्या कोई कम बात थी ! इतना बड़ा झूठ ! इतना बड़ा धोखा।" नीलिमा का चेहरा तिरछा हो गया और आँखे चौड़ी हो गईं।

हौले से उसकी पीठ थपकी सुमित्रा देवी ने, जैसे उसे शांत करना चाहती हों।

"अगर ईशू ने तुम्हें फँसाने के लिए झूठ बोला था, जबरदस्ती धोखा-धड़ी करके तुम्हें शादी के लिए राजी किया, तब तो जरूर वह घोर अपराधी है। लेकिन बेटी, वह तो आई० ए० एस० था। कलक्टर बनने के बाद न जाने कितनी लड़कियाँ उसके जाल में फँसने के लिए तैयार रहतीं। तुम्हारे साथ तो वह पढ़ता था। तुम उसे ठीक से जानती थीं···यही बताया था न तुमने मुझे।"

नीलिमा अम्माँ का मुंह ताकती रह गई। यह कौन-सी अम्माँ बोल रही हैं ! नितांत अपरिचित ! अजनबी चेहरा लिए यह औरत कौन-सा जीवन-दर्शन समझा रही है उसे। यथार्थ का दर्शन। ठोस जमीन का, जिंदगी के सख्त रास्तों का जीवन-दर्शन—जिसमें इस अम्माँ के अपने जीवन की यातना है। उसके अपने मन का रीतापन है। उसके अपने जीवन के दबे-कुचले सपनों को अपनी बेटी के जीवन-माध्यम से साकार करने की अभिलाषा है।

इस जीवन दर्शन ने नीलिमा को एकबारगी सपनीले हवाई पहाड़ से नीचे पटककर ऐसे कारागार में बंदी कर दिया था जहां उसका आत्म-विश्लेषण ही उसे मुक्ति दिला सकता था। आत्मस्वीकृति की चट्टानों से घिरी हुई वहां नीलिमा थी और ईशू था। ट्रेनिंग के लिए मसूरी जाने से पहले वह ईशू से मिलने आई थी। बदनामी का पूरा खतरा उठाकर रात में उससे मिलने आई थी। क्यों? ईशू जा रहा है—इस बात से उसके मन में खलबली क्यों थी? क्या डर था उसके मन में? वह ईशू से सिर्फ क्या यह कहने गई थी कि वह उसका इंतजार करेगी?

ईशू ने सब कुछ समझकर परिहास किया था।

"इंतजार और मेरा! मैं तो बहुत छोटा आदमी हूँ नीलिमा! बहुत छोटा! तुम ठहरीं जमींदार की बेटी। हवेली वाली। हम झोंपड़ी में रहने वाले लोग हैं। बहुत छोटे लोग···" शायद वह परिहास में ही बहुत कुछ कहना चाहता था।

नीलिमा ने उसके होठों पर अपना हाथ रख दिया।

"डोंट बी सिली। खत लिखना ईशू। वर्ना मैं···"

"वर्ना क्या?"

"वर्ना मैं वहीं आ धमकूंगी···"

चट्टानों से घिरे कारागार में अब अम्माँ की आवाज स्पष्ट सुनाई दे रही थी।

"बेटी, ईशू के पास पद है। सम्मान है। उसके मन में तुम्हारे लिए जो मान है, उसकी तुमने कोई परवाह नहीं की। एक जिंदगी—सिर्फ एक जिंदगी मिलती है मानुस जात को जीने के लिए। उसे भी कोई जाति-पाँत धरम-बेधरम, छोटा-बड़ा के चक्कर में गुजार दे और सारी जिंदगी रीती रह जाए, इसमें क्या अकलमंदी है! तुम तो बहुत पढ़ी-लिखी समझदार हो बेटी। बड़े-बड़े लोगों, विद्वानों के बीच उठना-बैठना है तुम्हारा···"

"अम्माँ, यह सब तुम कह रही हो? तब तुमको मालूम होता तो तुम भी यही कहतीं कि खानदान का नाम डुबा दिया। पुरखों के नाम को कालिख लगा दी।"

"तुम मुझे क्यों मालूम होने देतीं। यह बात तुम्हीं को मालूम थी।

उसे दिमाग के एक कोने में डालकर भूल जातीं हमेशा के लिए। क्यों !"

सुमित्रा देवी ने अर्थपूर्ण नजरें उसके चेहरे पर जमा दीं। चेहरे पर मानीखेज मुस्कुराहट, मानो कोई रहस्य उजागर कर रही हों।

नीलिमा कदाचित हतप्रभ थी। उसे इस जवाब की उम्मीद नहीं थी। सुमित्रा देवी की मुस्कुराहट बरकरार थी।

"क्या नहीं था तुम्हारे पास ! लायक पति ! पद-सम्मान। अधिकार और प्रतिष्ठा ! सबसे बड़ी बात कि अपने पति के हृदय की सम्पूर्ण स्वामिनी, जैसे चाहो काम करने की आजादी, एक छत्र तुम्हारा राज्य था। और क्या चाहिए बेटी इस दुनियां में। और खानदान ? किस खानदान की बात करती हो। शराबी, जुआरी और ऐयाशों के खानदान की ? जहाँ औरतें अपने आदमी की शक्ल बरसों ठीक से नहीं देख पाती थीं। जहाँ औरतें उस हवेली के किवाड़, फर्नीचर, बर्तन, जेवर और कालीनों की तरह एक बेजान हिस्सा बनकर रह जातीं थीं। अब तो हालात बहुत बदल गए हैं बेटी ! तू तो पढ़ी-लिखी है, नए जमाने की है। नई रोशनी देखी है तुमने। हम तो पुराने खंजड़ हो गए हैं। गिरते खंडहर हैं हम ! हम तो तुमसे सीखेंगे···"

"अम्माँ···अम्माँ···" नीलिमा ने सुमित्रा देवी की गोद में मुँह छिपा लिया। वह रो रही थी, लेकिन उसका दिल हल्का था। बरसों का बोझ जैसे उसके मन से उतर रहा था। उसका दिल चाहा कि वह अम्माँ के पैर पकड़ ले। धुर गाँव की, अनपढ़ दिखने वाली और इतनी समझदार ! उसे अम्माँ के एक अपूर्व रूप के दर्शन हुए थे। काश उसने पहले अम्माँ के सामने अपना हृदय खोला होता। यह रोशनी तभी उसे अम्माँ से मिली होती। क्यों वह अपने कंधों पर सलीब ढोती, ठोकर खाती भटक रही होती। सिर्फ वहीं नहीं, उसने ईशू को भी इसी तरह भटकने के लिए मजबूर किया था। एक खुशनुमा भरीपूरी जिंदगी को उसने दो फाड़करके शाश्वत बोझ लिए भटकने के लिए अभिशप्त कर दिया था।

"अम्माँ ! तुम क्यों नहीं आईं मेरे पास। तुमने पहले क्यों नहीं कहा यह सब···" बिलख रही थी वह।

सुमित्रा देवी प्यार से उसका सर सहलाती हुई थपकती रहीं उसे।

"बेटी, एक बात और मैं तेरे सामने कहती हूँ। अपना मन खोलकर कहती हूँ। मेरी आत्मा से भी बोझ हट जाएगा।"

नीलिमा ने सर उठाकर अम्माँ की ओर देखा।

"बेटी, तुम ईशू को मुझसे मिलाने गाँव आई थीं, मेरे पास। मेरी उससे बातचीत हुई थी। तुम्हें पसंद था वह। तुम सबकुछ तय कर चुकी थीं, इसीलिए मुझे पूछना नहीं चाहिए था। लेकिन फिर भी मैंने बातचीत में उसका घर-खानदान पूछना चाहा था। उसने हर बार बात को टाल दिया। वह इधर-उधर की दूसरी बातें करने लगा। उसने मुझसे यह भी कहा कि वह शादी करने से डरता है—दुनियाँ के रस्म-रिवाज, जाति-पाँत—इनसे डरता है। उसने यह भी कहा कि तुम्हारी खुशी में ही उसकी खुशी है और वह तुम्हें कभी भी दुःखी नहीं देखना चाहता! बेटी, मैं पूरी तरह से तो नहीं समझ सकी थी, लेकिन मुझे हल्का-सा अंदाज हो गया था। मैंने समझा था कि तुमने सब देखसुनकर, सारे हालात समझते हुए फैसला लिया है। मुझे मालूम नहीं था कि तुम इतनी ना-समझ हो···इतनी नादान हो···।"

नीलिमा की आँखों में प्रश्नचिह्न तैरने लगे।

"हाँ बेटी, समझदारी ही तो थी। वर्ना हमारे पास क्या धरा था! मामूली-सी जमीन की काश्त—उसके पीछे भी मुझ औरत जात का खटना! रही एक हवेली, तो उस खंडहर से मैं क्या दे देती तुम्हें। एक पढ़ा-लिखा कलक्टर पति कहाँ मिल जाता तुम्हें! कहाँ से लाती मैं आज के दस लाख···पंद्रह लाख।"

नीलिमा को लगा कि अम्माँ ने उसे यथार्थ के नंगे तार से छुआ दिया है। करंट दौड़ गया उसके दिमाग से लेकर पैरों तक! मुँह उठाकर अम्माँ की ओर देखने की भी ताकत नहीं रही। एक गहरे अवसाद ने घेर लिया था उसे! नीचे झुका हुआ उसका सर जैसे झुकता ही जा रहा था।

"नीलिमा, उठ बेटी उठ! सँभाल अपने आपको। अभी भी कुछ नहीं बिगड़ा है। समझ लेना कि शाप था किसी देवता का। बनवास भुगत रहे थे तुम लोग।"

नीलिमा निश्चल बैठी रही।

"उठ बेटी! ईशू का अरदली आता ही होगा।" सुमित्रा देवी ने नीलिमा को उठाया। एक गिलास पानी दिया उसे। बहुत प्यार से सिर थपक दिया।

"जा बेटी! मुंह हाथ धोकर तैयार हो जा! ईशू की जो हालत है उसमें तेरी हमदर्दी उसे सहारा देगी। दो बोल क्षमा के उससे जरूर कहना बेटी। उसका हौसला बढ़ेगा। तूने भी उसकी जान लेने में कोई कसर नहीं छोड़ी। अपनी गलती के लिए दो बोल माफी के कहने से तू छोटी नहीं हो जाएगी। तेरा बड़प्पन ही बढ़ेगा। उसे हौसले और हिम्मत की जरूरत है। वर्ना इस घड़ी में वह हम लोगों को याद न करता। हमारे अलावा उसका और है ही कौन!"

आज्ञाकारी बच्चे की तरह नीलिमा ने सिर हिलाया और बाथरूम में घुस गई।

× × ×

अरदली ठीक पांच बजे गाड़ी लेकर आ गया। नीलिमा अब बेहतर स्थिति में थी। उसके सामने सब कुछ स्पष्ट था। उसे लगा कि ईशू पर बदमाशों द्वारा हमले की यह घटना जैसे उसके लिए वरदान बनकर आई हो। माफी मांगेगी उससे···जिंदगी भर माफी मांगती रहेगी। वह सीधे उसके पलंग के पास जाएगी। उसका हाथ अपने हाथ में लेगी। उसका सर सहलाएगी। उसके कान के पास फुसफुसाएगी। "मुझे माफ कर दो ईशू। मैंने तुम्हें बहुत सताया लेकिन यकीन मानो, मैं भी कभी एक पल चैन से नहीं रही! एक रात चैन की नींद नहीं सोई। एक श्राप था हमारे ऊपर हम दोनों के ऊपर। वह खत्म हुआ। अब हम एक नई जिंदगी शुरू करेंगे। हर काम नए सिरे से करेंगे। तुम्हारी हर इच्छा, हर आकांक्षा मेरी होगी···" नीलिमा सारे रास्ते संवाद बोलने का अभ्यास करती आई। इन्हीं संवादों के दौरान पूरा रास्ता कट गया और हॉस्पिटल की सीढ़ियां चढ़ते वे लोग कमरे के सामने थे।

कमरे के बाहर बैठे वे दोनों सिपाही इस वक्त वहां नहीं थे। धड़कते दिल से आगे-आगे वह अंदर घुसी। कमरे के अंदर—वहां बिस्तर खाली

था। क्या चक्कर है? नीलिमा ने साथ आए अरदली की ओर देखा।

"मालूम करके आता हूँ। साहब ड्रेसिंग के लिए या ओ० टी० में तो नहीं हैं। आप बैठिए माताजी। बैठिए मैडम।"

नीलिमा बैठने के बजाय बाहर कारीडोर में आ गई। अरदली ने आकर जो बताया तो नीलिमा के होश उड़ गए।

'साहब आई० सी० यू० में हैं। उन्हें दिल का दौरा पड़ गया। अभी आधा घंटा पहले···" हड़बड़ा रहा था वह।

"क्या हुआ नीलिमा?" अम्माँ भी बाहर आ गईं। उन्हें समझ में नहीं आया।

"अम्माँ, ईशू को हार्ट अटैक हो गया है। इंटेनसिव केयर यूनिट में ले गए हैं।" नीलिमा का सिर चकराने लगा। हे ईश्वर, युगों बाद अब अच्छे दिन आ रहे थे। दया करना···

"क्या हम वहाँ जा सकते हैं?" थरथराती आवाज में पूछा उसने अरदली से।

अरदली और एक सिस्टर के साथ वे लोग आई० सी०यू० में पहुँचे। वहाँ शीशे के चेम्बर में डाक्टरों से घिरा पलंग पर अचेत पड़ा हुआ था ईशू। नाक-मुँह में नलियाँ थीं—सिलिंडर तथा दूसरे अन्य उपकरण लगे थे।

वहीं बाहर बेंच पर बैठ गई नीलिमा। इससे पहले कि वहाँ मौजूद डॉक्टर कुछ कहता, साथ आई हुई सिस्टर ने पहले ही सफाई दे दी।

"कलक्टर साहब के फैमिली मेम्बर्स हैं डॉक्टर।"

पूरा हॉस्पिटल जैसे अफरा-तफरी के माहौल में था। ईशू न सिर्फ एक मरीज था, वह अति विशिष्ट भी था। जिले का कलक्टर था। इसके अलावा उसकी छवि लोगों के बीच में एक विशिष्ट अफसर की थी। बनारस के अफीम तस्करों के गिरोह के पीछे वह हाथ धोकर पड़ गया था। इन तस्करों के माफिया के लोग पिछले वर्ष आपसी गुटबाजी की लड़ाई में ऐसे उलझे कि उन्होंने शहर में सांप्रदायिक दंगे कराने में कोई कसर नहीं छोड़ी थी। बेकसूर लोग दंगे में मारे गए और साथ ही शहर में साम्प्रदायिक माहौल को बढ़ावा मिला। तस्करों के इस अपराध को वह

माफ नहीं कर सकता था। जैसा कि हमेशा होता है, दंगे में मरने वाले लोग झोपड़पट्टी के इलाके के थे जिनका इन झगड़ों से कोई लेना-देना नहीं था। ईशू यह भी जानता था कि माहौल बिगड़ने के बाद उसे सँभालना मुश्किल काम होता है। साम्प्रदायिक मानसिकता उस अमरबेल की तरह होती है, जो लगातार फैलती ही जाती है और समाज की हरियाली को निरंतर सूखे में बदलती रहती है। इसलिए वह इन तस्कर अपराधियों को कभी माफ नहीं कर सकता था।

बहुत दिनों से ईशू इस गिरोह के पीछे था। जिले के वरिष्ठ पुलिस कप्तान पूरी तरह से इस अभियान मे शरीक थे। इन गिरोहों की आपसी गुटबाजी का ही फायदा इन अधिकारियों ने उठाया था और कुछ स्थानीय छुटभैए अपराधियों की मदद से उन गुटों के दो खूंखार प्रभावशाली सदस्यों का खात्मा करा दिया था।

पिछले महीने ही पुलिस कप्तान अपनी बीमारी की वजह से लंबी छुट्टी लेकर चले गए। लोगों का कहना था कि उस माफिया को प्रदेश के गृहमंत्री की शह थी। पुलिस कप्तान अपने काम में निपुण थे और साथ ही दुनियादारी में भी निपुण थे। हालात को देखते हुए उन्होंने लंबी छुट्टी लेकर वहां से पलायन करना ही उचित समझा। इस पलायन से कप्तान साहब अपने प्रति जरूर आश्वस्त हुए, लेकिन तस्कर गिरोह के हौसले भी उतने ही बुलंद हुए। यह उन अपराधियों के गिरते मनोबल को उठाने वाली जीत थी। इसी जीत के तहत उनका अगला शिकार कलक्टरसाहब थे।

इस पूरे घटनाक्रम के बाद ईशू भी अपना बोरियाबिस्तर समेटे बैठा था कि किसी भी क्षण उसके तबादले के आदेश आ सकते हैं। लेकिन अफीम तस्करों का अपराधी गिरोह सिर्फ तबादले से कैसे संतुष्ट हो जाता! उन्हें मालूम था कि इस पूरी योजना के पीछे कलक्टर का दिमाग है और उसी के द्वारा इसका संचालन हुआ है।

मुख्यमंत्री और गृहमंत्री की आपसी टकराहट ईशू को अपनी चपेट में ले गई। अब मुख्यमंत्री की प्रतिष्ठा का प्रश्न था इसलिए ईशू का तबादला नहीं हुआ। पुलिस कप्तान ने खतरा भाँप लिया था, इसलिए

बीमारी की छुट्टी के दौरान उसने कोशिश करके अपना तबादला भी करवा लिया। आखिर बाल-बच्चे, घर-परिवार वाला आदमी था। खतरा कैसे मोल लेता।

ईशू के पीछे कौन था रोने वाला। इसलिए उसे वहीं रहकर मुख्यमंत्री की प्रतिष्ठा बचानी थी। मुख्यमंत्री की प्रतिष्ठा का सवाल दूसरी और गृहमंत्री के आक्रोश का कारण था और यह आक्रोश उस अपराधी गिरोह के लिए आशीर्वाद था। इस चक्रव्यूह की परिणति कलक्टर साहब पर फायरिंग के रूप में हुई। पास के गाँव से सरकारी अनुदान-वितरण कार्यक्रम के बाद रात के वक्त लौटते समय उनकी गाड़ी पर बदमाशों ने फायरिंग की। उनका अंगरक्षक सावधान था और फौरन जवाबी फायरिंग से बदमाश भाग निकले लेकिन ईशू घायल हो चुका था। बदमाशों का निशाना सधा हुआ था।

शुक्र था कि गोली छाती में लगी तो जरूर लेकिन ज्यादा खतरे की स्थिति नहीं थी। फेफड़ा बाल-बाल बच गया। एक गोली कंधे के पास बाजू में लगी थी जो खतरनाक नहीं थी।

इस पूरी घटना से हड़कम्प मच गया। अपराधी, उनके अलग-अलग गिरोहों और ऊँचे स्तर पर उन्हें मिलने वाले राजनीतिक संरक्षण पर चर्चाएँ होने लगीं। मुख्यमंत्री ने इसे एक गम्भीर मुद्दा बनाकर गृहमंत्री के विरुद्ध अपनी राजनीतिक पैंतरेबाजी तेज कर दी। उन्होंने सार्वजनिक रूप से अखबारों में बयान देकर ईशू की कर्तव्यपरायणता और कार्यकुशलता की प्रशंसा की। ईशू की जान के खतरे ने मुख्यमंत्री को अपने विरोधियों के खिलाफ कार्यवाही के लिए एक मजबूत आधार दे दिया था।

इसी वजह से रस्मअदायगी के तहत गृहमंत्री स्वयं ईशू को देखने आए थे। मुख्यमंत्री दो दिन बाद आने वाले थे। डॉक्टरों की वैसे भी आम राय थी कि वह खतरे से बाहर है। सवेरे ही डॉक्टर ने कहा था कि ईशू के स्वास्थ्य में लगातार सुधार हो रहा है। फिर अचानक यह हार्ट अटैक कैसे हो गया, नीलिमा की समझ में नहीं आया।

"कभी-कभी ऐसा हो जाता है मैडम! एक्यूट डिप्रेशन में···हार्ट अटैक हो सकता है।"

एक्यूट डिप्रेशन ? जबरदस्त उदासी ? हाँ ! उदासी तो हो सकती थी। कहाँ दूरदराज गाँव के कोने में उसने अम्माँ को संदेश भेजा था। इस हालत में वह अपने को बेहद अकेला और डिप्रेस्ड महसूस कर रहा होगा। तभी तो अचानक उसने अम्माँ को···और उसे···बुलवाया था। पिछले दस सालों में··· ऐसा कभी नहीं हुआ था।

सवेरे भी कितनी उत्सुकता थी उसकी आँखों में। जरा वह उसका हाथ ही थाम लेती···दौड़कर उसके पलंग के पास चली जाती···उसे महसूस होता कि उसके लिए भी कोई इंतजार करता रहा है। उसकी जरूरत आज भी नीलिमा को उसी तरह से है, जैसे पहले हुआ करती थी। उसे यह महसूस होता तो वह अपनी गहरी छिपी उदासी से उबरता··· उबरने की कोशिश करता। उसे संबल मिलता। हे ईश्वर···अब ऐसा मत करना। एक बार···एक बार ईशू से बात करने का अवसर मिल जाए।··· वह ठीक होने लगेगा। उसके मन को तसल्ली मिलेगी···और वह जरूर ठीक हो जाएगा। एक बार वह उसके पास चली जाए। उसे विश्वास है, वह उसे अच्छा कर लेगी—बिल्कुल पहले जैसा ! हे ईश्वर··· एक बार···सोच-सोचकर नीलिमा को घबराहट होने लगी। उसका कलेजा जैसे मुँह को आने लगा।

"सिस्टर, उन्हें होश आ गया !"

"अभी नहीं मैडम ! आप कौन हैं उनकी ?"

"मैं···मैं···मिसेज चंद्रा हूँ ··उनकी वाइफ" हकलाते हुए निकला उसके मुँह से।

"मिसेज चंद्रा ! अच्छा !!" सिस्टर को जैसे विश्वास नहीं हुआ। एक हफ्ते से कलक्टर साहब यहाँ इस हालत में हैं। अब तक तो उनके साथ कोई परिवार का सदस्य था नहीं। अचानक यह उनकी पत्नी अब कहाँ से आ गईं !

"आई, म सॉरी, मैंने देखा नहीं कभी आपको। आप अभी आई हैं शायद।"

"मैं···मैं बाहर थी सिस्टर। हमें खबर देर से मिली।"

"ओह ! हिंदुस्तान से बाहर थीं आप !" वह चुप रही।

पूरी शाम-पूरी रात आंखों में निकल गई। नीलिमा थरथराती रही, कांपती रही, होंठ प्रार्थनाएँ बुदबुदाते रहे। लेकिन अगर सिर्फ प्रार्थनाओं से, इच्छा और आकांक्षाओं से ही मनचाहा मिल जाता, तो हर व्यक्ति के पास एक खूबसूरत, खुशनुमा दुनिया होती। रोना…बिलखना…भटकना …किसी जिंदगी में ऐसा न होता।

पल गुजरते रहे। मिनट और घंटे के कांटे सरकते रहे। नीलिमा के दिल का बोझ बढ़ता रहा। उसके कंधों पर पड़ी सलीब भारी होती गई। उसके कंधे झुकते गए…झुकते गए और अंत में सिजदे के लिए वह घुटनों के बल गिर पड़ी…

"वी आर सॉरी मैडम ! वी डिड अवर बेस्ट। हमें अफसोस है, हम उन्हें बचा नहीं पाए ! बहुत जबरदस्त अटैक था उन्हें…" कोई उसके पास खड़ा उसके कंधे पर हाथ रखे कह रहा था।

●●●